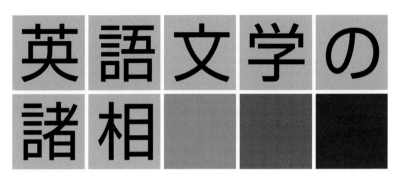

英語文学の諸相

立命館大学英米文学会論集

立命館大学英米文学会 編

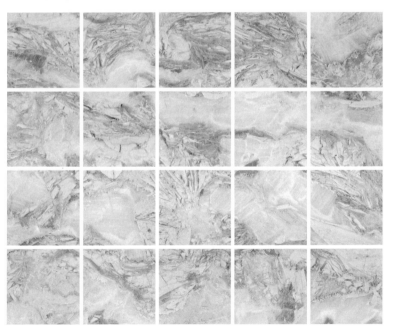

金星堂

はしがき

　本書は、副題からもあきらかなように、立命館大学英米文学会会員による論集である。この学会はおもに文学部英米文学専攻教員や旧教員、文学部英米文学専攻および大学院英米文学専修に在学の者、英米文学専攻の卒業生および大学院英米文学専修の修了生により構成されている。英米文学専攻は 1950 年に設置され、その後さまざまな改革が行われてきたが、2012 年に学域制が導入され、英米を中心とする英語圏の文学作品を教育・研究対象とするという基本理念が明確になった。現在の大学院博士課程前期課程の前身である英文学専攻修士課程は 1958 年に設置され、1990 年には博士課程後期課程（博士課程）が設置され、学部同様、さまざまな改革が行われてきた。

　立命館大学英米文学会は 1964 年に設立され、『立命館英米文学』が発行された。1970 年頃から学会・学会誌とも活動を停止した時期があったが、1991 年に活動を再開し、爾来ほぼ 30 年にわたって年次大会を開催するとともに学会誌を発行してきた。この度、学会の活動をさらに活発化させ、広く会員の方々の研究成果を共有できる場を提供するために論集を刊行することとなった。会員に投稿を呼びかけ、査読を経て 11 編の論文を収録することができた。

　『英語文学の諸相』というタイトルについて簡単に触れておきたい。現在、イギリス、アメリカのみならず、世界のさまざまな国や地域において英語で文学作品が書かれており、「英米文学」よりも「英語文学」という名称のほうが実情に即していると言えよう。実際、この論集にはアイルランドやインドの文学を扱った論文が収められている。また、英語学にかんする論文も収められているが、かつての、広い意味での「英文学」が英文学のみならず米文学や英語学をも含んでいたように、「英語文学」も英語学をも含んでいるものと考えていただきたい。『英語文学の諸相』というタイトルは、このような事情を踏まえたものである。

　論文の内容にかんして言えば、国、時代、作家、テーマ等にほぼ統一性がなくさまざまであるが、現在の英語文学、英語文学研究の実態を反映したものと言えよう。本書は学会の論集ではあるが、学会員以外の多くの方々にも読んでいただきたいことは言うまでもない。本書によって多様な英語文学、英語文学研究の一端をしめすことができれば幸いである。

　本書を出版するにあたって、金星堂の倉林勇雄氏には大変お世話になった。この場を借りて厚くお礼申し上げる。

2019 年 12 月

執筆者を代表して

川口　能久

目　次

机上のシェイクスピア

1. ロマン主義的シェイクスピアの復権

　「かの人は一つの時代の人ではなく、あらゆる時代の人だ (He was not of an age, but for all time!)」。ウィリアム・シェイクスピア (William Shake-speare) の死から 7 年後に出版された『シェイクスピア作品集 (*The Works of William Shakespeare*)』（1623 年）にライバル劇作家ベン・ジョンソン (Ben Jonson) が寄せた追悼詩の詩句は、シェイクスピアがやがて獲得することになる栄誉を見事に予言した言葉として知られている。[1] いわゆる正統派文学の頂点に君臨する一方で、映画をはじめとする大衆文化の寵児でもあり、文学批評理論が席捲したアカデミズムにおいても圧倒的な存在感を誇ったシェイクスピアほど、普遍性という言葉と結びつけて語られる作家はいない。泰斗ハロルド・ブルームは、「シェイクスピア――人間性の創造」と題した書を世に問い、その名も「シェイクスピアの普遍性 (Shake-speare's Univeralism)」と題した章を巻頭に据え、シェイクスピアが「人間の意識が世俗化するに際し、聖書に取って代わる最初の普遍的な作家となった」とさえ述べている。[2]

　では、「シェイクスピアの普遍性」という、もはや陳腐にすら聞こえるこの言葉が人々の口の端に上るようになったのは果たしていつのことだろうか。ジョンソンのオマージュを見れば、シェイクスピアの名声が既に同時代に構築されていたかのような印象を受けるが、事実は決してそうではない。たとえば、ジョンソンは、シェイクスピアを古代ギリシャ・ローマの劇作家と並べて賞賛しているが、そもそも英語が当時のヨーロッパ社会におけるラテン語のように国際言語の座を占めるようになり、それにつられる形で英文学作品が様々な言語に翻訳されるようになるのは、19 世紀

に入ってからのことである。ただ、その議論をさておくとしても、つまりイギリス国内に限定した場合においてすら、シェイクスピアが「あらゆる時代の人」になるまでには少々時間を要していることを忘れてはならない。たとえばそれは、サー・フィリップ・シドニー (Sir Philip Sidney)、エドマンド・スペンサー (Edmund Spenser)、ジョン・ダン (John Donne) ら、同時代の詩人達の伝記が没後間もない 17 世紀に出版されているのに対して、シェイクスピアの初の伝記はニコラス・ロウ編纂によるシェイクスピア全集に付された「シェイクスピア伝」(1709 年、1714 年) まで待たねばならず、かなり遅れを取っていることにも窺える。

　いわゆるシェイクスピア信仰がいつから始まったのか、という問題については様々な見方が可能だが、ロマン主義批評が大きな役割を果たしたことについてほとんど異論はあるまい。サミュエル・テイラー・コールリッジ (Samuel Taylor Coleridge) とウィリアム・ハズリット (William Hazlitt) を両雄とする（ここにゲーテを加えてもよい）ロマン主義的な文学批評によって、シェイクスピアはすぐれて創造的な詩的想像力を有する天才として偶像化され、王政復古時代の反フランス主義や反古典主義の風潮、はたまた文学受容の新たな担い手となった中流階級の台頭とも相俟って、国民的詩人に祭り上げられていく。[3] 19 世紀にいよいよ顕著となる「シェイクスピア崇拝 (Bardolatry)」と呼ばれる文化現象は、あくまでもロマン派の風潮が高まる中で確立されている点に留意する必要がある。「ハズリットに始まり、ペイターと A・C・ブラッドリーを経て、ハロルド・ゴダードへと至るロマン主義批評が、シェイクスピアにおいて最も大事なことは、マーロウやジョンソンといった同時代人よりも、チョーサーやドストエフスキーに共通していることを教えてくれた」と回顧するブルームもまた、細く長く生き続ける偉大なるロマン主義批評の後継者として位置づけることができる。[4]

　つまり、「シェイクスピアの普遍性」を語る時、常にそこにはロマン主義批評の影がつきまとうのである。いったいこれはどうしたことだろうか。しかも、その影は最近また目につくように思われる。20 世紀末から

今世紀にかけてのシェイクスピア研究を眺めてみると、そこに静かな波とも言うべき変化が生じていることに気づく。決して目立つことはないものの、異変と呼んでもよいその流れとは、ロマン主義的なシェイクスピア批評を再評価する動きである。

　新歴史主義批評、フェミニズム批評、精神分析批評、脱構築批評といった様々な批評理論が文学批評界を刷新した 1980 年代、ロマン主義批評に代表される実践批評、すなわち文学作品を流動的なテクストではなく、自己完結した有機体として扱う文学批評が本質主義的批評として批判の集中砲火を浴びたことは記憶に新しい。しかし、批評理論が最も優勢だった 1980 年代においてすら、ロマン主義的シェイクスピアの灯火は完全に消えたわけではなかった。ジョナサン・ベイトは、目眩く批評理論に背を向けるかのように黙々と、『シェイクスピアと英国ロマン主義的想像力』(1986 年) を皮切りに、『シェイクスピア政体──1730 年〜1830 年の政治学・劇場・批評』(1992 年)、『ロマン派のシェイクスピア批評選集』(1992 年)、『シェイクスピアの天性』(1997 年) と、ロマン主義批評によるシェイクスピアに一貫して光を当て続ける。そして、興味深いことに、ベイトが倦まず弛まず提唱してきたロマン主義的シェイクスピアに同調する声が、批評理論が一時期の勢いを失った今世紀に入ってやおら増え始める。ハムレットの内面性という問題を文学批評史の観点から掘り下げたジョン・リーの『シェイクスピアの『ハムレット』と自我をめぐる論争』(2000 年)、観客の想像力を前提とするシェイクスピア劇の詩的信仰とも呼べる特質を論じたリチャード・マッコイの『シェイクスピアにおける信仰』(2013 年) などである。先述のブルームの批評 (1996 年) もこの一連の動きの中に位置づけることができる。

　そして、何と言ってもシェイクスピア批評におけるロマン主義批評の復権を最も強く印象づけたのは、エドワード・ペクターによる『シェイクスピア研究の現在──失われたロマン主義』(2011 年) であろう。ペクターは、現在のシェイクスピア批評、というよりも文学批評全体がプロフェッショナリズムの弊害に陥り、病的な膠着状態にあることを嘆いた上で、そ

の原因が本来は文学批評のルーツであったはずのロマン主義批評から余りにも遠ざかってしまったことにあるのではないかと、自戒をこめて指摘している。さらに、ペクターは、シェイクスピア研究の原点に立ち戻るべく、ロマン主義批評を再評価することを提唱する。

　　本書で述べるのは、我々は現在の研究に見られる唯物主義的な原則を緩和することによって、そして、我々の批評活動の起点とも言える、ハズリットやコールリッジに始まり A・C・ブラッドリーへと至るロマン主義批評の伝統と再び結びつくことによって、もっと効果的に、そしてもっと確信を持って批評を行うことができるということである。[5]

　もはやこれは、節操のない宗旨替えと糾弾されても仕方ないほどの大胆な提言と言っても過言ではない。なぜなら、ロマン主義批評こそ、20世紀後半のシェイクスピア研究が完膚無きまでに叩きのめし、失笑と共に葬り去ったものだからだ。

　ペクターがその書の中で明解に整理しているように、ロマン主義批評が20世紀のシェイクスピア研究で毛嫌いされた理由は二つある。一つは、その熱烈な作家信仰であり、もう一つは、舞台で観るシェイクスピア劇よりも、本で読むシェイクスピア劇を偏愛した、反劇場主義とも呼べる姿勢である。ペクターは、この両方が誤解であること、つまり、ロマン派が個々の作家を天才として崇拝し、芝居よりも本で読むシェイクスピアが面白いと言ったというのは、我々の誤解だったと述べることで、ロマン主義批評を救済しようとするが、それはやはりいささか無理があろう。むしろ、ロマン主義批評にはある種の作家信仰と反劇場主義がまぎれもなく存在することは素直に認めてしまった上で、なおかつそのシェイクスピア批評の意義を今一度直視する方が誠意があるように思われる。

　とりわけ目を引くのが、詩聖シェイクスピアの誕生に一役買ったロマン主義批評家達が一様にシェイクスピア劇を読むことに無上の喜びを感じて

いる点である。もちろん、これは何もロマン派に始まったことではない。ジョンソンが、どちらかと言えば辛辣に批判することの多かったシェイクスピアをこれほどまでに褒めそやしたのは、良質のテクストでシェイクスピア劇を読んだことがきっかけであると推測する見解がある。[6] ミルトン (John Milton) の「シェイクスピアに寄せるソネット ('On Shakespeare')」はフォリオ版への書き込みであり、やはり劇場よりも書斎で慣れ親しんだシェイクスピアに捧げられている。

　とはいえ、「シェイクスピアの普遍性」を歴史化する場合、シェイクスピア劇に対するロマン主義的な読書熱は、明らかに一つの文化史的・文学史的な転換点を示しているように思われる。無論、ステージのシェイクスピアとページのシェイクスピアのどちらがよいか、などという不毛で無粋な議論をここで始めるつもりは毛頭ない。[7] また、本稿が措定する問題意識は、近年のシェイクスピア研究において注目を集めている戯曲の印刷出版と作者性の構築に関する議論とも異なる。[8] ロマン主義批評によるシェイクスピア崇拝は、なぜシェイクスピアは読むだけでも面白いのかという、ごく素朴な疑問を抱かせるのだ。そして、その疑問は、シェイクスピアの文学性、ことにその普遍性という特質を考える上で一考に価するように思われる。この問いに対する答えを探るため、まずはロマン主義者が耽溺したシェイクスピアの読み方に目を向けてみたい。

2.〈詩聖〉の誕生

　ジョン・ドライデン (John Dryden) もサミュエル・ジョンソン (Samuel Johnson) もシェイクスピアを高く評価したが、その一方で両者はともにシェイクスピアの欠点をあげつらうことにも余念がなかった。[9] 後代の人間には到底超えることができない大いなる存在として、それこそ文字通り手放しでシェイクスピアを褒めそやし、ほとんど崇敬といってもよい情熱を注いだのは、やはりロマン主義批評をおいて他にはない。

　ただし、ここで確認しておきたいのは、ロマン主義批評が発見し、崇拝

したのは、あくまでも〈詩人〉としてのシェイクスピアだったという点である。それは、コールリッジが行った講演の言葉に端的に表れている。

　　シェイクスピアを単なる劇作家という地位から引き出し、ミルトン、
　　ホメロス、ダンテ、アリオストのような詩人たちや、あらゆる国、あ
　　らゆる時代の偉大な人々の中に並べることができて本当に嬉しく思っ
　　ております。(傍点筆者)[10]

　少なくとも、コールリッジのシェイクスピア崇拝は、詩人を特権化する立場と表裏一体のものだったことがわかる。ロマン主義の時代に芸術と社会の関係、特に社会における芸術家の立ち位置に根本的な変化が生じ、天才、すなわち特別な人間としての芸術家という位置づけがなされたことに最初に注目したのはレイモンド・ウィリアムズだが、その特権的な位置づけは特に詩人について顕著になされた。[11]「単なる劇作家」という、劇作家をことさらに貶めるかのようなコールリッジの表現は、なるほど後のシェイクスピア研究者によるロマン主義批評への反発もむべなるかなといった感がある。過去の偉大な詩人の系譜を謳いあげることで詩そのものを擁護するのは、古代ギリシャ・ローマ以来行われた詩の弁護の常套的手段だが、コールリッジによるシェイクスピア批評はまさにそれに連なるものと言えよう。
　ロマン主義批評のこうした特徴は、何もコールリッジのような詩人に限ったことではない。ハズリットが、サミュエル・ジョンソンによるシェイクスピア批判に反論した一節を見てみよう。

　　ジョンソン博士の人柄や理解力には多大な敬意を持っているし、個人
　　的な愛着もある。とはいえ、ジョンソン博士は詩人ではないし、詩を
　　評価することはできない。たまたま散文の範囲や規則の中に収まるこ
　　とであれば、詩を評価することはできるかもしれないが、詩を詩とし
　　て評価することはできない。ましてや、「すぐれて想像力にあふれた」

シェイクスピアを評価する資格など彼にはない。ジョンソンに偏見を
持っている人は、ボズウェルが書いたジョンソン伝を一読すればよろ
しい。それと同様に、ジョンソンによってシェイクスピアへの偏見を
植え付けられた人は、ジョンソンが書いた悲劇『アイリーニ』を読ん
でみるとよい。私は何も、批評家たるもの詩人でなければならないな
どと言っているのではない。ただ、優れた批評家がへぼ詩人であって
はまずいと言っているのだ。[12]

ジョンソンが正しくシェイクスピアを評価できないのは、ジョンソンには
詩的な感性が欠落しているからだというハズリットの批判は、詩人として
のシェイクスピアの特性を前景化させ、詩というジャンルそのものの文学
的価値を高めようとするコールリッジの批評と軌を一にするものである。
ロマン主義批評がシェイクスピア崇拝を生み出し、詩聖の誕生を促したと
すれば、それが文字通り、詩人という職業そのものを神聖化する動きと連
動していたことは注目に価する。
　その際に、もう一つ注目したいのは、それが『ソネット集 (The Sonnets)』
や『ヴィーナスとアドーニス (Venus and Adonis)』といったシェイクスピ
アの抒情詩や物語詩には向けられず、徹頭徹尾シェイクスピアの戯曲に向
けられた点である。これについても、ハズリットがきっぱりと断言してい
る一節がある。

　　我々のシェイクスピア崇拝（敬慕と言ってもよいが）はシェイクスピ
　　アの芝居に尽きる。その他の創作物においては、シェイクスピアはた
　　だの作者にすぎない。もっとも、そんじょそこらの作者ではないが。
　　シェイクスピアがシェイクスピアと成りえたのは、他の人間を表現す
　　る時だけである。シェイクスピアは、己を脱却し、クレオパトラの魂
　　を表現することができた。だが、自らを語る際には、いつもプロンプ
　　ターの指示を待っているかのようになる。他人の考えを表現する時、
　　シェイクスピアは生き生きとするが、自分の考えを表現する時は、機

械的になる。その才能を自然の恵みへと高め、流行という暴虐や習慣という束縛を断ち切る勇気を持つには、登場人物になりきる自由が必要だったのだ。……一言で言えば、我々はシェイクスピアの詩は好きではない。なぜなら、シェイクスピアの芝居が好きだからだ。詩はたしかにそれ自体素晴らしいけれど、芝居の裏面にすぎない。我らがシェイクスピアの詩作品を劇作品と同様にほめそやすのが最近の傾向になっており、現代批評はこれをまるでお題目のように死に物狂いで唱えている。[13]

ジョンソンを攻撃した時と同じぐらいの大胆さでもって、シェイクスピアの『ソネット集』が一刀両断に切り捨てられている。同時代の文学批評を攻撃した最後の一文は、エドマンド・マローンによるソネット集の編纂への批判である。

　ここで確認しておきたいのは、シェイクスピアを詩人として崇める際にシェイクスピア劇を称賛するのは、何ら特異な現象ではない、という点である。そもそも、シェイクスピアの時代は、芝居は主として韻文で書かれており、詩と演劇のジャンルの切り分けはそれほど明確ではなかった。エリザベス朝では、劇作家 (playwright, dramatist) という言葉すら存在せず、シェイクスピアのような商業劇場の劇作家も、スペンサーやシドニーのような宮廷詩人も、みな詩人 (poets) としてひとくくりにされていた。アリストテレスの『詩学 (*Poetics*)』やシドニーの『詩の擁護 (*The Defence of Poesy*)』を見れば顕著なように、詩には当然のように戯曲が含まれており、詩とはすなわち文学全般を指す語だったと言っても過言ではない。演劇は詩の中の一つの様式にすぎず、詩人であることと劇作家であることは、本来不可分だった。

　それにもかかわらず、劇作家としてのシェイクスピアだけが一気に前景化されるようになるきっかけとなったのが、1623 年に出版されたフォリオ版である。ただし、『シェイクスピア作品集』と銘打ったフォリオ版がシェイクスピアが書いた五つの詩作品を収録せずに、劇作品だけを収録し

たのにはわけがある。この出版の仕掛け人は、シェイクスピアが所属した劇団の同僚ジョン・ヘミングとヘンリー・コンデルであり、役者である二人がシェイクスピアの偉業を偲ぶ際に、劇作品だけを取り上げたのは当然の行為と言える。だが、フォリオ版がその後のシェイクスピアの作者像の構築に与えた影響は甚大であり、劇作家としての側面のみが俄然クローズアップされることになる。これが、エリザベス朝におけるシェイクスピア受容とかなり趣を異にするところだったことは、ゲイブリエル・ハーヴェイ (Gabriel Harvey) が蔵書の欄外に残した書き込みから窺うことができる。ハーヴェイは、同時代に活躍する英詩人の名前を列挙した一節の最後に「若い読者は、シェイクスピアの『ヴィーナスとアドーニス』を大いにもてはやしている。しかし、より見識のある読者には『ルークリース』や『デンマーク王子ハムレットの悲劇』の人気が高い」と記している。[14] ハーヴェイもまたシェイクスピア劇を読み物として捉えていることも興味深いが、ここで特に注目したいのは、シェイクスピアの悲劇も物語詩も詩という同じジャンルで一括りに認識されている点である。これはおそらく、ハーヴェイのような「より見識のある読者」にとっては、ごく自然な受け止め方だったと推測される。

　コールリッジやハズリットといったロマン主義批評が〈詩人としての劇作家シェイクスピア〉をことさらに強調したのは、詩人という一面が脱落する形で定着したシェイクスピア像のパラダイムを修正する目的を有していたと見なすことができるのではないだろうか。[15] 同じ傾向は、少し時代は遡るが、ニコラス・ロウが編纂した『シェイクスピア全集』（1714年）にも窺うことができる。フォリオ版には収録されなかった戯曲以外の詩作品（『ヴィーナスとアドーニス』と『ルークリース (Lucrece)』）を新たに加えたのは、自身も詩人だったロウならではの編集方針と言える。とはいえ、皮肉にもこれは、シェイクスピアの詩作品に対する遅れていた評価を取り戻そうとするかのような風潮を生む。1780年にマローン編集による『ソネット集』が出版されると、今度は詩人シェイクスピアと劇作家シェイクスピアを二分する動きが加速する。それは、細分化が進む現在におい

てますます顕著となり、〈シェイクスピアの詩〉と言えば、もはや誰もが
『ソネット集』や物語詩のことしか連想しなくなっている。無論、そこに
は翻訳による弊害があることも否定できない。諸言語に翻訳される際に
は、シェイクスピア劇の無韻詩はほぼ散文化されて伝播することになるか
らである。[16] かくして、いつのまにか、ハズリットの言葉をもじれば、「詩
人シェイクスピアは、劇作家シェイクスピアの裏面にすぎない」事態に陥
っていることになる。

3. 共感の詩学と劇詩のエナルゲイア

　では、ロマン派が愛したシェイクスピア劇の詩的要素とは何だったの
か。それを考える上で参考になると思われるのが、ジョン・キーツ (John
Keats) の「座して『リア王』を再読する (‘On Sitting Down to Read *King
Lear* Once Again’)」と題されたソネットである。キーツもまた書斎で読
むシェイクスピアを偏愛したことが、この詩の題名からも窺える。とはい
え、これはコールリッジやハズリットら他のロマン主義批評家についても
言えることだが、キーツは決して芝居が嫌いだったわけではない。むしろ
その逆で、キーツのシェイクスピア熱は、リチャード三世を演じるエドマ
ンド・キーンの演技に感動したことがきっかけだった。したがって、場合
によっては、キーツがキーン演じるリア王に寄せるオードやソネットを書
くこともありえたかもしれない。それでもやはり、このソネットを読む
と、キーツにとって、シェイクスピア劇を読むという行為は劇場でシェイ
クスピア劇を見るのとは次元の異なる特殊な体験だったことがわかる。
　この詩で興味深いのは、読む行為と書く行為が並列して語られている点
である。まずは、八行連句の前半を見てみよう。

　　ああ、優しい音色のリュートを手に、黄金の舌を持つロマンスよ、
　　美しい羽飾りをつけた女神よ！　はるかなる女王よ！

　　こんな冬の日に旋律を作るのはやめて、
　　その古びた本は閉じ、黙るがよい。[17]

このように、このソネットは、英雄ロマンス的な詩を書いている詩人が詩作をいったん放棄するところから始まる。これは、当時出版を控えていた『エンディミオン (*Endymion*)』への言及と推測される。では、詩作に行き詰まった詩人はどうするかと言えば、やおら腰をおろして『リア王』を読み始めるのだ。

　　さらば！　私は再び、
　　地獄と熱情に駆られた土塊の葛藤の中を
　　燃えて行かねばならない。もう一度、
　　このシェイクスピアという果実の苦い甘美を味わわねばならぬ。

ここには、ロマン派流とも言える、シェイクスピア劇の〈正しい読み方〉が示されている。学生にもぜひこんな風にシェイクスピア劇を読んでもらいたい、と教師が願う理想の読み方と言ってもよい。それは、登場人物にひたすら感情移入し、共感することによって、感動という甘美な快楽を得る読書法である。この詩を読むと、ロマン主義批評における反劇場主義の真相がおのずと見えてくる。ロマン主義批評家達が舞台で見るシェイクスピア劇よりも書物で読むシェイクスピア劇を偏愛した理由は、もちろん芝居を観ることが嫌いだったからではなく、ただ詩を読むことが好きだったからということに尽きる。それはちょうど、文学愛好者が、近頃の若者は映画を見るだけで全然本を読まないと嘆くのと、どこかとても似ている。

　ただし、キーツの場合は、あくまでも詩人としてシェイクスピア劇を読んでいるということにも留意する必要がある。以下、ソネットの後半に相当する六行連句を引用する。

　　至高の詩人！　汝らアルビオンを覆う雲、

　　我らが深遠なる永遠のテーマを生み出す者よ、

　　私が古い樫の森をさまよって、

　　不毛な夢に迷い込むことがないようにしてくれ。

　　炎の中で燃え尽き、

　　わが欲望へと飛翔する、新たな不死鳥の翼を我に与えたまえ。

『リア王』を読むキーツの精神の高ぶりは、最終的には再び詩人としての渇望感や創作意欲へと昇華されていく。シェイクスピアの詩才に対する憧憬は、「古びた本」や「古い樫の森」と対比された「新たな不死鳥の翼」という語で表現されている。

　では、スランプに喘ぐ詩人は、シェイクスピアのどこに、同時代の、あるいは自分の詩にはない新鮮な魅力を感じているのだろうか。キーツが『リア王』を読む作業を通して得た詩的インスピレーションを考える際に注目したいのは、「熱情に駆られた土塊 (impassioned clay)」という言葉だ。ここでは「土塊」とは人間、あるいは人間の身体を表し、「熱情に駆られた土塊」とは、狂おしい怒りに苛まれる老いたリアを指している。ただ、キーツを単なる読者としてではなく、詩人として捉えた場合、この言葉はもう一つの意味を帯びてくる。それは、本来何もないところに強い感情を生み出すことができる詩の力である。土塊が熱情を持つというのはありえないことであり、一種の詩的誤謬とも言えるかもしれない。その点でこの言葉は、「苦い甘美 (bitter-sweet)」という言葉と同様に、一種のオクシモロンとして機能している。つまり、キーツがここで賞賛しているのは、本来は感情を持つはずがない土塊がさながら熱情を帯びているかのように読者に感じさせるシェイクスピアの詩的想像力である。それこそが、先に引用したハズリットの言葉を借りれば、「己を脱却してクレオパトラの魂を語る」才能であり、キーツ自身がシェイクスピアを評して残した有名な言葉「自己滅却の才能 (Negative Capability)」に他ならない。

　読者の共感を求めて、キーツをはじめとするロマン派詩人は抒情詩へと向かう。しかし、劇詩こそ、本来共感を通して読者を感動させることに最

も適しているジャンルと言えよう。そして、これを繰り返し力説したの
が、他ならぬハズリットだった。ハズリットがミルトンとシェイクスピア
という、ロマン派が崇拝した二大詩人を並べて分析した論評の中に、叙事
詩と劇詩の違いについて述べた箇所がある。

　　劇詩の事物は共感によって、親近感によって感動させる。それはさな
　　がら、「激情が激情に共鳴する時」不意に、あるいは力ずくで襲って
　　くるようなものである。これに対して、叙事詩の事物は、想像力を介
　　在させることによって、大きさと距離感によって、永遠性と普遍性に
　　よって感動させる。劇詩は恐れと憐れみを引き起こし、叙事詩は感嘆
　　と歓喜を引き起こす。[18]

「恐れと憐れみ」への言及が示唆するように、ハズリットのこの一節は、ア
リストテレスが『詩学』の中で展開する悲劇論に基づいている。善人と悪
人の中間に位置するような人間、つまり我々とどこか似たところがある人
間があやまちによって転落する悲劇こそ、すぐれた悲劇であると論じたア
リストテレスの関心は、あくまでも悲劇の構造、そして観客反応に向けら
れている。これに対して、ハズリットの場合は、演劇的要素が脱落し、詩
論により重点が置かれている。叙事詩が読者に喚起する驚異の念は、特異
な運命と超人的な資質を有する叙事詩的英雄と読者の間に必然的に生じる
差異に基づいているのに対して、劇詩（この場合は悲劇）の成否はひとえ
に、どれだけ読者と登場人物の心理的距離を縮められるかにかかっている。
　劇詩がいかにして観客の共感を引き出すかという点について、アリスト
テレスの『詩学』と並んで有名なのはホラティウスの『詩論 (Ars Poetica)』
の一節である。

　　詩は美しいだけでは十分ではない。それは快いものでなければならな
　　い。そして、どこであれそれが望むところへ、聞き手の心を導くもの
　　でなければならない。人間の顔は、笑顔を見れば笑うように、泣き顔

　を見れば泣きだす。<u>もしわたしを泣かせたいと思うなら、あなた自身
　が先に悲しまなければならない。</u>[19]（下線筆者）

　下線を引いた部分は、感情を喚起することこそが詩の本質であると考えた
ロマン派詩人によって特に好まれた一節である。[20] 読者に共感させるため
には、まず詩人の側に強い感情があることが必要であるというのは、なる
ほど自発的な感情の発露に重点を置いたロマン派の理念に適っている。し
かし、ホラティウスの言葉をよく読むと、それが決して詩人の心にひとり
でに湧きおこる感情を想定しているわけではないことに気づく。むしろ、
観客を泣かせたいなら、自分がまず泣いてみせろ、と詩人に説くホラティ
ウスの言葉が示唆しているのは、詩人の側にある種の演技が必要であると
いう点である。実際、この引用句を詩人ではなく悲劇役者に対して語られ
た言葉と受け取る解釈もあるほど、ここでは詩人と役者は同化している。[21]
言い換えれば、ホラティウスはすぐれた詩人は一級の役者でなければなら
ないと語っているわけだが、これもまた、ハズリットの言う「己を脱却し
てクレオパトラの魂を語る」ことに他ならない。
　事物であれ、あるいは何か強い感情であれ、そこにないものをありあり
と出現させる言語表現力は、エナルゲイア (enargeia) と呼ばれる古代ギリ
シャの修辞学の重要な技法だった。ホラティウスはそのエナルゲイアを修
辞学から詩学へと転用したわけだが、エナルゲイアを必須の詩法として捉
える見方は、エリザベス朝詩人きっての理論家であるシドニーの『詩の擁
護』でも提唱されている。シドニーは、ソネットに代表される同時代の恋
愛抒情詩を評して、以下のように苦言を呈している。

　　それにしても、抗いがたい恋という旗印のもとに書かれたこうした詩
　　作品ときたら、仮に私がもし思い人の女性であったとして、作者であ
　　る詩人たちが本気で恋をしているとは到底思えないような代物ばかり
　　なのだ。そういう感情を本当に感じているというよりも、まるで他人
　　の恋文を読んで、ちょっと大げさな詩句を見つけた人間が、その炎の

　　ような言葉を語っているかのようで、それがまたあまりに冷たい調子
　　なものだから、肝心の詩句が宙に浮いてしまっている。風をきちんと
　　表現しようとするが余り、「この風は北西の南寄りでございます」と
　　父上に言った誰かにそっくりだ。私が思うに、力強い表現、あるいは
　　（ギリシャ人の言葉を借りれば）エナルゲイアをもってすれば、感情
　　は簡単に表現できるはずなのに。[22]

　ここでシドニーが問題にしているのもまた、詩人の恋が真実か否かといっ
たことではなく、恋するふりがきちんとできているかどうか、真に迫った
恋人の演技ができているかどうか、という、要は見せかけの巧拙である。
ルネサンス人文主義の申し子であるシドニーは、詩の真髄は感情の喚起に
こそ宿ると考え、人の心を動かし、善へと導くのが詩人の本分であると考
えた。そこに、強い感情に対する忌避感が根本にあるアリストテレスの反
感情主義との本質的な差異を指摘したA・D・ナトールの分析はすぐれて
示唆的である。[23] 無論、エナルゲイアは洒脱なシドニーがこともなげに達
観するほど容易ではなく、シェイクスピアの劇詩の本領はこの詩法の実践
にある。
　とかく自己主張の強いルネサンス詩人の中にあって、自己を出さないこ
とで知られるシェイクスピアは、創作理念について語ることもほとんどな
かった。そのせいもあって、シェイクスピアと言えば、「技 (Art)」ではな
く「天性 (Nature)」の詩人として捉えるのが伝統的な見方となっている。
それに対して異論はないものの、シェイクスピアもまたエナルゲイアの技
法を意識的に用いていたルネサンス詩人であることを窺わせる興味深い一
節が喜劇『お気に召すまま (As You Like It)』の中にあることを付言して
おきたい。シェイクスピアが詩とは何かという問題に言及した数少ない例
の一つである。宮廷道化タッチストーンは、若い田舎娘のオードリーに言
い寄るものの、彼女が自分の気のきいた言葉に一向に感心しないことに業
を煮やし、以下のように嘆く。

タッチストーン：せっかく詩を作っても、理解されなかったり、大人の
気のきいた言葉が生意気な子供に受けないなんて、小さい部屋をあて
がわれてばか高い勘定を払わされるより不運なものだ。全く、神様が
お前を詩的な人間にお作り下さればよかったのに。

オードリー：「詩的」って何なのさ。言葉や行いがきちんとしているっ
てことかい？　誠実ってことかい？

タッチストーン：いやいや、そうじゃない。誠実な詩というものは、い
ちばんのでっちあげ (the most feigning) だ。だから恋人達は詩に夢
中になる。[24]

「一番のでっちあげ」の原形である ‘feign’ という語には、「ふりをする」
という意味がある。シェイクスピアがタッチストーンの口を通してここで
語っている事は、ホラティウスやシドニーの詩論が意図することと同じで
ある。

　シェイクスピアが遺憾なく発揮した劇詩のエナルゲイアこそ、ロマン派
詩人達を唸らせ、ロマン主義批評家をして失われた過去の偉大な文学とし
て畏怖させたシェイクスピアの才能と言える。それは、ロマン主義批評を
切り捨てる際に哀しいかな現代のシェイクスピア批評が見失ったものでも
ある。そして、とうの昔に命脈尽きたジャンルである劇詩に思いを馳せる
時、シェイクスピアがいかに貴重な、文字通りの文学的遺産であるかとい
うことに思い至るのである。

注

本稿は、日本英文学会関西支部第 11 回大会（2016 年 12 月 17 日、於神戸市外国
語大学）のシンポジウム「シェイクスピアの遺産──没後 400 年を記念して」に
おける発表原稿に加筆修正したものである。貴重なご助言をいただいたシンポジア
ム・メンバーの方々、喜志哲雄氏、小澤博氏、橋本安央氏に記して感謝したい。
 1 Jonson, 5: l. 43.

2 Bloom, 10.

3 ロマン主義批評によるシェイクスピアの〈発見〉については、ジョナサン・ベイトによる一連の著作が最も参考になる (Bate, *Shakespeare and the English Romantic Imagination*, ch. 1; Bate, *The Genius of Shakespeare*, ch. 6)。

4 ロマン主義的シェイクスピア批評を再評価する研究を以下に列挙する。Bate, *Shakespeare and the English Romantic Imagination*; Bate, *Shakespearean Constitution*; Bate, ed., *The Romantics on Shakespeare*; Bate, *The Genius of Shakespeare*; Lee; Pechter; McCoy. 先述のブルームによる著をここに加えてもよい。引用は、Bloom, 1.

5 Pechter, ix.

6 Lee, 99.

7 〈見るシェイクスピア〉と〈読むシェイクスピア〉を同列に比較することがいかに短絡的であるかという点については、特に喜志哲雄の指摘を参照されたい（喜志、7–12）。

8 シェイクスピア劇の印刷出版を作者性の構築の問題と絡めて論じた研究については、ルーカス・アーンやザカリー・レッサーによる研究を参照のこと (Erne; Lesser)。

9 ドライデンは『劇詩論』の中でシェイクスピアを称賛しているが、古典主義の立場からはジョンソンにより大きな敬意を払っている。

10 Coleridge, 2: 57.

11 Williams, ch. 2.

12 Hazlitt, *Characters of Shakespeare's Plays*, in *The Complete Works*, 4: 174–5.

13 *Ibid.*, 357–58.

14 Harvey, 232.

15 パトリック・チェイニーは、劇作家としてのシェイクスピアが前景化されるようになったのは 20 世紀以降の現象であると論じているが、本論執筆者の見解は異なる。詩人と劇作家を二分する傾向は、チェイニーの著作の表題に露呈している (Cheney, ch. 1)。

16 翻訳の功罪については、Hoenselaars, 1039–41 を参照.

17 Keats, 'On Sitting Down to Read *King Lear* Once Again', *The Poems of John Keats*.

18 Hazlitt, *Lectures on the English Poets*, in *The Complete Works*, 5: 52.

19 ホラーティウス、岡道男訳『詩論』（岩波書店、1997 年）、236 頁。

20 Abrams, 71–72.

21 Nuttall, 21.

22 Sidney, *A Defence of Poesy*, in *Miscellaneous Prose of Sir Philip Sidney*, 117. エナルゲイアは、ジョージ・パットナム (George Puttenham) の『英詩の技法』

(*The Arte of English Poesy*) やジョン・ホスキンス (John Hoskyns) の『話法と文体に関する指南』(*Directions for Speech and Style*) でも言及されているが、必ずしも明確に概念が規定されているわけではない。

23　Nuttall, 20.

24　Shakespeare, *As You Like It*, 3.3.9–17.

参考文献

Abrams, M. H. *The Mirror and the Lamp: Romantic Theory and the Critical Tradition*. Oxford UP, 1953.

Bate, Jonathan. *Shakespeare and the English Romantic Imagination*. Clarendon, 1986.

——. *Shakespearean Constitutions: Politics, Theatre, Criticism 1730–1830*. Clarendon, 1989.

——, editor. *The Romantics on Shakespeare*. Penguin, 1992.

——. *The Genius of Shakespeare*. Picador, 1997.

Bloom, Harold. *Shakespeare: The Invention of the Human*. Riverhead Books, 1998.

Cheney, Patrick. *Shakespeare, National Poet-Playwright*. Cambridge UP, 2004.

Coleridge, Samuel Taylor. *Shakespearean Criticism*. Edited by Thomas Middleton Raysor, Everyman, 1960, 2 vols.

Erne, Lukas. *Shakespeare as Literary Dramatist*. Cambridge UP, 2003.

——. *Shakespeare and the Book Trade*. Cambridge UP, 2013.

Harvey, Gabriel. *Gabriel Harvey's Marginalia*. Edited by G. C. Moore Smith, Shakespeare Head Press, 1913.

Hazlitt, William. *The Complete Works of William Hazlitt*. Edited by P. P. Howe, J. M. Dent, 1930, 21 vols.

Hoenselaars, Ton. "International Encounters." *The Cambridge Guide to the Worlds of Shakespeare*, edited by Bruce R. Smith et al., Cambridge UP, 2016, vol. 2, pp. 1039–41.

ホラーティウス , 岡道男訳『詩論』岩波書店、1997 年。

Jonson, Ben. *The Cambridge Edition of the Works of Ben Jonson*. Edited by David Bevington, Martin Butler, and Ian Donaldson, Cambridge UP, 2012, 7 vols.

Keats, John. *The Poems of John Keats*. Edited by Miriam Allott, Longman, 1970.

喜志哲雄『劇場のシェイクスピア』早川書房、1991 年。

Lee, John. *Shakespeare's Hamlet and the Controversies of Self*. Clarendon, 2000.

Lesser, Zachary. *Renaissance Drama and the Politics of Publication: Readings in the English Book Trade*. Cambridge UP, 2004.

McCoy, Richard C. *Faith in Shakespeare*. Oxford UP, 2013.

Nuttall, A. D. *Why Does Tragedy Give Pleasure?* Clarendon, 1996.

Pechter, Edward. *Shakespeare Studies Today: Romanticism Lost*. Palgrave Macmillan, 2011.

Shakespeare, William. *As You Like It*. Edited by Alan Brissenden, Oxford UP, 1993.

Sidney, Sir Philip. *Miscellaneous Prose of Sir Philip Sidney*. Edited by Katherine Duncan-Jones and Jan Van Dorsten, Clarendon, 1973.

Williams, Raymond. *Culture and Society 1780–1950*. Penguin, 1961.

『夏の夜の夢』
家事をするパック

竹村　理世

序論

　『夏の夜の夢』(*A Midsummer Night's Dream*) において、パック (Puck) の果たす役割の大きさを否定する人はいないだろう。この劇では、オベロン (Oberon) に命じられたパックの魔法により様々な事態が出現する。すなわち、パックの魔法によりボトム (Bottom) がロバの頭をつけられ、"love juice" (3.2.37)[1]（恋に落ちる作用がある花汁）によって、妖精の女王であるタイターニア (Titania) が、そのボトムと恋仲になる。また、ライサンダー (Lysander) とディミートリアス (Demetrius) もやはり "love juice" によって心変わりし、ヘレナ (Helena) をめぐって諍いをすることになるなど、この劇の主要なエピソードはすべてパックの魔法が原因である。

　パックに関してはこれまで様々な批評がなされてきた。[2] 例えば、先駆的な研究にはマイナー・ホワイト・レイサム (Minor White Latham) の『エリザベス朝の妖精』(*The Elizabethan Fairies*) やキャサリン・ブリッグズ (Katherine Mary Briggs) の『パックの解剖学』(*The Anatomy of Puck*) がある。[3] これらの著作においても言及されているが、パックの魔法の起源ともいえる記述がレジナルド・スコット (Reginald Scot) の『魔術の暴露』(*The Discoverie of Witchcraft*) に見られる。[4] その中には、劇中で大混乱をもたらすような魔法をかけるパックではなく、人間にちょっとしたいたずらをする、幸運を授けるなど人々の日常生活に影響を与える妖精としてのパックの原型が見て取れる。

　本論においては、パックのそのような側面に焦点をあて、『夏の夜の夢』について考察してみたいと思う。

1. パックの些細な魔法

　序論で述べたように、『夏の夜の夢』において、オベロンに命じられたパックの魔法により様々な事態が出現する。すなわち、パックの魔法によりボトムがロバの頭をつけられ、"love juice" によって妖精の女王であるタイターニアがそのボトムと恋仲になる。また、ライサンダーとディミートリアスもやはり "love juice" によって心変わりし、ヘレナをめぐって諍いをすることになる。劇をダイナミックに動かす存在とも言えるパックなのだが、彼の魔法は意外にも人間の日常生活に些細な影響を及ぼすことも多い。

　この劇でパックが最初に登場する場面を見てみよう。

> *Fai.* Either I mistake your shape and making quite,
> 　　Or else you are that shrewd and knavish sprite
> 　　Call'd Robin Goodfellow. Are you not he
> 　　That frights the maidens of the villagery,
> 　　Skim milk, and sometimes labour in the quern,
> 　　And bootless make the breathless housewife churn,
> 　　And sometime make the drink to bear no barm,
> 　　Mislead night-wanderers, laughing at their harm? (2.1.32–39)
> （大意：姿や形を見間違えているのでなければ、
> 　お前はロビン・グッドフェローと呼ばれる
> 　災いをもたらす、ふらちな妖精じゃないか？お前は
> 　村の娘たちを怖がらせ、牛乳から皮膜を掬い取り、
> 　時には石臼を廻したり、おかみさんが
> 　バターを作ろうと息を切らせてかき回すのを無駄にしたり、
> 　酒の発酵を止めたり、夜道を往く人を誤った方向に導いて
> 　怪我をするのを笑ったりするんじゃないか？）

　ここでの "shrewd" は、アーデン版の編者のハロルド・F・ブルックス (Harold F. Brooks) によると "malign"（災いをもたらす）という意味である。[5] また、"knavish" というのは、アレキサンダー・シュミット (Alexander Schmidt) によれば "villainous"（ふらちな）、あるいは "roguish"（いたずら好きな）という意味であり、何か良くないことをしでかす存在であろうことを示唆している。[6] 実際、ここでパックが行うとされているのは、村の娘たちを怖がらせ、牛乳から皮膜を掬い取ったり、バターの製造を邪魔したり、酒の発酵を止めたり、夜道を往く人を誤った方向に導いてその人が怪我をするのを笑ったり、というようなことである。[7]

　また、パックは、次のようないたずらもする。

> Puck. And sometime lurk I in a gossip's bowl
> 　　　In very likeness of a roasted crab,
> 　　　And when she drinks, against her lips I bob,
> 　　　And on her wither'd dewlap pour the ale.
> 　　　The wisest aunt, telling the saddest tale,
> 　　　Sometime for three-foot stool mistaketh me;
> 　　　Then slip I from her bum, down topples she,
> 　　　And 'tailor' cries, and falls into a cough; (2.1.47–54)
> 　　　（大意：そして、時にはおしゃべりをする女のボウルに、
> 　　　あぶったりんごのふりをして潜み、その女がエールを
> 　　　飲むとき、唇に向かってひょいと動き、しなびて
> 　　　垂れ下がった胸にエールを注ぐ。賢人ぶった年寄り女性が
> 　　　真面目な話をしている時に三本足の椅子に化け、さっと
> 　　　動き、尻もちをつかせ、「うわぁっ」と叫んで咳込ませたりする。）

　しかし、一方で、パックは人間に善いこともしてやる。これについては、妖精は "Those that Hobgoblin call you, and sweet Puck, / You do their work, and they shall have good luck." (2.1.40–41)（お前をホブゴブリン（いたずら好きな小鬼）と呼んだり、優しいパックと呼ぶ人間たちには、仕事をしてやって、幸運を授ける）と述べている。これに関連する記述がレジナルド・スコットの『魔術の暴露』に見られる。

> In deede your grandams maides were woont to set a boll of milke
> before him and his cousine Robin good-fellow, for grinding of malt
> or mustard, and sweeping the house at midnight . . .[8]
> （大意：本当に、お前のおばあさんの女中たちは、麦芽やマスタードを石臼で挽いてもらったり、夜中に箒で掃いてもらうために、ロビン・グッドフェローたちに牛乳の鉢を用意しておいたものだ。）

Robin のために牛乳を用意しておいてやると、麦芽やマスタードを石臼で挽いてくれたり、箒で家を掃いてくれたりするという。劇中、パックの魔法により様々な混乱が生じることを考えると、彼が人間の家事を助けてくれるというのは意外な気がする。しかし、パックは劇中で確かに "I am sent with broom before / To sweep the dust behind the door." (5.1.375–376)（俺は箒をもって先に遣わされた。扉の後ろの塵を掃くために。）と述べている。家の塵を箒で掃くパックというのはどういうことだろうか？これについて、パックが民間伝承や様々な劇でどのように取り扱われているかをブリッグズやレイサムなどの著作を参考にして探り、パックがどうして家事をするのかについて考えたい。

2. パックとロビン・グッドフェロー

2幕1場34行目の引用で、妖精がパックのことを、「ロビン・グッドフェロー」とも呼ばれる、と述べる箇所があった。ブリッグズの『妖精事典』(A Dictionary of Fairies) によれば、ロビン・グッドフェローとは、16、17世紀のイングランドにおいてもっともよく知られた Hobgoblins（いたず

ら好きな小鬼）だという。[9] 確かに、2 幕 1 場 40–41 行目で、パックは人々に "Hobgoblin" (2.1.40) とも呼ばれている、と妖精が述べている。

　それでは、ロビン・グッドフェローとパックの間にはどのような違いがあるのだろうか。ここで、『夏の夜の夢』以前にパックがどのようなものと考えられていたのか見てみよう。前述のブリッグズは、パックという名称は、昔ははっきりと悪魔 (Devil) に対して使われたものだと述べている。[10] また、レイサムも、次のように述べている。". . . the term Puck or pouke was a generic term applied to a class of demons or devils and to the devil himself, . . . "（意味：パックやポークという言葉は悪魔の部類に入るもの、或いは悪魔そのものにあてはめられる総称的な言葉である）。[11] ウィンフィールド・シュライナー (Winfried Schleiner) は、シェイクスピア劇におけるパックの由来について記しているのだが、そこで、パックとはもともと「プラック」("Pluck") と呼ばれる、魔女が子どもを苦しめるために送り込む悪魔の一種だったのではないかと述べている。そして、『夏の夜の夢』が上演される数年前の 1593 年に出版された文書によれば、魔女として処刑されたアリス・サミュエル (Alice Samuel) が処刑の際に、"Pluck" という悪霊の名を挙げたという。"Pluck" は、明確に、魔女の "familiar"（魔女の手先として働く悪霊）だと考えられていた。[12]

　一方、ロビン・グッドフェローは、スコットが次のように言及しているように、悪魔ではない。". . . Robin Goodfellowe, that great and ancient bulbegger, had beene but a cousening merchant, and no divell indeed . . . "（大意：昔（人々の）恐れを呼び起こしたロビン・グッドフェローは、人を欺くことはあるが、決して悪魔などではない）（下線は筆者による）[13]。レイサムは、ロビンは「英国土着の精霊」("a native British spirit")[14] であり、「英国の民話特有の精霊」("individual folk spirit")[15] だという。ロビン・グッドフェローは、『夏の夜の夢』以前は妖精ではなかったが、民間伝承でよく知られた存在であるため、シェイクスピアが劇の妖精に現実味を持たせるために彼を使ったのではないか、とレイサムは言う[16]。

　ロビン・グッドフェローは悪魔ではなく、当時の人々によく知られ、親

しまれた存在であったようだ。彼は、家事を肩代わりしてくれるということでも知られていた。ベン・ジョンソン (Ben Jonson) の『愛の復活』(Love Restored) という仮面劇において、次のような描写がなされている。

> the honest plain country spirit, and harmless; Robin Goodfellow, he that sweeps the hearth and the house clean, riddles for the country maids, and does all their other drudgery, . . .[17]
> （大意：無害で正直者の田舎の精霊であるロビン・グッドフェローは、炉床や家を掃いてきれいにしてくれ、女たちの骨折り仕事をすべて片づけてくれる。）

ロビンは、家をきれいに掃除し、田舎の女性たちの単調な骨折り仕事を肩代わりしてくれるというのである。レイサムが言及しているように、ロビンは、自分が好きな食べ物と引き換えに家事を引き受ける、という。朝、火をおこし、家を掃き、マスタードや麦芽を臼で挽き、井戸から水を汲み、亜麻を紡ぐというような骨折り仕事をするのがロビンは大好きらしい。[18] ここでレイサムが述べていることと同じ内容がスコットの著作にある。

> . . . Robin good fellowe, that would supplie the office of servants, speciallie of maids, as to make a fier in the morning, sweepe the house, grind mustard and malt, drawe water, . . .[19]
> （大意：ロビン・グッドフェローは、朝、火をおこしたり、家を掃いたり、マスタードや麦芽を石臼で挽いたり、井戸から水を汲む、というような召使の仕事を、特に女性の仕事を代行する。）

『夏の夜の夢』のパックは、"devil" と関連付けられたパックより、イングランドの民間伝承や戯曲などで人々に親しまれてきたロビン・グッドフェローの影響が色濃く残っているのではないだろうか。

　劇の最後で、パックが "I am sent with broom before / To sweep the dust behind the door." (5.1.375–376)（俺は箒をもって先に遣わされた。扉の後ろの塵を掃くために。）と言う。これは、もともとのロビン・グッドフェローとしてのパックの家事を好む性向が反映されたものと言えるのだろうが、それだけであろうか？　次に、パックが家を掃く、ということの意味について考えたいと思う。

3.　箒を手にするパック

　ブリッグズは、パックが劇の終わりで妖精たちの祝婚歌が始まる前に家を掃くのは、子牛皮の服を着たロビン・グッドフェローが、伝統的な仮装無言劇の多くにおいて床を掃く役割を担っていたことに由来するからではないかと言う。[20]

　では、なぜパックが『夏の夜の夢』において家を掃く役割なのか？ パックはオベロンの道化 ("jester") であり代理 ("lieutenant")、つまり、召使のようなものである。レイサムが述べているように、本来は独立した存在であったロビン・グッドフェローは、『夏の夜の夢』においては、オベロンの召使であり、オベロンより身分が下である。[21] このことが、パックが家を掃く、ということと何か関わりがあるのだろうか。無論、パックは民間伝承においても箒で掃くということを好んだ、ということは先程見た通りである。しかし、自発的にそれをすることと、オベロンの召使としてその作業をすることとの間には違いがある。

　ウェンディ・ウォール (Wendy Wall) によると、シェイクスピアが生きた時代、妖精物語 (fairy stories) は下女や家事と結びつけられた。妖精に関する話は下層階級の間で語られるものであって、上流階級の子どもは大人になる際の通過儀礼としてそれを捨てなければならなかった、という。そして、また、妖精も二つの社会的なカテゴリーに分けられる、とウォールは述べる。タイターニアとオベロンは貴族社会の妖精ロマンスに起源を持つが、パックの起源であるロビン・グッドフェローは「農耕の精霊」

("agrarian spirits") であり、農村から出てきたものである。[22]

5幕1場でオベロンは、次のように述べ、これから生まれてくる子供に祝福を与えると述べる。

> Obe.　To the best bride-bed will we,
>
> 　　　Which by us shall blessed be;
>
> 　　　And the issue there create
>
> 　　　Ever shall be fortunate. (5.1.389–392)
>
> （大意：我々は、最上の花嫁のところへ行き、
>
> 祝福しよう。そして、そこで懐胎する子どもが
>
> ずっと幸運であるようにしてやろう。）

シーシュース (Theseus) とヒッポリタ (Hippolyta) の子ども ("issue") に幸運が訪れるように、オベロンとタイターニアで祝福を授けようというのである。そして、その前に家の掃除をするのがパックの役目である。ウォールは、次のように述べている。

> In this final incarnation he represents himself as a servant-worker whose domestic labor silently enables the reproduction of the royal family.[23]
>
> （大意：最後に彼は召使として登場するが、その家事労働が静かに王家の生殖を可能にするのだ。）

民間伝承の中のロビン・グッドフェローからオベロンの召使となったパックは箒で掃くことにより、オベロンとタイターニアがシーシュースとヒッポリタの生殖を祝福することを下支えするのである。このことは、農村の妖精であるロビン・グッドフェローを起源とするパックが縦横無尽に活躍した、バーバー (C. L. Barber) が言うところの「農神祭的な」("saturnalian") この喜劇の祝祭期間の終了を告げているかのようである。[24] 農神祭

的な祭りが終わり、パックは箒とともに日常に戻っていくのではないだろうか。

注

本稿は、立命館大学英米文学会第 29 回大会（2019 年 7 月 6 日）における研究発表に基づいている。貴重な御意見を頂いた方々に感謝申し上げたい。

1　引用については以下全て Harold F. Brooks 編集のアーデン版による。
　　"love juice" とは、"love-in-idleness" (2.1.168) と呼ばれる三色すみれの花の汁のことで、これを寝ている人のまぶたに垂らすと、目覚めて最初に見たものに恋をする。
2　『夏の夜の夢』の批評史に関しては、Harris and Scott、そして、Kehler の文献を参考にした。
3　これらの著作は、民間伝承における妖精が、『夏の夜の夢』に登場する妖精の造形にどのように取り入れられているかについて考察しており、パックについても詳細な記述がある。
4　Scot の著作の書誌情報は引用文献を参照されたい。
5　Brooks ed. *A Midsummer Night's Dream*, 28.
6　Schmidt, vol. 1, 617
7　*The Elizabethan Fairies* に次のような記述が見られる。"What the fairies most desired was milk and cream and butter, and their appetite for these commodities was notorious. So much so, that, with Robin Goodfellow, whose propensity for cream amounted to an obsession, they were termed "'spirites . . . of the buttry,'" or "'Dairy Sprites!'" Latham, 116.（大意：妖精たちが最も好むものは牛乳、乳脂、バターであり、これはよく知られたことである。従って、それらのものに対する欲求が非常に強く、執着の域にまで達しているロビン・グッドフェローとともに、彼らは「バターの精」、或いは「酪農の精」と名付けられた。）
　　ここでは、妖精、特に、ロビン・グッドフェローがいかに牛乳やクリーム、バターが好きかということが記されている。ロビン・グッドフェローについては、2 章で述べたい。
8　Scot, Book IV, chapter x. 67.
9　Briggs, *A Dictionary of Fairies*. 341.
10　Briggs, *A Dictionary of Fairies*. 342.

11　Latham, 219.

12　Schleiner, 65–68。また、Ernest Schanzer は、"The moon and the fairies in *A Midsummer Night's Dream*" という論考において "By making him servant and practical joker to Oberon, Shakespeare began the process of degradation which finally turned him into the devil Pug, the familiar of witches." Schanzer, 234.（意味：パックをオベロンの召使であるいたずら者にすることにより、シェイクスピアはパックを最終的には悪魔であるパッグ (Pug) に変質させる、という堕落への過程に着手した）、と述べ、『夏の夜の夢』のパックを魔女の手先である悪霊として捉えている。シャンツァーの論文は『夏の夜の夢』で度々言及される月 ("moon") と妖精について考察しており、興味深いものであるが、この一節に関しては異議を唱えたい。

13　Scot, To the Readers, B.

14　Latham, 222.

15　Latham, 225.

16　Latham, 221.

17　Latham, 231.

18　Latham, 248.　ここでのロビンは家事を助けてくれる存在であるが、Mary Ellen Lamb は、"Taken by the Fairies: Fairy Practices and the Production of Popular Culture in *A Midsummer Night's Dream*" という論考において、妖精やロビン・グッドフェローが、様々な分野において、いかに「弱者の武器」("a weapon of the weak") として言及されてきたかについて考察しており、非常に示唆に富む。

19　Scot, Book XV, chapter xxi. 437.

20　Briggs, *The Anatomy of Puck*. 77.

21　Latham, 253–254.

22　Wall, 85–86.

23　Wall, 85.

24　この点に関しては、Barber の著作を参照されたい。

引用文献

Barber, C. L. *Shakespeare's Festive Comedy: A Study of Dramatic Form and Its Relation to Social Custom*. Princeton University Press, 1959. 2012.

Briggs, Katherine Mary. *The Anatomy of Puck: An Examination of Fairy Beliefs Among Shakespeare's Contemporaries and Successors*. Routledge and Kegan Paul, 1959. Arno Press,1977.

——. *A Dictionary of Fairies*. Allen Lane, 1976.

Harris, Laurie Lanzen and Scott, Mark W., eds. *Shakespearean Criticism*. vol. 3. Gale Research Company, 1986.

Kehler, Dorothea ed. *A Midsummer Night's Dream: Critical Essays*. Garland Publishing, 1998.

Lamb, Mary Ellen. "Taken by the Fairies: Fairy Practices and the Production of Popular Culture in *A Midsummer Night's Dream*." *Shakespeare Quarterly* 51 (2000) pp. 277–312.

Latham, Minor White. *The Elizabethan Fairies: The Fairies of Folklore and the Fairies of Shakespeare*. Columbia University Press, 1930. Octagon Books, 1972.

Schanzer, Ernest. "The Moon and the Fairies in *A Midsummer Night's Dream*." *University of Toronto Quarterly* 24 (1955) pp. 234–46.

Schleiner, Winfried. "Imaginative Sources for Shakespeare's Puck." *Shakespeare Quarterly* 36 (1985) pp. 65–68.

Schmidt, Alexander. *Shakespeare Lexicon and Quotation Dictionary*, vol. 1, Dover Publications, Inc. 1971. 2vols.

Scot, Reginald. *The Discoverie of Witchcraft*, 1584. ed. Brinsley Nicholson, 1886. Biblio Life: 2009.

Shakespeare, William. *A Midsummer Night's Dream*. ed. Harold F. Brooks, The Arden Edition of the Works of William Shakespeare. 1979. Bloomsbury, 2010.

Wall, Wendy "Why Does Puck Sweep?: Fairylore, Merry Wives, and Social Struggle." *Shakespeare Quarterly* 52 (2001) pp. 67–106.

ジェイムズ・トムソン作『アルフレッド』における民族意識の創造

金山　亮太

1.

　リンダ・コリーは『イギリス国民の誕生』（原著 1992 年）の中で、「ブリトン人」という人種が 18 世紀初めにどのように「創造」されたかを跡付け、比較対照されるべき他者としてフランスを設定することで、ブリテン島の住人を一つの旗のもとに統合する政治的力学が働いていたと論じる。[1] 1536 年のウェールズの併合、1603 年のスコットランドとの同君連合から百年を経て、1707 年にはアン女王の下でグレート・ブリテン王国 (The United Kingdom of Great Britain) が成立した。本来は異なる人種で構成される 3 つの国が、この時期に一つの民族的アイデンティティ——「ブリティッシュネス」——を付与されたのだとコリーは主張する。彼女がその著作の中でほとんど言及していないにもかかわらず、この民族意識の形成に影響力を及ぼしたと考えられるのが、1740 年に発表された仮面劇『アルフレッド』(Alfred: a masque) である。古代七王国のうちで唯一イングランドを統一したとされる伝説のウェセックス国王アルフレッド（849 年～899 年）を主人公に据えたこの作品は、詩人ジェイムズ・トムソン (James Thomson) が劇作家デヴィッド・マレット (David Mallet) や作曲家トマス・アーン (Thomas Arne) と合作したもので、ハノーヴァー朝ジョージ 2 世の皇太子フレデリック夫妻の前で上演された。今日では原作自体はほとんど忘れられているが、結末部でアルフレッドの支援者である隠者によって歌われる頌歌『支配せよ、ブリタニアよ！』(Rule, Britannia!) によって主に記憶されている。ロンドンのロイヤル・アルバート・ホールで毎夏行われるプロムナード・コンサートの最終日に、聴衆全員が大合唱をすることで知られるこの愛国歌は、「ブリトン人は決して奴隷にはなら

ぬ」という末尾のリフレインの文句が目を引く。[2]

　では、今日のイギリス人は自らのアイデンティティを「ブリテン人」に重ねているのだろうか。実際にはイングランド、スコットランド、ウェールズ、北アイルランドという4つの国からなる連合王国は、今なおブリティッシュネスという統一アイデンティティでは一括りにできないどころか、最近ではこの概念が揺らぎつつあることが明らかになっている。アイルランドはいち早く1922年のアイルランド自由国の建国、そして1949年にアイルランド共和国として正式に英連邦から離脱した。20世紀末には労働党政権の下で権限移譲の拡大が行われ、1999年にはスコットランド議会とウェールズ議会が発足した。スコットランドでは連合王国からの離脱を問う国民投票が2014年に行われ、僅差で否決されたものの、この連合体そのものが制度疲労を起こしていることが暴露されたことは記憶に新しい。2019年3月にはイギリスは正式に欧州連合と袂を分かつことが決まっている（ブレグジットBrexit。ただし、離脱は延期）。このように揺らぎつつあるイギリスの政治状況の今後を考える際に、ブリティッシュネスという概念の成り立ちの経緯を考え直すことは有意義なことであろう。

　この仮面劇において、雌伏しながら再起の時を待つアルフレッド王を励ますのは、彼よりも後の時代に登場することになるイギリス国王たちの精霊と、彼らを紹介すると共にその人格を賞賛し、功績を説明する隠者である。演劇上の約束事としての時代錯誤（アナクロニズム）がここでは採用されているが、と同時に、この劇がイギリスを擬人化した女神ブリタニアを称える頌歌で終わることから、ブリティッシュネスという、新たな民族意識を統合するためのレトリックが込められていることも明らかである。大英帝国の最盛期であるヴィクトリア朝においてはアーサー王伝説やロビン・フッド伝説といった中世回帰の風潮が高まり、これ以降ブリティッシュネスとは別にアングロ・サクソニズムが表面化するが、この2つがどのように並立していたのかについて、『アルフレッド』を参照しながら考察する。最終的に、ブレグジットに典型的に見られるような、今日のイギリス人のアイデンティティの動揺についても考えてみたい。

2.

　まず初めに確認しておきたいのはアングロ・サクソニズムの発生時期である。ミルウォーキー大学教授でアメリカ史を講じるレジナルド・ホースマンは以下のように述べる。

　　アングロ・サクソンのイングランドという神話の起源は 16 世紀にある。ローマと袂を分かち、英国国教会が生まれたことで、原始的なアングロ・サクソン教会への興味が刺激された。改革者たちは、ノルマン征服以降に失われていた慣例、イングランドがノルマン征服よりもさらに遡る、より古い、より純粋な宗教的慣例へと戻っていることを例証することを望んだ。[3] (387)

この記述に従うならば、ヨーロッパの各地で宗教改革の狼煙が上がっていた時期にヘンリー 8 世によってローマ・カソリックから離脱したイングランドは、その決定を正当化するために、ブリテン島に初めてキリスト教が到来した頃（紀元 6 世紀末）の原則に立ち返ることで宗教的純粋性を担保しようとしたことになる。自らの宗教的立場を守るために、一部はより先鋭化した清教徒（ピューリタン）となって新天地アメリカを目指したが、ローマ・カソリックの影響を排除することで、イングランドらしさを取り戻すことを目的とした人々もまた存在したということであろう。ホースマンはさらに続ける。

　　16 世紀と 17 世紀に集中的な努力が行われた結果、アングロ・サクソンの歴史という、見事に定義された神話をそれ以降の世代は使えるようになった。アングロ・サクソン人とは自由を愛する人々であり、代議制の制度と豊かな原始的民主主義を享受していた、というわけである。この初期の自由はノルマン征服によって抑圧されたが、マグナ・カルタやそれ以降の闘争を通じて徐々に回復し、ついにイギリス

人は長らく失われていた自由を取り戻したのであった。(388)

初期のアングロ・サクソニズムは人種的な定義を含まず、あくまでもロー
マ・カソリックと対立する宗教的概念であった。この引用箇所にある代議
制、自由などという言葉遣いは、18 世紀初めにホイッグ党のウォルポー
ル内閣の下で確立された議会制民主主義を思わせる。ただし、とホースマ
ンは付け加える。

　　アングロ・サクソン人と彼らの先祖であるゲルマン系との関連性が強
　　調された。自由とはゲルマンの森からイングランドの岸辺へとやって
　　きたゲルマン人によってもたらされたものであり、ゲルマン人の先祖
　　とのつながりを定義することによって、初めてイギリス人は制度的優
　　秀性ではなく人種的特性を記述することになったのである。(389)

かつてローマ帝国の退廃とローマ人の堕落を嘆き、帝国の外縁に位置して
いたゲルマン地方の人々の純粋性を称賛したタキトゥス（55 年〜 120 年）
は、『ゲルマーニア』(98 年) において「ゲルマーニア諸族は、何ら異民族
との通婚による汚染を蒙らず、ひとえに本来的な、純粋な、ただ自分みず
からだけに似る種族として、みずからを維持して生きた」と記した。[4] 20
世紀にナチス・ドイツの手で復活することになる「純血にして優秀な白色
人種（アーリア人種）」という発想は、遠くローマの歴史書に端を発して
いるのである。また、アングロ・サクソン人がゲルマン人と自らを同一視
することで、自らの人種的優越を唱える根拠が既にここで準備されていた
ことも想像できる。
　ただし、16 世紀から 17 世紀にかけて、自分たちの先祖はゲルマン人で
あり、そのゲルマン人はタキトゥスによってその人種的純粋性を認められ
ていたという事実を、当時のイギリス人がどの程度信じていたかについて
は疑わしい。彼らにとって、自分たちが様々な民族の混合体であることは
半ば常識であったことは、ダニエル・デフォーの「生粋のイギリス人」

("The True-Born Englishman", 1701 年）という長編の風刺詩によって明
らかだからである。

　　初めにローマ人がジュリアス・シーザーと共にやって来た
　　その名前を持つ国民もみな含めて
　　ガリア人、ギリシャ人、ロンバルド人、そして熟慮の結果
　　それぞれの国民の援軍や奴隷もやって来た
　　サクソン人がヘンギストと共に、デーン人がスエノと共にやって来た
　　略奪をするためであって、名声を求めてではない
　　スコットランド人、ピクト人、そしてアイルランド人がやって来た
　　そして征服王ウィリアムがノルマン人を連れて来た。

　　こういった人々が野蛮な子孫を残していった
　　軍隊の残りかす、全人類の残りかす
　　以前からここにいたブリテンと交わった
　　ウェールズ人がすでにその評判に関わっていたが。

　　この二面性のある、育ちの悪い群衆から発生したのが
　　自惚れが強くて性格の悪いイギリス人だ
　　これらの国民の慣習、苗字、言語、風習が
　　彼ら自身を説明してくれる
　　我々の言葉にある固有の特徴を残していった
　　それを使って、ちょっと調べてみればすぐに見分けがつくだろう
　　ローマとサクソンとデーンとノルマンが混じった英語を。
　　　　　　　　　　　　　　　　　　　　　　(part 1, 120–139)[5]

デフォーがこの詩によって擁護しようとしたのは、1688 年の名誉革命に
よってジェイムズ 2 世が退位した後、メアリ 2 世と共に共同統治をおこな
ったオレンジ公ウィリアム（ウィリアム 3 世、1650 年～1702 年）である。

オランダからやってきた君主を冷遇しようとする当時の風潮に対して、ブリテン島は様々な人種に侵略された過去があり、そこで何世代にもわたって行われた交雑婚の結果生まれたのがイギリス人であり、それは英語の語彙を見れば一目瞭然だ、とデフォーは述べる。後にウォルター・スコットが『アイヴァンホー』（1820 年）の冒頭で繰り広げたような、英語系統の語彙とフランス語系統の語彙の使い分けに由来する、国民間の格差に対する認識は、多くのイギリス人が常識として持っていたものであった。自身もまたイギリス人であったデフォーがこのような指摘をしたからと言っても、そこには自虐の響きはない。当時のイングランドはスコットランドやウェールズをはるかに地理的にも経済的にも圧倒しており、ブリテン王国の中で見る限り、その優位は揺るがなかったからである。[6]

　この詩が発表されたのが『アルフレッド』が上演されたわずか 40 年前だったことを考えてみると、デフォーが指摘したような混血性を棚上げできるようなブリティッシュネス概念が直ちに国民に受け入れられたと考えるのは早計に過ぎるであろう。この仮面劇は外国からやってきたゲルマン系の君主を、新たにこの「異質なものの集まりであるイギリス人」（デフォー、part.1, 281）の中に取り込む意図があったものと解した方が、筋が通るように思われる。次節ではこの劇のクライマックスの場面を検討していくが、劇の末尾で歌われるブリトン人と重なるように、イングランドがたびたび言及されることに注意したい。

3.

　『アルフレッド』は第 1 幕が 6 場、第 2 幕が 5 場の 2 幕物である。劇場ではなく、デヴォン州クリフデンにあった皇太子夫妻の私邸で上演するために書かれたため、登場人物はアルフレッドとその妻、彼の部下であるデヴォン伯爵、隠者、アルフレッドを匿っていた羊飼いのコリンとその妻エマの計 6 名だけである。物語は以下のような「主張 (Argument)」で始まる。

主張

　　デーン人がウェセックス王国の最強の都市であるチッペナムを支配
した後、アルフレッドは彼の臣民に直ちに見捨てられた。このように
すべての人に見放されたこの王は、気が付けば、サマセットシャーの
アセルニーにある小島に身を潜めることを余儀なくされていた。当時
そこは木々が茂り、訪ねていくのにも難儀するような土地であった。
そこで彼は農夫のような外見に身をやつし、しばらくの間、誰にも知
られることなく羊飼いの小屋に住んでいた。彼はこの隠れ家にいると
ころをデヴォン伯爵に発見されることになるのだが、タウ川沿いにあ
ったこの伯爵の城は、当時デーン人たちによって包囲されていたので
ある。[7]

　この仮面劇の主賓であった皇太子夫妻は、古代七王国のことなどあまり知
らなかった可能性がある。シェイクスピアの歴史劇が当時の観衆にチュー
ダー朝成立以前のイギリスの歴史を概観させて国民意識を高める機能があ
ったのと同様に、このゲルマン系の王侯にノルマン征服以前のブリテン島
の歴史を学んでもらう機会として『アルフレッド』が上演されたというこ
とは十分に考えられる。
　物語としては、精霊 (Spirit) が折に触れて登場してはアルフレッドを励
ましたり、隠者や羊飼い夫妻、部下のデヴォン伯爵が彼を慰めたりという
内容が第1幕の大半を占める。しかし、第2幕に入るとアルフレッドの
妻エルトゥルーダが登場し、第3場で、国王に復位できる可能性などな
いと嘆く彼を勇気づけるために、隠者が「あなたの子孫から出る国王たち
の長い列が私には見える」(Act 2, Scene 3, 51–53)[8] という、『マクベス』
(*Macbeth*, 1606 年）を思わせる台詞を吐き、イングランドの土地の霊
(Genius of England) に命じて、後のイングランドの国王たちの霊を呼び
出させる。土地の霊は、「まだ生まれぬ帝国の偉大な継承者たちよ！／後に
この島国を治める者たちよ」(74–75) と歌い、まず初めに百年戦争の前半

においてフランスを圧倒したエドワード3世（1312年〜1377年）とその妻フィリッパ（1314年〜1369年）、そしてエドワード黒太子（1330年〜1376年）の霊が現れる。(78–176)

　この場面では繰り返しイングランド、ブリテンという固有名詞が登場するが、アルフレッドの時代にはイングランドや、ましてやブリテンという国は存在していない。[9] 隠者はエドワード3世の旗印の下で「ブリテン国は前進」(96) し、「彼の臣民に自由人の権利を与え、平等な法という基盤の上に彼らを据え付けること」(106–107) が彼の願いであったと言う。このような一連の語りには、イングランドとブリテンを結び付けようとする作者トムソンの意図が感じられるだけでなく、「マグナ・カルタ」（1215年）、「権利の請願」（1628年）と並ぶ「イギリス三大法典」の一つ「権利の章典」（1689年）に謳われた、「国王に対する議会の優位」や「法」や「自由」への意識がうかがえる。その一方で、「国王の資質が国民の資質に反映される」(122–124) という考えや、「人民の父よ」(110) と、国王は国民の親とも目されるべき存在であることをもアルフレッドに自覚させようとする意図が、この隠者の語りには込められているようである。

　実はこの第2幕第3場は、アルフレッドが一人、助けを求めるわが子の力になれない無力な親である自分を嘆く場面から始まっていた (9–20)。国王であると同時に子供の幸福を願う親であることの辛さを吐露するアルフレッドに対して、隠者は父と息子の関係が国王と国民の関係とパラレルであることを示唆する。アルフレッドとウェセックス王国の彼の臣民は、サクソン族というゲルマン民族の一派として血の絆を保っていたことは確かである。ハノーヴァー朝もまたゲルマン系であることを考えるならば、これは作者のリップ・サーヴィスと考えておけばいいのかもしれないが、一つ無視できない問題がここにはある。ここで隠者が称賛するエドワード3世はフランスのアンジュー伯の系統を継ぐプランタジネット朝の国王であり、ここに登場するヴァロア伯シャルル（1270年〜1325年）およびその子フィリップ6世（1293年〜1350年）とは親戚関係にあった。つまり、一方において国王と国民の血の絆を強調する論調と、他方において血縁関係

がありながらも敵対したという史実とが並行して提示されているという矛盾である。物語展開のためのご都合主義と言ってしまえばそれまでだが、血縁といった分かりやすい例を用いつつも、そのレトリックは自在に立場を変え、首尾一貫性がないということを確認しておきたい。

　隠者がエドワード3世一家を称賛し終えると同時に姿を現すのは、エリザベス（1533年〜1603年）の霊である (177–234)。当時のイギリスがカソリック国の脅威に直面していたこと、当時最強の海軍国家だったスペインの無敵艦隊がイギリス海軍と戦う前に嵐に遭って敗走したことなどを想起させる内容である。ここでは敵役が百年戦争当時のヴァロア朝フランスからスペインに変わってはいるものの、イングランドが外敵との戦闘を通して国家としての体制を確立してきたことを紹介する展開となっている。最後に、スチュアート家の君主ジェイムズ1世（1566年〜1625年）のことを非難する意図があると思われる台詞（「偉大さもなければ名声も持たない一人の王侯」）の後、名誉革命の立役者であったウィリアム3世の霊が現れる (235–259)。だが、これ以上に注目すべきは、隠者がその直後に「しかし私には見える／遠い地方から穏やかな勝利に運ばれて／また別の国王が現れるのが！」(259–261) と告げる場面であろう。この国王というのがハノーヴァー朝の始祖ジョージ1世（1660年〜1727年）であることは疑いなく、ここにおいて『アルフレッド』は疑似的な王位継承の儀式の様相を呈することになる。しかし、ここで本論のテーマに立ち返りたい。

　『マクベス』ではバンクォーの血を引く子孫たちが国王となって登場するが、『アルフレッド』の国王の霊たちは、いずれもアングロ・サクソンの血筋ではない。確かに縁戚関係であるとはいえ、エドワード3世はフランス系プランタジネット朝の国王であったし、エリザベスの祖父ヘンリー7世（チューダー朝の始祖）は、元をただせばウェールズ（ケルト系）の家系であり、母系からはランカスター家（プランタジネット家の末裔）につながる。ウィリアム3世に至っては、デフォーの風刺詩発表の経緯からも明らかなように、元はオラニエ公（オランダ人）であった。この仮面劇の主賓はドイツ系であり、その前のスチュアート朝はスコットランド（ケ

ルト系）出身であった。純粋にアングロ・サクソン系の国王がイギリスを
統治したのは古代七王国のアルフレッド王が最後だったのであり、1066
年のノルマン朝以来、実はイギリスの庶民は、今日に至るまで自分たちと
は血の繋がりの希薄な国王を戴いてきたのである。そんな彼らにとってブ
リティッシュという民族的アイデンティティはどのような意味を持ってい
るのであろうか。

　イギリス人各自の歴史意識の中でこの問題がどのように捉えられている
かは推測するしかないが、彼らがイギリス王室に対して抱いている感情に
は一筋縄ではいかない複雑さが内包されているであろうことは想像がつ
く。イギリス国民が自らの国王 (king) に対してある種の屈託を覚えると
すれば、もともと king という言葉が kinship（血族関係）や kinsman（同族
の者）のように、眷属であることを前提としたゲルマン語由来の単語（ド
イツ語では koenig）であることと関係があるかもしれない。彼らは「血
の絆」という観念を予め断念させられていながら、君主を king と呼ばな
ければならないのだ。イギリス人がデフォーのいう「異質なものの集ま
り」の子孫であったとすれば、彼らが頂く国王もまた異国人揃いなのであ
って、こう見ると彼らの民族的アイデンティティを保証するものは得体の
しれない、曖昧なものに見えてくる。

　しかし、そのような不安定なものであったからこそ、コリーが指摘する
ような「人種の創造」が可能になったとも言える。すなわち、今日なお表
面化することのあるイギリス人の自らの民族的アイデンティティに対する
こだわり（イングリッシュか、スコッティッシュか、アイリッシュか、ウ
ェルシュか）自体もまた一種の虚構であり、時代に応じて柔軟に変えるこ
とができるものだったということである。時にブリティッシュの旗の下に
集い、また時には自らの出自である（と信じる）特定の民族的アイデンテ
ィティを標榜する彼らは、たとえばラグビーの国際試合ではイングランド
の聖ジョージ旗を振り、オリンピックの会場ではユニオン・ジャックの T
シャツを着ることができるのである。

　アングロ・サクソンであることを誇ることは、同時にかつてノルマン王

朝に支配されたという敗者の烙印を引き受けることを意味するはずなのだが、彼らはなぜか選択的健忘症に罹ったかのように、不都合な過去からは目を逸らしてしまう。時代が下ると、国内におけるアングロ・サクソン系の優位を確保するために、切り捨てるべき他者を設定するという操作が行われるようになった。かつてローマ・カソリックを排除することで自らのプロテスタント性を担保し、フランスを仮想敵とみなすことによって国内の結束を図ったのと同じような観念操作が行われるようになるのである。19世紀後半にアイルランド系を排除するような言説が登場することによってアングロ・サクソン系の優秀さを誇ろうとする風潮が現れるが、これもまた一種の観念操作に過ぎないことは明らかである。[10]『支配せよ、ブリタニアよ！』と歌う彼らは、隷属させられていた過去の記憶を封印し、帰属すべきアイデンティティに対する確信を持てないまま、そのようなものがあるかのように振る舞っているだけなのかも知れず、それは取りも直さずアングロ・サクソニズムの虚構性を暴露するものとなる。白人優位主義あるいは優生思想の裏に潜むものが自らのアイデンティティに対する不安感であるとすれば、その原因はジェイムズ・トムソンが編み出した、民族意識を混乱させたレトリックにその端緒があるのかも知れない。

4.

　本論では、「独立的で自意識の強い三つの国家が織りなす三位一体にはほど遠かった」（コリー、19）状態のイングランド人、ウェールズ人、スコットランド人がブリティッシュネスという人為的なスローガンのもとでまとまろうとした経緯の背景として『アルフレッド』の中身を検討してきた。しかし、19世紀にはブリティッシュネスに代わり、アングロ・サクソニズムが台頭してくることはすでに述べたとおりである。一度はまとまりを与えられていたはずのアングロ・サクソン系の人々とケルト系の人々の一体感は、ヴィクトリア朝に入り、イギリスが世界に冠たる大帝国に成長した時、再び失われ始めた。アングロ・サクソン人こそが真のイギリス

の偉大さの源であるという言説が有力になるにつれ、イングリッシュネスという民族的アイデンティティとこれまでのブリティッシュネスとの間には離齬あるいは緊張感が生じるようになった。

　トムソンの影響を受けて登場した前期ロマン派の詩人たちのうち、ウィリアム・ブレイクが書いた長編詩『ミルトン』の序詞には、古代イングランドをイエス・キリストが訪問したという伝説をもとにした一節が含まれ、後に第一次世界大戦中の 1916 年に愛国的讃美歌「イェルサレム」として別個に成立する。イングランドを特別視することを望む時代相を反映したものとして考えることができるが、これもまた 2000 年前の、それこそローマ人以前のブリテン島を舞台にしたファンタジーであり、イングランドという土地への偏愛を示すものであろう。

　以下に掲げる『アルフレッド』第 2 幕第 3 場はこの物語のクライマックスであるが、グレート・ブリテン連合王国の旗の下に複数の異民族を統合して生まれた新たな民族的アイデンティティの確立が企まれていたことが明白である。アメリカ合衆国建国の理念（1782 年に議会によって国璽の一部として認められた）である標語「多数からの統一 (E Pluribus Unum)」もまた、本国イギリスで行われていた民族意識操作の延長上にあるものと考えることが可能であり、United という名称を含むこの 2 つの国が、「雑多な寄せ集め」であることの不安定さを端無くも表していることが分かる。[11] そこでは、自分たちと同種であるという判定の基準は恣意的に決定され、アメリカにおけるワスプ (White Anglo-Saxon Protestant) の定義そのものすら曖昧であることが白日の下にさらされる。南欧系の人々の肌の色と北欧系の人々の肌の色をまとめて「白色」と線引きするという強引さ、アングロ・サクソンという民族的アイデンティティの根拠の曖昧さ、プロテスタントの定義の困難さなど、彼らが根拠としているはずのホワイトネス（白人であること）すら、実は自らの出自に否定しがたく存在する雑種性を肯定できない人々が、人種的一体感を演出するために捏造した一種の神話である可能性が見えてくるのである。

Alfred: a masque　Act 2, Scene 3　全訳

隠者：聞こえたぞ、

　つまらないことで嘆いているようだな、アルフレッド。

アルフレッド：では、お聞きになったのですね、

　導師様、私が苦しんでいる原因のことを。

隠者：人間は悲しみの子として生まれてくるのだ、　　　　　　　　　　　　5

　誰もが悲しまなければならないのだ。卑しい心の持ち主は

　それを拒否したり、その重荷の下にへたりこんでしまうが　勇敢な者は

　その重荷に耐え、嘆くこともない。

アルフレッド：誰が耐えられるでしょうか、

　幼子の傍にいてやれないという矢の傷の痛みを　　　　　　　　　　　　10

　愛する者、守ってやらねばならない者が

　助けを求めているときに　そこに行ってやれないときに？

隠者：泣くことはない、エルトゥルーダ――、しかし、あなたは王ではな

　い、

　私的な感情は王という名の前では崩れ去る。

　汝の臣民は王が全きことを望んでいるではないか。　　　　　　　　　　15

アルフレッド：民衆に信用されているからといって、

　尊い賢者様！　あの柔らかな絆を断つことなどできるでしょうか

　子供を思う親の心に巻きついた、それよりもさらに柔らかな絆を？

　神ご自身が下され、われわれの流れと

　混ぜ合わされたあの神聖な感情を。　　　　　　　　　　　　　　　　20

隠者：わが子を愛しておられるのだな、貴公は。

アルフレッド：地上に住むもの、

　空に住むもの、海に住むもの、野生のものも飼いならされたものも

　この普遍的な愛情を知らぬものがあるでしょうか？

　自然界のあらゆるものは　それを身近に、そして深く感じています。　　25

　そして自然の子はみな、本能で動くものも理性で動くものもそう感じてい

　ます。

隠者：それならば、その情熱の最も高貴な形を見せるがよい。

　彼らの幼い時期をあらゆる美徳で飾ってやるがよい

　社交界にある時も、ひとり孤独にある時も、

　公的に偉大な立場にいる時も、家の中で愛すべき時を過ごしているときも

30

　彼らを高めることのできる全て、王子としての地位を飾れる全てをもって

　飾り立ててやるがよい。

アルフレッド：ああ、彼らの希望は

　私の不運のせいで、より卑しい目的に屈するしかない

　苦難とさもしい欠乏とを彼らは師とするほかない　　　　　　　　　　35

隠者：苦難こそ美徳の健全な土壌だ

　そこにこそ忍耐、名誉、やさしい人間性

　穏やかな不屈の精神が根付き、栄えるのだ

　しかし豊かな運は快楽で人を誘惑し

　華麗さで目をくらませ、おべっかで人を堕落させる　　　　　　　　　40

　土地を毒し、その土地の最も優れた産物すら殺してしまう

　もしも汝が王位を回復したら――

アルフレッド：私の王位？　そんなこと、

　希望のかけらもありはしない――

隠者：そんな日が来るかもしれないではないか――　　　　　　　　　　45

　何か感じるぞ？私の苦しい胸が膨らんで、

　輝かしい霊感に余地を与えようとしている

　そして今、汝の未来を真夜中のように

　重く黒く覆っていた雲が

　雲散霧消していく！　そしてまばゆい光景が　　　　　　　　　　　　50

　私の目の前に明るく現れる！　長々と続く国王の列が

　汝から生まれた国王たちが、栄光と名声に輝きながら

　ほんやりとではあるが華麗な行列をなしているのが私には見えるぞ！

　　　　イングランドの聖霊だ！近くを漂い、

　　輝かんばかりの魅力を放ちながら姿を現せ　　　　　　　　　　　　55

さあ、ここへ来て未知の世界から呼び出し給え
あの力強い君主、将来名声を誇ることになる息子たちを
これからずっと先、この島を有名にし
遠くの国々にその恐るべき名前を広め
ゆっくりとその幻の姿を現させ　　　　　　　　　　　　　　　　　60
われわれのさまよう目の前を厳粛に通り過ぎさせよ。

［壮大で威厳のある音楽。空から降りてくる精霊が以下のような歌を歌う］

　　　　あの輝ける永遠の国から
　　　　夜になっても太陽の沈まぬところから
　　　　黄金の光を　降り注げ。
　　　　そこでは尽きることのない泉が　　　　　　　　　　　　65
　　　　露のしずくを置いた大地の上に
　　　　その明るい千もの色をまき散らす。
　　　　ああ、水が生き生きと流れるその泉の花咲く側と
　　　　あるいはその日陰が平和と愛を包み込む
　　　　かぐわしい森の中に　　　　　　　　　　　　　　　　70
　　　　新たな楽しみが
　　　　あなたの時間すべてを満たし、
　　　　そして　あらゆる喜びで五感を満たすように！
　　　　まだ生まれぬ帝国の偉大な継承者たちよ！
　　　　後にこの島国を治める者たちよ　　　　　　　　　　　75
　　　　この王侯の沈んだ心を元気づけるために
　　　　いでよ！いでよ！いでよ！

［エドワード3世、妻のフィリッパ、そして息子の黒太子の聖霊が現れる］

隠者：アルフレッド、ほら、

　　あそこに何が見えるかね。

アルフレッド：3人の威厳ある姿　　　　　　　　　　　　　　　　　80

　　2人はいにしえの戦士のような服を着て

　　3人目はより穏やかに、そして女らしく輝く顔には美が微笑んでいます。

　　光を通すベールが

　　彼女の美しい首から垂れ下がり

　　風に舞っています。　　　　　　　　　　　　　　　　　　　　　85

隠者：ああ、アルフレッド、天に愛されし者よ

　　本物の国王の姿を見るがよい

　　武勇においても、平和な統治の技においても敵なし

　　統治者の最も栄えある鑑　しかしさらに名声高きは

　　イングランドのエドワード3世だ！その恐るべき侵攻により　　　90

　　高慢なフランスは今でも国中で震え上がっている。

　　フランスの土地の霊はため息をつき、

　　偉大なるシャルル［ヴァロア伯シャルル、フィリップ6世の父］の魂は、

　　その永遠の岸辺から振り返って地面を見つめ、遠くの苦難を嘆く

　　かの国はエドワード王の怒りから、その軍旗に覆われると感じる定めな

　　れば　　　　　　　　　　　　　　　　　　　　　　　　　　　　95

　　ブリテンは前進するのだ

　　征服せんと隊列をなし、栄光に満ちた強さもて。

　　そして諸国民はブリテンに縮み上がる　ああ、どれほどの死を

　　どれほどの荒廃をブリテンの復讐心が広げることになることか

　　まだ見ぬ兵器から、その稲妻は輝き　　　　　　　　　　　　　100

　　その驚くべき雷鳴は平地の上に轟きわたる。

　　まるでこの国王がいと高きところから招集したようだ

　　彼の戦いに参加すべく　天の恐るべき大砲を。

　　戦争での名声だけが彼の野心ではない

　　さらに高貴な情熱がその胸には燃えている――　　　　　　　　105

　　アルフレッドよ、よく聞け――彼の臣民に神の祝福を与えようとして！

理性が声高に求める　自由人として生まれた人々のための神聖なる権利

　　──これらこそ、アルフレッドよ、彼の関心事だ。

　平等な法という基盤の上に彼らを

　確固として据え付けてやること──ああ、人民の父よ！　　　　　　　　110

　感謝に満ちた土地から次々と称賛の言葉が送られ、

　　汝の名を永遠に聖人の名とするように！

アルフレッド：聖なる賢者、

　天使によってこのように啓蒙され、魂を吹き込まれた方

　私の胸には天で生まれた炎によって火が付きました。　　　　　　　　115

　偉大なエドワード！　汝の征服と称賛よりも

　汝自身の方がはるかに優れていようと　ああ、だが汝の

　国民の幸福を願う親のごとき心遣いと

　国内で祝福されるイングランドへの心遣い──私の心はうっとりとして

　汝の名声に匹敵することを願ってやみません！　　　　　　　　　　　120

隠者：さらに知れ、アルフレッド

　統治者の偉大な手本が国民を作るのだ

　人民の心が高貴になるか下劣になるかは

　統治者が人民にどのような魂を吹き込むか次第だ。このエドワードの時

　　代には

　彼の勇気によって暖められ、彼の名誉によって高められた、　　　　　125

　ブリテンの魂が炎高く燃え上がりまるで太陽のように

　この世の半分を照らすほどになった　そしてブリテン魂が輝くところ

　愛された世界を輝かせ、豊かにした。

　最後に、見よ、この王の憩いの時の様子を

　玉座にあって人と交わり　喜びを味わい　　　　　　　　　　　　　　130

　孤独な偉大さにめったに知られることのない

　友として、夫として、そして祝福された父として

　かの神のごとき若者に注目せよ　神に祝福された彼の希望だ

　この若者は彼の名前に新たな輝きを与える

　人である前に英雄なのだ──その姿が見える　　　　　　　　　　　　135

クレシーの栄光に満ちた平原に！　その父の心臓は

不安に満ちた愛情と息子の大胆さへの驚きで

興奮して早鐘を打った。彼自身が偉大な人物であり

嫉妬など感じることのできないほどの偉大さ　嫉妬とは、よいか

卑しい心すべてに刻印される印だが、見よ、彼は　　　　　　　　　　140

息子の優秀さに喝采し、

その輝かしさの限りに光を放つ機会を与えた！――再び見よ

彼は恐るべき息子をより高貴な戦場へと送り出す

危険も栄光もすべて自分のものにせよとばかりに！

囚われの身となった国王は、戦いにおいては彼の敵であり　　　　　145

彼の勝利を飾るものとなる！神よ！なんという栄光を、

なんという輝きを　勝利が彼の優雅で穏やかな気質から

引き出すかが私には見える！心優しい慈悲深い人として

彼は敵の王を励まし、彼が倒れた時には泣きさえする！

アルフレッド：これほど多くの美徳と優雅さを備えたお方、　　　　150

　　そしてその美徳に輝きを与えるすべてのものもお持ちになり、

　　私も天にお願いしたい　何か強力な幸運が

　　一番の場所を占めてくださるようにと

隠者：ならば覚えておくがよい、

　　汝の幼い息子たちに何をしなければならないのかを　　　　　　155

　　親として、そして王侯として。

エルトゥルーダ：お許しください、隠者様

　　女王にして妻である私の不安な愚かさをお許しを。

　　あそこに見える美しい人影を見ているうちに

　　私の気持ちが引きつけられ、大事なお話を聞けませんでした。　　160

隠者：ああ、聡明なるエルトゥルーダ！　汝のその花咲く若々しさ、

　　その愛らしさと優しさが

　　アルフレッドとイングランドに祝福をもたらすものだ！　見よ、

　　あちらの見目麗しいお方は妻の中の妻、

　　最も幸福なお方、信仰と友情、愛情と義務の求めるものによって　165

報われたお方なのだ。

その魅力で虜にした方の心に力を及ぼし──

めったにこのような美徳が行われることはない！──気高い様子で

その素晴らしい影響力を行使される。それぞれの目的をかなえるために

夫エドワードの胸に清らかな名誉の炎をともすのだ。　　　　　　170

宮廷の華麗さや安楽さの中にいて

謙虚な心を持ち、簡素で善良で、

価値なき者のよき友となり、貧しき者の親となる。

エルトゥルーダ！　このような最も高貴な魅力を

あの美しい娘に伝えるがよい　まだ蕾のあの薔薇の花に　　　　　175

神は汝の愛をその薔薇の花で飾ったのだ　今日の日のように

［エリザベスの聖霊が現れる］

アルフレッド：ああ、あの方はどなたですか。やんごとなき気品と

　魅力的な物腰、威厳とくつろぎが

　男性的な良識と決意と一つになっているようなお方は？

隠者：かの偉大なるイライザ　彼女は　　　　　　　　　　　　　180

　身の回りに起こる大変な騒ぎと脅威が高まる世界の中にいて

　それぞれの国は危険で、彼女にとって容赦ない敵

　中でもその親玉は誇り高き巨大な帝国で

　この世界の半分ほどに版図を広げている　一つの友好国もなく

　ただ彼女のやさしい、創造的な手が　　　　　　　　　　　　185

　枝分かれするライン川の沼地から救い上げるもの以外は。

　そして国内では　常に足元の危ういその王位が

　偽善者たちによって休むことなく狙われる　彼らはその

　温和な宗教の仮面の下であらゆる罪へと放たれている

　野蛮な情熱を抱いた不実な息子たち　　　　　　　　　　　　190

　されど彼女はこの幸福な島を　平和と

　芸術、富、偉大さと名声とで飾ることだろう

　　　そして次々に敵の狂気を打ち砕くだろう

　　　異なる土地から風が吹いて

　　　われわれの安全な土地に嵐を呼ぶときも　　　　　　　　　　195

　　　わが国の断崖が嵐の怒りをはねのけ　ちりぢりの波となって押し返し

　　　大海原の泡となることだろう

　アルフレッド：隠者様、彼女は輝かしい目的をどうやって遂げるのですか？

　隠者：沈黙の知恵によってだ。その力は

　　　ゆっくりとした評議の中で気づかれることなく働くが、　　　　200

　　　しかし、いったん決意を固め、実行の機が熟すと見るや

　　　稲妻のように密かな陰気さとは手を切る。

　　　常に正しいものの見方を維持することによって、

　　　それが彼女の本当に関心のあることだからだ。その関心事をしっかりと

　　　追求し

　　　しっかりとした忍耐力を持って　国家の迷路を抜け、　　　　　205

　　　反対派の嵐も、賛否両論の意見も切り抜け、

　　　人の管理された感情を打倒する。

　　　国民の間の分断の傷をいやし、

　　　敵の間には恐ろしい病気の種をまくことで、

　　　宮廷内の悪から彼女の財産を守ることで、　　　　　　　　　210

　　　それを、しかるべき時が来たら

　　　彼女は惜しみなく使うことだろう　芸術の保護や

　　　国民を守ることや　国の傷を看護することに

　　　権力の座や公務員の地位につけるだろう

　　　あらゆる有徳の士や有能な人物を：それでも彼女は　　　　　215

　　　周囲にいる輝くばかりのお歴々の中にいても

　　　最も輝くお方だ。すべてを支配する　中央にいる太陽であり、

　　　奴隷をも目覚めさせ、周囲の惑星の動きをすべて支配し、

　　　彼女自身の生み出した臣民の受動的な所有物でもない。

　　　しかし彼女の治世を活気づける偉大な魂は　　　　　　　　　220

　　　その治世を完璧なものとするのは　その愛であり

無限の信頼であり、彼女の賢明さ、

誠実さと正義が臣民の胸にそういったものを吹き込むだろう

だからこそ　どんなものも揺るがすことはできない

心からの信仰があり　だからこそ　尽きることのない宝であり　　　　225

あらゆる傭兵の力を超える

自由を胸に生まれた心によって育てられた手が

王侯や庶民のひとつになった幸福を守る。

彼女もまたブリタニアの海軍精神を向上させ

侮辱的なスペインから強奪するだろう　　　　230

深海の、世界を統括する玉座を

エルトゥルーダ：ああ、比類なき女王！女性の鑑！

稀有壮大な気分が私の魂に満ちて

女の感情以上に輝くようにいっています！

［ウィリアム 3 世の霊が登場する］

隠者：さあ、アルフレッド、もう一度目を上げて見るのだ　　　　235

この場面を次に飾るお方を　あそこで月桂冠を帯びた人影を。

この女王の治世が終わって間もなく、

年月が巡り巡って

ブリテンは滅亡の淵に立つのだ

偉大さもなければ名声も持たない一人の王侯が　　　　240

たわごとを話す聖職者たちの言いなりとなって、彼女の後の王位に就く。

頭が弱いくせに欲望だけは強く、

彼の卑しい野心は無法な統治を切望する

手に入れるだけの力もないのに。あそこに見える王侯のことを

激しい苦難という厳しい手によって栄光を得るようにと　　　　245

教導された方を、神は立ち上がらせ

傷ついた国民は声を合わせて

彼らの最後の、唯一の避難場所を祈り求めると。見よ！彼が来る

無限に広がる海の波を越えて、

彼の率いる海軍は勝利を収めてやってくる　そして声を上げる　　　250

アルビオンの岸辺には彼の名前がこだまする。

不滅のウィリアム！　彼の顔を見れば

迷信も、非道な権力も逃げていく

下劣な媚びへつらいで　ひざまずき

彼が身震いした鞭に口づけする。　この偉大な時間以来　　　　255

ブリテンは本来の権利と法律を取り戻すだろう

そして一つの高貴な目的がその国王の胸を支配するだろう

それはフランスの高慢さを鞭打つこと　かの敵が

イングランドと自由に対して公言した高慢さを　しかし私には見える

遠い地方から穏やかな勝利に運ばれて　　　　　　　　　　　260

また別の国王が現れるのが！　まだ年若いその方は　その武勲のゆえに

青々とした月桂樹で頭を飾られ、

理性の声も認め、苦難からのあらゆる助けを超えた

勇気のゆえに　とても静かで

大胆不敵なほど落ち着き払って！──平和な日々が訪れれば　　　265

彼の玉座の周りには人の持つ美徳が集まり

そしてそのもっとも穏やかな光によって美しく彼を飾るだろう

見せびらかさなくても善良であることがわかり、大きな野心など持たず、

賢明で、平等で、慈悲深い、人の友よ！

ああ、アルフレッド！　これからずっと先、もしも汝の運命が　　　270

思い出される光景を意味する中で

何か喜ばしい祝祭の日の喜びを高めるならば、

あの愛されし国王のもとから生れ出た王侯の前で──聞け、恵み深い神

よ！

汝のやさしき人間性、愛国心、

汝の男らしい、堅固で偉大で決然とした美徳が　　　　　　　　275

彼の最高の野心であるように！　そして、そういったものと共に

汝の良き未来の幸福や栄光が

彼の頭に降り注がんことを！

アルフレッド：ああ、隠者様！　新たに生きなおそうという気になりました！

　　新たな希望、新たな勝利が私の弾む心に満ちています――　　　　　　280

隠者：来るぞ！来るぞ！――約束された光景が今明らかになる！

　　すでに運命の偉大な仕事は始まっている！

　　力強く車輪は回り、そこから広がっていくだろう、

　　我々の狭い世界の限界を超えて

　　アルフレッド、汝の子孫の見事な世界が！　　　　　　　　　　　　285

　　デーン人から奪った戦利品で輝く戦士を見よ！

ワタリガラスはその羽をしぼませている――聞け！勝利のラッパが

高らかに残りの話を語るのを。　　　　　　　　　　　　　　　　　　288

注

本研究は JSPS 科研費 JP15K02329「19 世紀英国大衆演劇とイングリッシュネスの影響関係についての研究」の助成を受けたものです。

1　副題が「国民の捏造 (forging)」であるように、ブリティッシュという概念自体が人為的になされた「でっち上げ」の一種であるというのがコリーの基本的立場である。リンダ・コリー、『イギリス国民の誕生』p. 6（原著 Linda Colley, *Britons: Forging the Nation 1707–1837*; Revised Edition 2009 New Haven: Yale University Press）

2　「支配せよ、ブリタニアよ！」の一番の歌詞（和訳）は以下の通り

　　　　この世のはじめ　神の命を受け

　　　　碧海の中から興る　ブリタニア

　　　　「これこそ証、国の証ぞ」と

　　　　守護天使らはかく　歌い合えり

　　　　支配せよ、ブリタニア！　大海原を統治せよ

　　　　ブリトンの民は　断じて　断じて　断じて　奴隷とはならじ

3　Reginald Horsman, "Origins of Racial Anglo-Saxonism in Great Britain Before 1850" *Journal of the History of Ideas* volume 37, number 3 July-September 1976, 387–410. 引用の後のカッコ内の数字はページ数を指す。

4　タキトゥス著、泉井久之助訳註『ゲルマーニア』(岩波文庫、1979) p. 41

5　Daniel Defoe, *The True-Born Englishman & Other Writings* (Penguin Classics) 2014 に拠る。引用の後のカッコ内の数字は行数を指す。

6　コリー、p. 18

7　James Thomson, *Alfred: a masque*, 1740 reprinted 2016. 引用の後のカッコ内の数字は行数を指す。ただし、本論が採用しているダブリン版（オックスフォード大学ボドレイアン図書館所蔵）は、ロンドン版（カリフォルニア大学図書館蔵）とは改行の位置が異なっている。

8　以下、第2幕第3場の全文は拙訳による。

9　ブリテンという地名がブリトン人 (the Britons) が住んでいた、現在のフランスの北西地方に当たるブルターニュ地方 (Bretagne) に由来することは周知のことであるが、グレート・ブリテン連合王国 (The United Kingdom of Great Britain) と称することでそれまでのブリトン人の国とは異なることを内外に知らしめる意図があったことは疑いがない。国名を一新することで国民意識を醸成しようとしたのだというコリーの議論は妥当なものであると思われる。

10　ロバート・J. C. ヤングは *The Idea of English Ethnicity* の中で 19 世紀のスコットランド人解剖学者・外科医であるロバート・ノックス (1791–1862) の議論を引用し、彼が人種の下位区分として亜人種を設定し、それぞれの亜人種には特有の資質があり、その中でもアングロ・サクソン人が最も優れた資質を持っていることを *The Races of Men* (1850) などの著作で紹介した。ヤングはまた、リチャード・タットヒル・マッシーの *Analytical Ethnology* (1855) や、ジョン・ベドーの *The Races of Britain: A Contribution to the Anthropology of Western Europe* (1862) などにも同書で言及し、19 世紀の後半には下火になりつつあった骨相学 (Phrenology) に代わって、アングロ・サクソン人の「優秀性」を証明してくれそうな言説が歓迎されていた様子を紹介している。

11　E Pluribus Unum という標語は、1731 年にエドワード・ケイヴ (Edward Cave,1691–1754) が刊行した『ジェントルマンズ・マガジン』(*The Gentleman's Magazine*, 1731年〜1922 年) の表紙に掲げられていたことで知られる。多くの情報源からの雑多な記事（日用品の価格からラテン語の詩まで含む）の寄せ集めに、フランス語で「倉庫」を意味する Magazine を採用したのも彼であった。

引用文献

Defoe, Daniel. *The True-Born Englishman & Other Writings*. Penguin USA, 1997.

Horsman, Reginald. "Origins of Racial Anglo-Saxonism in Great Britain Before 1850" *Journal of the History of Ideas* vol. 37, no. 3 July-September 1976, pp.

387–410

Thomson, James. *Alfred: a masque*. 1740 Gale ECCO (Eighteenth Century Collection Online) print edition, reprinted 2016

Young, Robert J. C. *The Idea of English Ethnicity*. Blackwell, 2008

リンダ・コリー著、川北稔訳『イギリス国民の誕生』名古屋大学出版会、2000 年

タキトゥス著、泉井久之助訳註『ゲルマーニア』（岩波文庫、1979）

『ワトソン家の人々』に見る女たちの苦境

川口　能久

1

　『ワトソン家の人々』(*The Watsons*) は、1871 年に『ジェイン・オース
ティンの思い出』(*A Memoir of Jane Austen*) の第 2 版に『レディ・スーザ
ン』(*Lady Susan*)、『サンディトン』(*Sanditon*)、『説得』(*Persuasion*) のキャ
ンセルされた章とともに追加された。[1] 原稿にタイトルはなく、『ワトソン
家の人々』というタイトルはジェイン・オースティン (Jane Austen) 自身
によってではなく、『ジェイン・オースティンの思い出』の著者であるジ
ェイムズ・エドワード・オースティン＝リー (James Edward Austen-Leigh)
によってつけられたものである。[2]『ワトソン家の人々』は 1799 年に『ノ
ーサンガー・アビー』(*Northanger Abbey*) の最初の草稿である『スーザン』
(*Susan*) を完成させてから 1811 年に『マンスフィールド・パーク』(*Mans-
field Park*) に着手するまでのほぼ 12 年のあいだに書き始められた唯一の
小説である。[3]
　『ワトソン家の人々』は 1804 年に書き始められ、1805 年に未完成のま
ま中断された、約 17500 語の断片である。[4] オースティンがこの作品を放
棄した理由は、1804 年 12 月に友人のミセス・ルフロイが亡くなり、1805
年 1 月に父親が亡くなったためと考えられるが、[5] 以下の理由も指摘され
ている。バース、サウサンプトンへの転居のため創作に相応しい環境が整
わなかったこと、[6]『第一印象』(*First Impressions*) や『スーザン』が出版
されなかったこと、[7] エマ・ワトソンの境遇とオースティン自身の境遇が
酷似していて、小説のテーマがオースティン自身の将来に対する不安とあ
まりにも密接に関係していることなどである。[8]
　ちなみにオースティン＝リーは、オースティンが『ワトソン家の人々』

を中断した理由として「著者がヒロインの地位をあまりにも低くしたことの災いを意識したこと」(Drabble "Introduction" 16–17)[9]をあげている。しかし、しばしば指摘されているように、オースティンの構想ではヒロインがロード・オズボーンの求婚を拒否し、最終的にハワーズ牧師と結婚することになっていたことや、[10] オースティンが『マンスフィールド・パーク』のファニー・プライス、『エマ』(Emma) のミス・ベイツやジェイン・フェアファックス、あるいは『説得』のミセス・スミスといった貧しい境遇の人物をえがいていることから、ヒロインの地位の低さが小説を中断した理由とは考えられない。

　オースティンが『ワトソン家の人々』を書き始める頃までに、彼女はすでに「少女期の作品」(Juvenilia) に加えて、それぞれ『分別と多感』(Sense and Sensibility)、『高慢と偏見』(Pride and Prejudice)、『ノーサンガー・アベイ』の原型である『エリナーとマリアン』(Elinor and Marianne)、『第一印象』、『スーザン』を完成させていた。オースティンは本格的な作品を書き始めるまえに『ワトソン家の人々』においてこれまでの作品を再検討したと思われる。『ワトソン家の人々』は「ジェイン・オースティンの芸術的発展の重要な段階」[11] に位置する小説として重要な意義をもつ作品なのである。

　『ワトソン家の人々』には6大小説、すなわちオースティンの完成された6編の小説において、とりわけ『マンスフィールド・パーク』、『エマ』、『説得』という後期の小説において展開されるテーマ、プロット、人物、エピソードなどが数多く含まれている。[12] 例えば、エリザベス・ワトソン、ジェイン・ワトソンという名前は、それぞれ『高慢と偏見』のエリザベス・ベネット、ジェイン・ベネットを容易に連想させる。『エマ』との共通点にかんして言えば、エマ・ワトソンとエマ・ウッドハウスはファースト・ネイムだけでなく、母親が亡くなっている点や父親が病弱である点でも共通している。[13] エマ・ワトソンは『マンスフィールド・パーク』のファニー・プライスと共通点が多い。後述するように、どちらも裕福な親戚の家庭で育てられ貧しい実家に戻る。トム・マスグレイヴとロード・オズ

ボーンがエマの実家を突然訪問するというエピソードも、ヘンリー・クロフォードがポーツマスにあるファニーの実家を突然訪れるというエピソードと共通している。『説得』との共通点について言えば、ロード・オズボーンもウェントワースも手袋を取りに戻ることを口実にしてヒロインのいる部屋に戻っている。

　一般にオースティンは作品を完成させるまでに何度も書き直すが、『ワトソン家の人々』は途中で中断された断片であり、作品全体に修正は加えられていない。この作品の特徴の一つは、オースティンの小説の素材が、加工されないままの、生々しい形で提示されていることにある。オースティンは厳しい現実を写実的にえがいているのであり、このような意味において『ワトソン家の人々』はオースティンの他の小説以上に 19 世紀的な小説と言えよう。実際、リッツは「『ワトソン家の人々』は 19 世紀に属していて、多くの点でファニー・バニー (Fanny Burney) の世界よりもミセス・ギャスケル (Mrs. Gaskell) の世界に近いように思える」[14] と指摘している。ブッシュによれば、『ワトソン家の人々』は 18 世紀的なタイプやモチーフよりもジョージ・ギッシング (George Gissing) の『余計者の女たち』(The Odd Women) において姉妹たちがたどるはるかに厳しい人生を連想させる。[15] トッドはこの作品についてこれまで以上に写実的な筆致でえがかれた、新しい、辛辣な作品と評している。[16]

　以上のように、『ワトソン家の人々』は「ジェイン・オースティンの芸術的発展の重要な段階」に位置する小説であり、さらにオースティンの小説のさまざまな素材を文学的な加工が施されていない、生の形で含んでいる。このような意味において、この作品はオースティン小説の原型と言えよう。実際、オースティンの小説の一貫したテーマは、一言で言えば、女性の結婚であり、『ワトソン家の人々』もその例外ではない。小論ではオースティンの完成された小説との関連性に留意しつつ、『ワトソン家の人々』における女たちの、おもに結婚をめぐる苦境を検討したい。

2

　オースティンの小説は、18世紀の終わりから19世紀初頭のジェントリー (gentry) と呼ばれる階級に属する女性の結婚をテーマとしているが、それはこの時代の、この階級の女性にとって結婚がきわめて切実な問題だったからである。ドラブルは当時の女性にとっての結婚の意義をつぎのように述べている。

> 　婚約と結婚は当時、現在とは異なり、女性の将来をすべて決定する出来事であった。すべての生涯、幸福のすべての見込みが相応しい男性を（ときには、どんな男性でも）見つけることにかかっていた。したがって結婚相手の男性を見つける過程が真剣に扱われるテーマであることは驚くにあたらない。ほかに運命はなかった。ヒロインは結婚するより仕方なかったのである。結婚するまでの期間は女性の人生のなかで将来を決める期間であり、選択が重要な役割をはたす唯一の期間でもあったのだ。(Drabble "Introduction" 20)

　『ワトソン家の人々』にはオースティン特有のユーモアやアイロニーはほとんど認められないが、[17] それはオースティンがこのような女たちの結婚をめぐる現実を他の小説以上に赤裸々にえがいているからであり、ユーモアやアイロニーを交えてえがくだけの余裕がなかったからであろう。
　『ワトソン家の人々』の特徴は、ワトソン家の社会的、経済的地位の低さにある。このことは作品冒頭の「エドワーズ家の人々は町に住み、大型四輪馬車 (coach) を所有する資産家であった。ワトソン家の人々は3マイルほど離れた村に住み、貧しく、屋根付き馬車 (close carriage) を持っていなかった」(107)[18] という一節からも明らかであろう。「堂々とした家」(a noble house) (114) に住み、豪奢な暮らしをしている資産家のエドワーズ家や「オズボーン館」(Osborn Castle) (115) に住む貴族のオズボーーン家と比べて、ワトソン家の社会的地位は低く経済的に困窮している。舞踏

会から3日後トムとロード・オズボーンがエマ目当てにワトソン家を訪問したとき、裕福な家庭で育てられたエマが「とても質素な暮らし」に対する「悔しさ」(135) を感じ、ミスター・ワトソンが「畜生、畜生、どうしてロード・オズボーンがやってきたんだ。14年間ここに暮しているが、オズボーン家からは無視されてきた」(138) と苛立つのは当然のことなのである。当主のミスター・ワトソンは妻に先立たれた、病弱な、牧師にすぎない。言うまでもなく、彼に経済力はない。

　このような状況にある以上、ワトソン家の娘たちは何としても結婚しなければならないのである。エドワーズ家に向かう馬車のなかでエリザベスがエマに語る言葉は、ワトソン家の女たちの置かれた苦境を端的にあらわしている。

　　　「でもねえ、私たちは結婚しなければならないのよ。私自身は独身でもやっていけるわ。――少し仲間がいて、ときどき楽しい舞踏会があれば、私には十分だわ。もしいつまでも若ければね。でもお父様は私たちを養うことはできないし、それにだんだん年をとって貧しくなって笑い物になるのはひどいことだわ」。(109)

「お父さんが亡くなったら、悲しいことだが、私たちは離散することになるだろう。残念だが、お前たちは誰一人として結婚できないだろう。(略) マーガレットが1000ポンドか1500ポンド持っていたら、彼女のことを考える若者もいただろうに」(143) という長男であるロバートの言葉も、ワトソン家の4人の娘たちと1人の息子に結婚できる可能性が少ないことと同時に結婚における金の重要性を端的にしめしている。事実、エリザベスは結婚しなければならないと言いながら、彼女の言葉からは自分自身の結婚はあきらめていることもうかがえる。28歳のエリザベスは「十分な収入のある愛想のよい男だったら好きになれると思うの」(110) とも言う。エリザベスのみならず、当時の多くの女性の本音であろう。しかしそのような男性は意外と少なく、かりにそのような男性がいたとしても結婚

するまでに至らないのが現実であろう。エリザベスは、将来ミス・ベイツのような老嬢になるのかもしれないのである。

　ペネロピーは形振りかまわない、凄まじいハズバンド・ハンター(husband-hunter)である。彼女はエリザベスが思いを寄せていたパーヴィスと結婚するために二人の仲を裂いてしまったのである。エマは「妹がそんなことをするかしら？　姉妹のあいだで取り合い、裏切りだなんて！」(109)と驚くが、エリザベスは「結婚するためなら、彼女はどんなことでもする。（略）良いところもあるけれど、自分が有利になるのであれば、信念も名誉も良心も捨ててしまう」(109)と断言する。ペネロピーは姉を裏切ってでもとにかく結婚しようとしているのである。

　エリザベスによれば、そのようなペネロピーも悩みを抱えている。彼女はトムに好意をよせていたが、彼は本気ではなく、彼女からマーガレットに関心を移してしまった。要するに彼女はトムに振られてしまったのだ。その後彼女はハーディング博士というお金持ちの老人との結婚を目論むが、これまでのところうまくいっていない。彼女も切羽詰まっているのである。

　マーガレットもペネロピーに劣らぬハズバンド・ハンターである。彼女はトムが自分に恋をしていると思い込み、不在によってトムを焦らすためにクロイドンのロバート夫妻宅に1カ月滞在する。しかし、エリザベスが言うように、彼がミス・オズボーンのような地位や財産のある相手としか結婚しないことは明らかだ。彼女は「マスグレイヴ！」(145)と優しい声で叫び、彼がオズボーン館で流行っているという「二十一」(vingt-un)というカード・ゲームをすることを主張し、彼をディナーに招待するが、彼は曖昧な返事をしたまま去る。マーガレットはトムが食事に来るものと確信して準備をさせるが、結局彼は来ない。そして彼女はエリザベスに当たり散らすのである。

　6大小説においても、結婚をめぐる姉妹間の争いがえがかれてはいるが、[19]ペネロピーのエリザベスに対する裏切りのような、凄まじい姉妹間の争いがえがかれることはない。また、6大小説においても結婚適齢期の女性登

場人物はすべて夫を求めているが、ペネロピーやマーガレットのような度を越した夫漁り (husband-hunting) をするものもいない。二人の行為は非難されてしかるべきだが、彼女たちはそれだけ追い込まれていたとも言える。『ワトソン家の人々』では当時の女性の結婚をめぐる苦境が生々しくえがかれているのである。

　結婚できそうもないのは、女性に限ったことではない。エマの兄で、当時、社会的地位の低かった外科医のサムも同じことである。[20] 彼は 2 年間メアリー・エドワーズに恋をしているが、「お父様は明確にサムを嫌っているし、お母様も彼に好意をしめしていません」(132) というエマの言葉からも明らかなように、高望みをしているエドワーズ夫妻が外科医のサムとの結婚に同意することはない。また、エマが舞踏会で目撃したように、メアリー本人もハンター大尉に好意を抱いている。エマが忠告しているように、社会的地位の低いトムにメアリーと結婚できる見込みはないのである。

　この小説のヒロインであるエマは 5 歳の時から叔母のミセス・ターナーに育てられていた。叔母の遺産をいくらかでも相続する可能性もあったが、叔父が亡くなり叔母はアイルランド人のオブライエン大佐と再婚した。彼はエマがアイルランドに一緒に行くことを望まなかったので、彼女は 14 年振りに無一文で実家に戻ってきたのである。このようなエマの境遇の変化について語り手はつぎのように述べている。

　　叔父の死と叔母の軽率な行為の結果生じたエマの家庭環境と生活の変化は実際とても大きかった。父親のような気遣いでエマの精神を育んでくれた叔父の希望と配慮のもっとも重要な対象から、そして気立てのよい気質から喜んで彼女を甘やかしてきた叔母のもっとも重要な対象から、そしてすべてが快適さと上品さに満ちた家庭の活気と精神であり、容易に自立できるだけの相続人と見込まれていた立場から、誰にとってもどうでもいい存在、愛情など期待できない人たちのお荷物、すでに人で一杯の家庭への付け足しとなり、劣った精神の人たち

に囲まれ、家庭の快適さを得る機会も、将来援助を得る希望もほとんどなかった。(151)

「8000 ポンドか 9000 ポンドの相続人にならずに、一文無しで実家にお荷物として送りかえされたのだ」(142) というロバートの言葉もエマの境遇を端的にあらわしている。裕福な叔母（ファニーの場合は伯母）の家庭で育てられたヒロインが貧しい実家に戻るというプロットは、『マンスフィールド・パーク』のファニー・プライスの場合においても繰り返されている。しかしファニーは家族に経済的負担をかけるわけではなく、いずれマンスフィールド・パークに戻ることができるのに対して、エマはワトソン家にとって経済的負担であり、エマはワトソン家から逃げ出すことはできない。エマの方がはるかに悲惨な境遇に置かれていると言えよう。

　エマは理想的なヒロインである。オースティンの支持する倫理観を持ち、それにもとづいて的確な判断を下すだけでなく、何よりもそのような倫理観や判断を言葉ではっきりと表明するからである。エマほど率直に意見を述べるヒロインはほかにはいない。例えば、「ミス・オズボーンは魅力的なお嬢さんですよね？」というトムに対して、エマは「彼女がハンサムだとは思いません」(131) と一蹴している。「あなたが好感をもっている男の人を知りたい」というエリザベスの言葉に「その人の名前はハワードです」(133) と躊躇せずに答えている。新たにワトソン家の負担となったエマは、ほかの姉妹以上に結婚相手を見つけなければならないのだが、ペネロペーの夫漁りについてつぎのように批判している。

　　「結婚のことばかり考えて——身分のためだけに男を追いかける、それは私にはショッキングなことです。理解できないことです。貧困はとても不幸なことです。でも教養も感受性もある女性にとって、貧困が最大の不幸であってはならないし、そうであるはずはないのです。好きでもない人と結婚するくらいだったら、学校の教師にでもなった方がましだわ（教師よりひどいものは考えられないけれど）」。(110)

エリザベスは「学校の教師になるくらいだったら、どんなことでもするわ」(110) と答えているが、二人の言葉は当時の学校の教師の現実をあからさまに伝えている。結婚において収入や持参金といった経済的要因が大きな役割を果たすなかで、結婚は愛情にもとづかなければならないというオースティンの基本的な考えを読みとることができる。

　この会話のあとでエリザベスが「洗練されていることはエマの仕合せのためにならないかもしれないと思う」と言うのに対して、エマは「もし私の考えが間違っているのなら、直さなければなりません。もし私の考えが身の程知らずなら、私の考えを隠すよう努力しなければならない」(110) と言っている。エマは信念を頑なに守るだけでなく、柔軟性をも備えていることを見逃してはならない。エマは最初から完璧なヒロインであり、他のヒロインのように自分の誤謬に気づいたり、新たな発見をしたり、精神的に成長することはないと思われる。このような意味において、エマは他のヒロインほど魅力的とは言えないかもしれない。

　エマとロバートの遣り取りもエマの倫理性を際立たせている。ロバートは弁護士の仕事が順調であることと 6000 ポンドの持参金をもつ以前の雇い主の一人娘と結婚できたことに満足しきっている。ワトソン家で唯一の成功者であり、ジョン・ダシュウッドを髣髴とさせる金の亡者である。エマに遺産を残さなかった叔父と叔母に対する彼の批判に対して、エマは泣きそうになりながらも彼らを弁護し、冷静に反論している。例えば「女に金を託すべきではない」というロバートに対して、「私も女だ」(142) と論理的に反駁している。この断片の最後でロバート夫妻から彼らと一緒にクロイドンに行くように求められ、エリザベスもそうすることを勧めるが、エマはきっぱりと拒否している。エリザベスが指摘するように、ワトソン家にとどまっていても何もいいことはないが、おそらくロバート夫妻の軽薄な拝金主義に我慢できなかったからであろう。

　『ワトソン家の人々』の中心的な出来事は舞踏会である。ここでエマはミス・オズボーンにダンスの相手を断られて意気消沈しているチャールズ・ブレイクに咄嗟にダンスの相手を申し込むのである。このエピソード

は直ちにナイトリーが壁の花になっているハリエットとダンスをする場面
を連想させるのだが、男女の役割が逆転していることに注目すべきであろ
う。[21] つまりここでは女であるエマが10歳の少年とはいえ、男であるチ
ャールズを助けるのである。また、このエピソードは、困っている人を助
けるというエマの性格の良さをしめす点でも重要である。さらにこのダン
スによって、エマはオズボーン家の人々、トム、ハワード牧師、ミセス・
ブレイクなどの注目を集めることになる。

　エマの揺るぎない倫理観は人物の評価にもあらわれている。トムは、ジ
ョージ・ウィッカム、ジョン・ウィロビー、ヘンリー・クロフォードなど
と同じように、人当たりはいいが誠実さを欠く浮気者である。エリザベス
は舞踏会に向かう馬車のなかでエマにつぎのように忠告する。「多分トム・
マスグレイヴはあなたに目をつけるわ。でも絶対に彼をその気にさせては
だめよ。大体初めての娘にはだれにでも注意を向けるの。でも彼はひどい
浮気者で本気になることは決してないわ」。「十分すぎるほどの財産をもっ
た若者で、完全に遊んで暮らせて、とても感じがよくて、どこへ行っても
みんなの人気者なの。この辺の大抵の娘は彼に夢中か、夢中になったこと
があるの」(108)。エリザベスの言葉通り、彼はエリザベスからペネロピ
ーに、ペネロピーからマーガレットへと関心を移しているのである。エマ
も少しは気を許すことがあっても不思議ではないが、エリザベスの話を聞
いた後の「彼が嫌いで軽蔑しています」(111) というエマのトムに対する
評価が変わることはない。

　エマはハワードとの先約を口実にトムのダンスの申し出を断る。断られ
たトムは驚き動揺し、自分の女性に対する影響力を疑い、もっとエマに注
目してもらいたいと望む。これはヘンリー・クロフォードの、つれない態
度をとるファニーに対する態度と同じと言えよう。トムはかなり強引にエ
マをワトソン家まで二輪馬車で送り届けようとするが、ファニーがヘンリ
ーの誘惑を拒否したように、エマも断固として拒否する。彼から恩や好意
を受けたくなかったからであり、彼と親しくなりたくなかったからであ
る。エマはトムについてこう語る。

「彼を好きになれないの、エリザベス。彼の容姿や外見がいいことは認めるわ。作法はある程度まで、物腰はかなり満足できるわ。でもそれ以外に何も褒めるところがないのです。それどころかとても虚栄心や自惚れが強く、ばかばかしいほど名声を求めていて、そのための手段がひどく卑劣なのです。彼にはばかげたところがあって、それは楽しいけれど、彼と一緒にいてほかに気持ちのいい気分にはなりません」。(133)

エリザベスは「まあエマったら。あなたみたいな人はいないわ」(133) と言うが、エマのトムに対する評価は基本的に正しいと思われる。その後彼は「二十一」というカード・ゲームで大活躍するが、エマの彼に対する評価が変わることはない。

　ロード・オズボーンに対する評価も手厳しい。トムから彼についての意見を求められたエマはつぎのように語る。「貴族 (Lord) でなくても、多分育ちがよくなくても、ハンサムだったでしょう。もっと人を喜ばせ、しかるべきところで喜びをしめそうとしたでしょう」。「あの方の長所を疑うわけではありません。でもあの方の軽率な態度が気にいらないのです」。(131) エマの発言の意味は必ずしも明瞭ではないが、貴族にありがちなお高くとまった、打ち解けない態度を批判しているのであろう。事実、舞踏会にあらわれた彼はつぎのように描写されている。

　　ロード・オズボーンはとても立派な若者であった。しかし彼の態度には冷淡さ、無頓着さ、ぎこちなさがあって、そのため彼は舞踏室で場違いのように見えた。実際彼はこの界隈の人たちを喜ばせるのが得策と思われたのでここに来ただけなのだ。女性と一緒にいたくなかったし、決してダンスすることもなかった。(121)

ダンスをしようとしないロード・オズボーンは、メリトンの舞踏会におけるダーシーを連想させる。彼は自分の考えに耽り、遠慮なく欠伸をするた

めに、舞踏会室からできるだけ離れるかのように、喫茶室の端に一人でいるのである。

このようなロード・オズボーンもエマの感化を受け、彼女に好意さえ抱くようになる。乗馬をすすめるロード・オズボーンにエマは「すべての女性が乗馬を好むわけではないし、乗馬できるだけのお金があるわけでもない」(136) と反論する。「女性が一旦乗馬する気になれば、お金はすぐにできる」(136) というロード・オズボーンにエマはさらに反論する。

> 「ロード・オズボーンはわれわれ女性がいつも思い通りにしているとお考えのようです。それこそが長いあいだ女性と男性の意見が合わなかったことなのです。しかしこの問題にあえて決着をつけなくても、女でさえどうにもできない状況があると申し上げたいのです。女性が倹約すれば多くのことができるでしょうが、わずかな収入を莫大な収入にかえることはできませんわ」。(136)

エマの発言はとりわけ経済的に不利であった女性の立場を代弁したものと言えよう。この発言を聞いたロード・オズボーンは沈黙し、考え込む。そしてこれまでにはなかった思い遣りのある、礼儀にかなった話し方で話すようになる。彼は初めて女性を楽しませようと願い、エマのような女性にはどうすることが相応しいのか、初めて考えるのである。そして帰り際にエマを狩りに招待する。彼がエマに好意を抱いていることは明らかであろう。

ハワードは「三十過ぎの、感じのいい男性」(121) である。エマは彼に対して一貫して好印象を持っている。彼には「物静かでいながら陽気で、紳士的な態度」(124) があり、彼は「ありふれたことをしゃべっていても、分別のある、気どらない話し方をしていて、すべて聞く値打があると思わせる」(126) のであった。エマはエリザベスに「彼のマナーはトム・マスグレイヴのマナーよりも安心感と信頼感をあたえる」(133) と語っている。さらにミスター・ワトソンからハワードが見事な説教をしたこと、階段を

あがるのを助けるなどの親切をしてくれたこと、彼がエマについて尋ねたことを聞かされるのである。エマはトムに牧師館の人たち、具体的にはハワードについて尋ね、頬を少し紅潮させる。これらのことからもエマがハワードと最終的に結婚するであろうことは容易に推測できるが、この断片では二人が舞踏会で出会いダンスする様子がえがかれているだけである。

　さきに触れたように、この断片は、エマがクロイドンに行くというロバート夫妻の提案を拒否し、夫妻がワトソン家を後にするところで中断されている。カサンドラによれば、大まかな今後のストーリーは以下の通りである。

> ミスター・ワトソンがすぐに亡くなる。エマは偏狭な義理の姉と兄の家の厄介になる。彼女はロード・オズボーンの求婚を断る。物語の興味の多くは、レディ・オズボーンのハワードへの愛と彼のエマへの愛から生じ、最終的にハワードはエマと結婚する。(152)

オースティンの作品の読者にとっては、ほぼ予想できる展開である。

3

　ドラブルは「『ワトソン家の人々』は興味をかきたてる、楽しくて高度に完成された断片である。オースティンがこの断片を完成させていたら、この断片は彼女の他の6小説に匹敵することを証明していたに違いない」(Drabble "Introduction" 15) と述べている。もちろんこのような推測は可能だが、それはあくまで推測であり、現存する17500語程度の断片を研究対象とせざるを得ない。この断片でえがかれているのは、舞踏会に行くまでのエリザベスとエマの会話、舞踏会、ロード・オズボーンとトム・マスグレイヴ、ロバート・ワトソン夫妻そしてトムのワトソン家訪問などである。プロットのうえで大きな進展はなく、むしろワトソン家の人々、とりわけ女たちの結婚をめぐる苦境をえがくことに重点がおかれている。過

酷な現実にあっても、揺らぐことのないエマの倫理観、精神力は特筆すべきものであり、これらはエリナー・ダッシュウッド、ファニー・プライス、アン・エリオットをはじめとするヒロインたちに引き継がれていく。

　ヴァージニア・ウルフ (Virginia Woolf) は「実際ここには、この未完の、概して不出来な物語のなかには、ジェイン・オースティンの偉大さのあらゆる要素が含まれている。文学の永遠の特質がある」[22] と指摘している。『ワトソン家の人々』は比較的論じられることの少ない作品である。[23] しかし、冒頭で触れたように、この作品は 1799 年から 1811 年までのあいだに書き始められた唯一の小説として、「ジェイン・オースティンの芸術的発展の重要な段階」に位置する小説として、そして 18 世紀の終わりから 19 世紀初頭の女たちの苦境や「不公平な社会がもたらすひどい屈辱感」(151) を彼女の他の小説以上にあからさまにえがいた小説として、もっと注目されてしかるべき作品なのである。

注

1　Chapman 162.

2　Cf. Le Faye 282; Hopkinson 394; Pinion 72; 新井 104; 宮崎 201.

3　Cf. Hourigan 241; Southam 63; Todd "'Lady Susan,' 'The Watsons' and 'Sanditon'" 89.

4　Cf. Drabble "Introduction"16; Hourigan 242; Le Faye 144; Southam 63, 152. ただし Hopkinson 394 によれば 17000 語. Lauber 5 によれば 20000 語である.

5　父親の死にともなうさまざまな混乱に加えて，オースティンのプランではミスター・ワトソンが物語の途中で死ぬことになっていたことも影響したと思われる．二人の死については以下を参照. Hopkinson 398; Lascelles 19; Le Faye 144–5; McMaster 73–4; Pinion 15, 72; Southam 64; Todd "'Lady Susan,' 'The Watsons'and'Sanditon'" 90; Tyler 57; 樋口 150.

6　Cf. Irvine 4; Poovey 210.

7　Cf. Bush 71; Litz 84, 177–8; Poovey 210; Southam 64.

8　Cf. Shields 97; Spence 147; Tomalin 184–5; 石塚 89. なお中断の理由については，以下を参照. Chapman 50–1; Pinion 74; Southam 65, 152; Todd *The*

Cambridge Introduction to Jane Austen 7–8; 新井 106–9.

9　Margaret Drabble による "Introduction" および "Notes" からの引用は，Jane Austen, *Lady Susan, The Watsons and Sanditon*. Ed. Margaret Drabble (London: Penguin Books, 2003) により，ページ数を記す．Cf. Laski 56; 藤田 128.

10　この結婚の意義については，Duckworth 227 参照.

11　Litz 86. Litz は "a turning-point in Jane Austen's artistic development"(85) とも述べている．ちなみに Hopkinson は "*The Watsons* comes at a nodal point in its author's development." (394) と指摘している．Hudson は "Between the two sets of three novels comes 'The Watsons,' a watershed work as far as sororal relationships are involved." (86) と述べている．

12　Cf. Todd "'Lady Susan,' 'The Watsons'and'Sanditon'" 91.

13　Cf. Chapman 51.

14　Litz 87.

15　Bush 76.

16　Todd *The Cambridge Introduction to Jane Austen* 7.

17　Cf. Litz 85; Mudrick 145.

18　*The Watsons* からの引用は，Jane Austen, *Lady Susan, The Watsons and Sanditon*. Ed. Margaret Drabble (Penguin Books, 2003) により，ページ数を記す．*The Watsons* の邦訳は，清水明・高倉章男（訳）「ワトソン家の人々」『サンディトン　ジェイン・オースティン作品集』都留信夫（監訳）（鷹書房弓プレス，1997）を参考にした.

19　Cf. Hudson 67–8.

20　"The social status of the surgeon was then considerably lower than it became in the nineteenth century. It was hardly a profession fit for gentlemen." (Drabble "Notes" 216). 新井 105–6; 中尾 30 参照 .

21　Cf. Drabble "Introduction" 22; Russell 186.

22　Woolf 174.

23　Cf. Hourigan 243–4.

引用文献

Austen, Jane. *Lady Susan, The Watsons and Sanditon*. Ed. Margaret Drabble. Penguin Books, 2003.

Bush, Douglas. *Jane Austen*. Collier Books, 1975.

Chapman, R. W. *Jane Austen: Facts and Problems*. At the Clarendon Press, 1948.

Drabble, Margaret. "Introduction," "Notes." *Lady Susan, The Watsons and Sanditon*. Penguin Books, 2003.

Duckworth, Alistair M. *The Improvement of the Estate: A Study of Jane Austen's Novels*. The Johns Hopkins UP, 1994.

Hopkinson, David. "The Watsons." *The Jane Austen Companion*. Ed. J. David Grey. Macmillan, 1986.

Hudson, Glenda A. *Sibling Love and Incest in Jane Austen's Fiction*. Macmillan, 1999.

Hourigan, Maureen. "*The Watsons*: Critical Interpretations." *A Companion to Jane Austen Studies*. Eds. Laura Cooner Lambdin and Robert Thomas Lambdin. Greenwood Press, 2000.

Irvine, Robert P. *Jane Austen*. Routledge, 2005.

Lascelles, Mary. *Jane Austen and Her Art*. Oxford UP, 1939.

Laski, Marghanita. *Jane Austen and Her World*. Thames and Hudson, 1975.

Lauber, John. *Jane Austen*. Twayne Publishers, 1993.

Le Faye, Deirdre. *Jane Austen: A Family Record*. 2nd ed. Cambridge UP, 2004.

Litz, A. Walton. *Jane Austen: A Study of Her Artistic Development*. Chatto and Windus, 1965.

McMaster, Juliet. *Jane Austen the Novelist: Essays Past and Present*. Macmillan, 1996.

Mudrick, Marvin. *Jane Austen: Irony as Defense and Discovery*. Princeton UP, 1952.

Pinion, F. B. *A Jane Austen Companion*. Macmillan, 1973.

Poovey, Mary. *The Proper Lady and the Woman Writer*. The University of Chicago Press, 1984.

Russell, Gillian. "Sociability." *The Cambridge Companion to Jane Austen*. 2nd ed. Eds. Edward Copeland and Juliet McMaster. Cambridge UP, 2011.

Shields, Carol. *Jane Austen*. Weidenfeld & Nicolson, 2001.

Southam, Brian. *Jane Austen's Literary Manuscripts: A Study of the Novel's Development through the Surviving Papers*. New Edition. The Athlone Press, 2001.

Spence, Jon. *Becoming Jane Austen: A Life*. Hambledon and London, 2003.

Todd, Janet. *The Cambridge Introduction to Jane Austen*. 2nd ed. Cambridge UP, 2015.

——. "'Lady Susan,' 'The Watsons'and'Sanditon.'" *The Cambridge Companion to Jane Austen*. 2nd ed. Eds. Edward Copeland and Juliet McMaster. Cambridge UP, 2011.

Tomalin, Claire. *Jane Austen: A Life*. Vintage Books, 1997.

Tyler, Natalie. *The Friendly Jane Austen*. Penguin Books, 1999.

Woolf, Virginia. "Jane Austen." *The Common Reader: First Series*. The Hogarth Press, 1962.

新井潤美『自負と偏見のイギリス文化——J・オースティンの世界』岩波新書, 2008.

石塚虎雄『ジェイン・オースティン小説論』篠崎書林, 1974.

中尾真理『ジェイン・オースティン —— 小説家の誕生——』英宝社, 2004.

樋口欣三『ジェーン・オースティンの文学 —— 喜劇的ヴィジョンの展開——』英宝社, 1994.

藤田清次『評伝ジェーン・オースティン』北星堂, 1981.

宮崎孝一『オースティン文学の妙味』鳳書房, 1999.

「批評」と読者共同体
—— F. R. リーヴィスの言論活動と公共圏——

石原　浩澄

はじめに——リーヴィス批評の公共圏議論への位置づけ——

　文学批評史の概説書からもわかるように、広くとらえれば、文学の批評活動とは古代ギリシア・ローマ時代に端を発し、中世・ルネサンスを経て近代から現代へ連綿と続く人間の知的営みのひとつである。個々の識者・批評家による実践が主であったと思われる文学批評が、複数の人間間での自由な意見や感想の交換へと開かれていくのは、17世紀18世紀のフランス宮廷を中心としたサロンや、18世紀イギリスのコーヒーハウスに集った人々の議論においてであったとされる。イギリスでは、ジョンソンやボズウェルの時代、様々な関心を持った人たちが集う「クラブ」や、コーヒーハウスが登場し、政治・ビジネス・芸術など多種多様な事柄について自由な議論が行われた。こうした活動が出版文化を醸成し、各種の新聞や定期刊行物の登場・成長を促し、ジャーナリズムの発達にも密接に関係したということはこれまでにも指摘されていることである。

　家庭という私的な空間ではないこうした公の場での議論、言い換えれば、公共性・公共圏 (public sphere) に着目していくひとつの契機となったのは、ユルゲン・ハーバーマス (Jürgen Habermas) の公共性についての仕事であったことはすでに共通の認識となっているだろう。ハーバーマスは、市民的（ブルジョワ）公共性の成立から、その変容に至る様子を考察の対象とした。有産階級の知識人を中心とした公衆がコーヒーハウスや定期刊行物誌上で行なう政治や社会についての自由な意見交換が、文化形成の一翼を担っていた古典的な公共圏の時代から、資本主義社会の発達とともに、読者層が増大し、文化が大衆化される過程のなかで、公衆は文化

を創造する主体から消費する者へと変貌していく。ここにハーバーマスは
公共圏そのものの変容を見出す。

　文学批評に焦点を絞った議論をしているホーヘンダール (Peter Hohen-
dahl) は、ハーバーマスの議論を念頭におきつつ、文学批評を制度として
とらえて、その公共圏の変遷をたどった。制度としての文学批評の成立を
18 世紀啓蒙主義時代と考えるホーヘンダールは批評家の役割に注目する。
批評家は、確立された基準に沿って合理的・客観的に著作物を判断し、そ
れを読者公衆へと提示する。この一連の行為が（文学的）公共圏の営みで
ある。「歴史的にみて、文学批評の近代的概念は 18 世紀初頭の自由主義
的、ブルジョワ公共圏の興隆と密接に関連している」(52) と述べるホーヘ
ンダールは、この公共圏が、批評家の役割とともに、ロマン派の時代を経
て変化・崩壊していく過程を跡付けている。[1]

　こうした公共圏議論にリーヴィス (F. R. Leavis) の批評活動を接続して
いく際の端緒を提供してくれるのはイーグルトン (Terry Eagleton) である。
まさに『批評の機能』(*The Function of Criticism*) と題した著作の中で、
彼もまたハーバーマスの公共圏概念を「導きの糸」[2] としながら、18 世紀
以降のイギリス批評制度の歴史を分析するのである。18 世紀啓蒙主義時
代に、ブルジョワ公共圏と強く結びつきながら成立していった批評制度
は、時代の経過とともに読者層の拡大、そしてその変容に伴って変化して
いく。文学は市場経済化され、ロマン派の詩人・文人たちは超越的自律の
幻想を抱き読者大衆から離れていき、文学の公共圏は崩壊する。この歴史
認識は基本的に前 2 者と共通しているとみてよかろう。その後、公共圏
復興の夢を抱いた 19 世紀「文人」による批評から、大学アカデミズムと
いうプロフェッショナルの仕事となった 20 世紀のリーヴィスの批評活動
へとイーグルトンは論を展開する。雑誌『スクルーティニー』(*Scrutiny*)
を中心としたリーヴィスの批評活動は、少数派エリート（＝マイノリティ）
による公共圏復興のあがきでしかなかった。ブルジョワ階級のみに注目
し、他の社会グループの存在を排除しているという、ハーバーマス理論に
対する今日の一般的な批判（McCann 1–2 参照）に共鳴するように、「ブ

ルジョワ」公共圏にとどまらず、社会の様々な層をも包含した「対抗」公
共圏の理想をかかげるイーグルトンにとって、リーヴィスの批評活動は
「公共圏を成立させた物質的条件がすでに決定的に消失した時代に、あえ
て公共圏を復興せんとした」(75) 不毛な試みに他ならなかった。

　ここまで、本導入部の狙いは、イーグルトンによる否定的見解も踏まえ
た上で、リーヴィスの批評活動を公共圏をめぐる議論に取り込むことの妥
当性を示すことであった。以下の議論では、リーヴィスの批評活動を本稿
の問題関心の視角から簡潔に眺め、その性格についてまとめつつ、公共圏
という枠を設定して議論することの意味について考えてみたい。

I. 共同（協働）作業としての批評

　本節では、リーヴィスの批評活動の中でも当該の問題にかかわる部分を
彼自身の著作の中に探ってみたい。リーヴィスは、文学批評を読者や批評
家個々人による孤立した営為であるとは考えなかった。あくまでもテクス
トの精読を基礎としながら、それは読者集団が共同して行う活動であると
考えていた。以下の引用は、批評の効用について述べている一節からのも
のである。

> 文学批評の特殊な重要性はこの時点までに示唆されてきただろう。す
> なわち、着実で責任感ある批評実践が行われるところには、「真の同
> 意・コンセンサスの中心」なるものが、今日の状況下においてさえ
> も、おのずと感じられるようになる。個々の価値判断を伴った同意ま
> たは異論から、相対的価値観が具体的に明確になる。そしてこれなし
> には抽象的にいくら「価値」の話をしても価値はないのだ。
>
> 　　　　　　　　　　　　　　　　　　　　　　　　(*FC* 183)[3]

価値の判断を伴う批評活動において、賛否双方の意見を出し合いながらコ
ンセンサスにたどり着く、という考えは読み取れるだろう。バイラン (R.

P. Bilan) という研究者は次のようにもう少し分かりやすく説明してくれ
ている。

> 時代の感受性を形成するこの相対的価値観は、協働的プロセスによっ
> てのみ明確になされる。リーヴィスは常に協働――すなわち、その中
> において価値が具体的に確立され、公的でも単に私的でもない世界が
> 創造される、そのような個人の判断の交錯（相互作用）――を本質的
> に創造的なプロセスであるとみなしていた。したがって、批評の機能
> は創造的な達成であると見なければならない。(Bilan 64)

要するにリーヴィスの批評は読者・批評家集団による「協働作業」("collab-
oration") だということだ。このことは、リーヴィスの別の課題認識――
すなわち読者層の不在という問題――とも密接に関連している。

> そのような水準を代表する教養ある公衆という核が存在していないの
> で、批評の機能は一時停止の状態に陥ってしまった。装置や技巧をい
> くら改善しても、それを復興することはできないのだ。 (*FC* 71–72)

教養ある公衆・読者 (=public) の存在なくして批評は機能しない。「公衆
の不在」を問題とする視点は、リーヴィスの批評概念の中心にある批評
家・読者による集団的協働的行為の重要性を照射するであろう。読者の共
同体、つまり公共圏という考えはリーヴィス批評には必須なのである。
　もう少しリーヴィスの批評を見てみる。英文学の読者共同体内で何が行
われるのか。読書や批評活動の中身である。そこで行われるのは、当時の
アカデミズムで主流であった学究的知識獲得型の研究ではなく、文学テク
ストの精読を基礎として、鑑賞・判断・評価を行うことであった[4]。これ
がリーヴィスの言う「批評」である。「批評は、それが適切に機能する時、
『時代の感受性』を単に表現し定義するだけではなく、その形成の助けに
もなる」(*FC* 183)。批評を通した知性と感受性の訓練によって、「正しい」

判断が可能になり、この中で伝統が継承されていく（*EU* 20 参照）。大衆文化の隆盛・拡大に危機感を覚えるリーヴィスにとって、この伝統こそ文化の水準を保っていくものである。リーヴィスの伝統論の要諦はここにある。

　現状の批判と理想の提示を兼ねるように、リーヴィスはしばしばジョンソン（Samuel Johnson）及びその時代に言及する。既述したように、大衆文化による文化水準の危機を訴えるリーヴィスは、「ジョンソンの時代には［……］庶民のレベル以上の基準が存在していることはだれも疑わなかった」（*FC* 89）と述べる。なぜなら「美的感覚」（"taste"）を一定水準に維持できる教養層が存在したからだ。

　　彼には「コモン・リーダー」と同意する喜びがあった。なぜなら、当
　　時美的感覚は、均質の文化を共有しつつ、伝統的に単なる個人による
　　ものよりもより確かな美的感覚を維持することができるような教養人
　　が保持していたからだ。ジョンソンにはそのような機能が脅かされる
　　ことなど想像できなかったであろう。（*FC* 89）

リーヴィスの 18 世紀イギリス社会の分析がどこまで正確であるかを判断する力を筆者は持ち合わせない。また彼が幾分意図的に解釈しているところもあるのかもしれないが、これはリーヴィスの典型的な 18 世紀社会理解のひとつなのである[5]。そこには、「均質的な文化」を共有する教養ある公衆・読者層が存在することによって、文化の水準が一定以上に維持されているという 18 世紀ジョンソンの時代をひとつの理想としてとらえているリーヴィスの考えを確認することができるだろう。そして言うまでもなく、この「コモン・リーダー」たちが構成する公衆こそ、本稿の文脈においては、リーヴィスが主としてケンブリッジの英文科や『スクルーティニー』誌上を通じて模索した文学公共圏に他ならない。しかしながら、上でも触れたように、資本主義社会の進展に伴って教育は普及し、読者層は格段に拡大し多様化する。文化・社会の様々な側面が均質ではなく多様化してくる。「はじめに」の末尾で見てきたように、「物質的条件が決定的に消

失した時代に」と、イーグルトンがリーヴィスの構想の限界を指摘してい
たのも、こうした時代変化の認識からに違いない。

II. リーヴィスの公共圏

　リーヴィスの批評を公共圏の問題としてとらえ得るということを確認し
たところで、次にその公共圏の性格を探ってみたい。なお、ここで前提と
して指摘しておきたいのは、読者層の多様化等、時代を隔てて条件が異な
る中で、ハーバーマスが分析するような古典的公共圏復興の不可能性を指
摘するイーグルトンのような議論があることを確認する一方で、批評家・
読者公衆間での意見交換・協働作業という側面に注目する時、なお批評活
動は公共圏の営為としてとらえ得るであろうということである。したがっ
て、理想とする公衆は「マイノリティ」の集団であると明言するリーヴィ
ス（*Valuation* 169 参照）の言動は「対抗」公共圏を取り込めていないと
する主張は、リーヴィス批判としてありうる見解であり重要な論点のひと
つであるが、本稿の主題とは別の問題系として筆者はとらえている。

II-1. 公共圏の機能と性格──公論形成と創造的読みの実践──
　「公衆としての私人たちによる公共の議論を媒介にした公論形成と公論
にもとづく立法」（木前 88）が市民的公共圏の機能とするなら、リーヴィス
の文学批評公共圏で行われるのは、価値ある文学作品を見極め、それによ
って文学文化・言語文化の水準を維持することであったということができ
るだろう。上で少し触れたように、産業資本主義の進展に伴う大衆化によ
って、文化、とりわけ言語文化は危機的状況にあるというのがリーヴィス
の現代文化観であった。生き生きとした文化を擁していた過去のイギリス
社会は、リーヴィスにおいてはしばしば「有機的共同体」（"organic com-
munity"）として憧憬される。このような過去の生活様式からの「断絶」
（*FC* 17）に直面する今日において、過去からの連続、すなわち伝統を保持
しているのは「文学」である。

主として言語の中に伝えられるのだが、私たちの精神的、道徳的、感
情的伝統なるものが存在する。それは、生の繊細な問題にかかわる
「時代のえり抜きの経験」を保存するのである。(*CE* 81)

ここで文学の伝統を生きた状態で保つことがいかに重要であるかが明らか
となる。というのも、

　言語が、［……］現代的使用によって、活気づけられるのでなく堕落
させられる傾向にあるその時には、私たちの精神的伝統を保つことを
期して頼ることができるのは、言語のもっとも繊細で洗練された使用
が保存されている文学のみだからである。(*CE* 82　強調は引用者)

言語にはわれわれの精神的・道徳的伝統が刻まれる。しかし大衆文化によ
る言語使用の堕落が懸念される今日においては、健全な伝統の維持には文
学に依拠せざるを得ない。リーヴィスにとって、(英) 文学批評ならびに
文学教育の重要性はこうした考えに基づくものであることは明白であろ
う。
　こうして、著書『偉大な伝統』で典型的に試みられているように、重要
な文学作品、すなわちキャノン＝正典の大胆な見直しも含めた、文学の伝
統継承の試みがなされることになる。しかしながら、リーヴィスが提唱す
る読みは単に作品の優劣を判断し評価するにとどまるものではないという
点は注意をしておいてよいだろう。上で批評活動の協働性に言及した時に
引用した一節において、リーヴィスは議論・対話の中から「相対的価値
観」が生まれると言い、バイランはそれが「時代の感受性を構成する」と
説明していた。つまり、読み・批評の活動はテクストにあらかじめ埋め込
まれている意味や真実を単に発掘・解釈することではなく、一種の創造的
活動であるということだ。別のところでリーヴィスは、

　［……］価値が確立され、また科学と同種の意味で公的でもなく、単

> に私的でもない、世界が創造されるような個人の判断の交錯（相互作用）である、批評の創造的プロセス―― (*Valuation* 223)

に言及している。個々の判断の相互作用の過程を通して価値が確立され、新たな世界が創造される。フィルマー (P. Filmer) はこれを別の角度から説明している。ディケンズ論を展開するリーヴィスに言及しながら述べている箇所である。

> この一節においてリーヴィスはディケンズの天才的創造力を説明している。しかし彼は協働的・創造的プロセスとしての文学を提唱してきた。そして、この一節自体がまさにこの協働的作品を例証している。すなわち、批評家と創造的作家との協働作業によって、イングランドの持続する社会・文化的生を支える言語を快活に構成しているものとして、作品の重要性を解釈するのだ。(Filmer 62)

リーヴィスの「創造的読み」が説明されているところだ。それは過去の作品が持つ固定化された意味の発掘ではなく、現代の社会・文化的生を支える言語を構成するものとしての文学作品が有する意味を創造的に読むという営為である。直前のリーヴィスからの引用の後半部分――すなわち、「公的でも単に私的でもない世界」の創造――と同様のことを説明しているものと考えてよかろう。

　ベル (Michael Bell) もこのようなリーヴィスの読みに着目し、類似の解釈を提示しているようだ。ベルは、「［リーヴィスの］批評は想像的文学の創造的前提を受け入れるディスコースを用いて、作品の創造的行為に参加しようとする試みである」(Bell 109) と述べて、創造的行為への参加としてリーヴィスの批評をとらえている。このように意味を紡ぎだす営為という点に着目して、リーヴィスの批評を「実存（主義）的批評」("existential critique") と形容するベルの議論には注目しておきたい。リーヴィスの批評の性格をとらえる一つの視点を提供するものである。

　一点付言しておくならば、字義通りの解釈に留まらない創造的行為というダイナミックな読みのとらえ方は、リーヴィスの伝統についての考えにも当てはまるように思われる。先に、伝統の名に値する現代の作品を見極めていくという公共圏（議論）の機能について述べたが、リーヴィスの伝統についての考えは、すでに認知された旧来の作品群に現代作家の傑作が新たに付加され、量的に増大するという単純な継承論ではない。リーヴィスの伝統論は T. S. エリオットに大きく影響を受けているというのは広く知られていることであるが、エリオットは次のように書いている。

　　いかなる詩人、いかなる芸術家も個人で意味を完結できるものではない。彼の重要性や彼についての理解は、今は亡き詩人・芸術家に対する彼の関係を理解することなのだ。詩人を単独で評価することはできない。詩人を亡き詩人たちの中において比較・対照しなければならない。［……］現存する作品／モニュメントはそれらで理想的な秩序を形成するが、それは新しい（真に新しい）芸術作品の導入によって修正される。新しい出来事の発生後に現存の秩序が存続するには、いかにわずかであれ、現存の秩序全体が変更されなければならない。そうすることで個々の芸術作品の全体に対する関係、割合、価値は再調整されるのである。そしてこれが新旧の調和なのである。(Eliot 13)

多言は要しないと思われるが、要するに、個々の芸術家は過去の芸術家との対比・関係性によって評価されること、また、伝統という一つの秩序体に新たなものが加わると、それまでの秩序体系も含めた全体の再調整が行われ、全体が新たな体系として立ち現れるということだ。以下のリーヴィスの発言にはこのエリオットの考えが伺えるだろう。『偉大な伝統』からの文章である。

　　［ジェイン・オースティンの］伝統との関係は創造的なものである。彼女は後に続く作家たちにとって伝統を作っているのみならず、彼女

の業績は私たちにとって遡及的効果を有している。つまり、彼女の先まで振り返ってみると、それ以前に行われていたことが見え、彼女によって可能性や重要性が素晴らしく引き出されているのがわかる。私たちにとってオースティンは彼女へと続く伝統を作りだしているのだ。他のあらゆる偉大な創造的作家同様、彼女の作品は過去に意味を付与するのだ。(*GT* 13–14)

「偉大な」作家のひとりであるオースティンの伝統は、後の作家にのみ影響を与えるのではなく、オースティンに先行する過去の作家に対する見方にも影響を与えると言っている。伝統に対する考え方と、批評活動のとらえ方を完全に同一視できるものではないが、どちらも単純で静的な集積や発掘活動としてではなく、創造的・ダイナミックな活動であり現象としてとらえているという点に注目しておきたい。

　文学公共圏における協働作業を通じて共有される価値創造は、公共圏一般の機能としては公論・世論形成に相当すると言えるだろう。創造的批評活動によって価値を見極め・創造するという営みこそ文学公共圏の機能である。

II-2. 公共圏における基準——リーヴィスの「生」——

　リーヴィスの文学公共圏において評価・判断はどのようになされるのか。ここではその「基準」について考えたいと思う。受け継がれるべき伝統を担う文学作品の正典＝キャノンについて大胆な提案をしたことで知られる著書『偉大な伝統』の中で、「[主要な小説家]は文筆家や読者にとって芸術の可能性を変化させるというだけでなく、彼らが助長する人間の認識、すなわち、生の可能性についての認識、という点において彼らは重要なのである」(*GT* 10) と書いているように、リーヴィスは判断の基準のひとつを「生」(“life”) に関連させている。ではその「生」とは何か。何を意味するのか。残念ながらリーヴィス自身も明確に定義しない。したがって、批評家・研究者も困惑気味であった。異口同音に「生」がリーヴィス

批評のキーワードのひとつであることは認めつつも、リーヴィスは「生の本質や文学の究極的機能について」説明していない (Cronin 28)、あるいは、それは「『現実』や『真実』を意味したり、『誠実さ』を意味することもある、あいまいな用語である」(Wellek 189)、などのコメントに表れているように、特に同時代の批評家たちは一様に当惑気味である。主要なリーヴィス研究者のひとりであるマルハーン (F. Mulhern) は、それは「彼の至高の道徳的価値」("his supreme moral value") を表現する用語であると苦渋の表現をしなければならなかった (Mulhern 170)。ただしリーヴィスの主張では、そもそも「生」とは、リーヴィス自身や批評家が定義して説明するものではなく、物語そのものが具体的、かつ劇的に提示する (enact) ものなのである[6]。

　「健全なる生」といった表現が強調される場合、それが19世紀から20世紀にかけてのダーウィニズムや優生学思想などとの親和性を含意する可能性がしばしば指摘されることがあるように、生を称揚する言説を前にする時にはこうした点を慎重に踏まえる必要があるが、それは明らかに道徳的響きを有する表現であると言うことはできる。コンラッド論を展開しながら、

　　人は何によって生きるのか。人は何によって生きることができるのか。こうしたことが［コンラッドの］主題を突き動かしている問いである。［……］作動している劇的想像力は極めて道徳的な想像力である。それが鮮明な心象を結んだものが間違いなく、判断であり、評価することである。(*GT* 43 強調は引用者)

と述べるリーヴィスは、生き方の問題として「道徳的」想像力をとらえている。リーヴィスは偉大な作家に共通する道徳性を強調する。マルハーンが述べていたように、その道徳的価値を端的に示すのが「生」という語である。イギリスの文芸批評史においては、「生の批評としての詩」("poetry is a criticism of life") の提唱者として知られるマシュー・アーノルドの系譜にリーヴィスはしばしば連ねられる。ピューリタンのように厳格なリー

ヴィスの道徳性を強調するダイソン (A. E. Dyson) によれば、リーヴィスの根底にあるのは、行動規範として文学が宗教にとって代わるという考え方である。そして、批評精神の涵養が道徳教育の中心であることを主張しつつ、リーヴィスをアーノルドの伝統につなげている。

　『文化と社会』(*Culture and Society*) においてレイモンド・ウィリアムズ (R. Williams) が跡付けているように、17 世紀以来、イギリス思想界には文化批評の伝統が存在した。産業革命などに顕著にみられる社会の激動に反応して、多くの知識人たちが産業文明の急速な進展に危機感を抱き、文明の原動力を機械的 ("mechanical") 力に見出し、それに対抗するものとして、古来よりイギリス社会に存在してきた有機的な ("organic") 力に依拠する「文化」を論じてきたという。人間の精神活動や人間性を前景化する文化論の流れは、当然ながら「生き方」を主題とする道徳批評の系譜ともオーバーラップする部分がある。E. バークから論を始めているウィリアムズは、サウジー、ロマン派、19 世紀のカーライルやアーノルドといった文人、ロレンスやエリオットらの作家を論じ、最後にリチャーズとリーヴィスを取り上げているのである。

　以上、当惑気味の反応があったことからも察せられるように、もっともやっかい、かつ難解なリーヴィス用語のひとつである「生」を、ここでは批評の公共圏において判断を行う際の基準のひとつとしてとらえてきた。それ自体あいまいであるが、「生」概念が明白に有する道徳的響きは、リーヴィスの思想を文化論や道徳哲学といったイギリス思想史の系譜の中に位置づけることを可能にするようだ。

II-3. 大学人・専門家としての批評

　アーノルドの批評の系譜に連ねられることが多いリーヴィスであるが[7]、一世代前のカーライルやアーノルドら、いわゆる「文人」("man of letters")と総称される文筆家とリーヴィスが異なる点のひとつは、リーヴィスは大学に身を置く批評家であったということである。リーヴィスの公共圏の性格を検討するにあたり、もう一つ取り上げてみたいのはこの点である。

　この問題を考えるにあたって、イーグルトンの議論に再度目を向けてみたい。イーグルトンによれば、イギリスの批評史において、文学や社会や道徳など広く社会生活全般に対して発言するのは、アマチュアのヒューマニズムの特徴であった。「批評は、社会的経験全般に『アマチュア』の立場から価値判断を下す」(34)。「全分野を逍遥漫歩し、そのなかで出会うものを、自ら携えている人文主義の規範に照らして判断する」(19) ことが、アディソンやスティール以来の批評家の役割であった。原則上、誰もが参加できるということを建前とし、「専門家ぶるのをやぼったいとみる英国の伝統的な考えに」(22) くみする「批評」はアマチュアリズムを標榜した。非専門主義を貫くアマチュアリズムのゆえに、批評家は「文化生活上の区分などなく」、「作家と読者、モラリストと重商主義者、トーリー党とホイッグ党との間を自由に行き来」(22) することができたというのだ。しかしながら言説領域の専門分化にともなって、19世紀の「文人たちが誇った『アマチュア』ならではの普遍的人文主義」(55) の立場が次第に維持しづらくなっていく。アマチュア人文主義と専門技術化との間の矛盾を露呈するのがリーヴィスであるとイーグルトンは考えている。

　　この論文に終始一貫してみられるリーヴィスのどっちつかずの態度は、わからぬものではない。技術一点張りのアカデミックな批評形式にあらがい、文学と社会生活の間に本質的断絶などないこと——批評行為は道徳的・文化的価値判断一般と切りはなせないこと——を、リーヴィスは主張せずにはいられなかったのだが、かといって、そうすることで自分が鼻持ちならぬアマチュアリズムにお墨付きをあたえていると受けとられるのもいやだった。もし文学批評家がたんに豊かな感性と鋭い知性をもった人間というだけだとしたら、批評の「専門的性格」をとなえるリーヴィスの主張はどうなってしまうのか？　批評は「センスのよさ」の問題であってはならない、とリーヴィスは考える。「一般読者」のとどかぬところにある分析様式と、専門家だけが得られる文学体験の形式、この二つがどうしても必要である。(Eagleton 72)

前半部では、社会生活全般に関わる批評の立場を主張するリーヴィスに、また後半部では専門家としての差別化を希望するリーヴィスに言及しながら、イーグルトンはリーヴィスが抱えた「アマチュア」と「プロフェッショナル」との緊張関係をこのようにとらえている。

　やや導入が長くなったが、19 世紀の文人批評家とリーヴィスの大きな違いの一つは、リーヴィスは大学に属して英文学を教授する「プロフェッショナル」であったということだ[8]。19 世紀終盤から 20 世紀初頭にかけて、英文学——イギリスでは国文学というところか——の大学への導入が本格化していく歴史的動きの中で、ケンブリッジの英文科草創期に学んだリーヴィスにとって、アカデミズムの世界で文学批評を行うということは歴史的必然であったと言えるかもしれない。大学に身を置きながらも、リーヴィスは当時主流であった「学究的」英文学教育に批判的であったということはつとに知られている。古典語やアングロ＝サクソン研究に基礎を置く、文献学的あるいは歴史・言語学的な英文学を、リーヴィスは知識の習得に終始する学問として厳しく批判した[9]。繰り返しになるが、リーヴィスの英文学は、広く社会・文化水準の維持を目指し、判断力や感受性を涵養するための実践的読みを推奨するものであり、また「生の批評」に表されるような道徳的、ヒューマニスティックな企図でもあった。他方で、ケンブリッジに集う少数のエリート集団や『スクルーティニー』の寄稿者・読者によって実践される高度な専門性を有する行為として文学批評をとらえているところに、前出のイーグルトンの引用はリーヴィスの矛盾を指摘しているのである。イーグルトンはこの点にもリーヴィスの公共圏構想（＝マイノリティ・エリートによる批評共同体）の限界を見ているのだろう。

　本稿はイーグルトンの批判の是非を判断することを狙いとするものではないが、リーヴィスの大学アカデミズムを中心とした公共圏は、強力な支持者を獲得したこともまた事実である。時に「リーヴィス主義者」として揶揄されることもある彼の教え子・弟子たちは、『スクルーティニー』の主要な寄稿者となったり、イギリス国内にとどまらない大学での教育活動を通じて、また中等教育レベルでもリーヴィスの批評実践を広め、リーヴ

ィスの賛同者を育成していったこともこれまで指摘されてきた。そのような弟子の一人に、上で引用した『文化と環境』をリーヴィスとともに共同執筆したデニス・トンプソン (Denys Thompson) がいる。

　トンプソンは 1930 年にケンブリッジを卒業し、その後『スクルーティニー』の編集に携わる。39 年にそこを離れた後は、中等教育における英語英文学 (English) の教育、なかでもリーヴィス主義的文化論に裏打ちされた英語英文学教育の普及に尽力することになる。そして、その活動の中心的機関として『学校における英語英文学』(*English in School.* 1949 年以降は改名して *The Use of English*) という定期刊行物の編集に深く携わる。『文化と環境』の考え方を中等教育の現場で広めた人物としての側面はあまり知られていないとして、トンプソンの活動を紹介しつつ批判的に論じているドイル (Brian Doyle) は、トンプソン主導による中等教育におけるリーヴィス主義の普及を次のように述べている。

　　トンプソン指導の下、リーヴィス版「文化」イデオロギーは、中等教育——特にグラマー・スクール——における英語・英文学教育にまずは浸透し、ついで支配的となった。(Doyle 1)

また、

　　[トンプソンは] 学校教育そして広く社会全般における「英語・英文学」のある特定の概念にとって極めて多産な著述家であり運動家であった。彼は『スクルーティニー』の使命を中等教育の領域に持ち込んだのだ。(Doyle 11)

ここで、トンプソンの活動や『英語英文学の効用』(*The Use of English*) の影響について立ち入って検討する準備はできていないが、トンプソンという弟子の活動によって、大学や『スクルーティニー』の外部にも、リーヴィス主義に集う集団が形成され、それら教師たちによって、リーヴィス

の流れをくむ読者としての中等教育の修了者＝大学進学予備軍が生み出されていたという状況を確認しておくことができるだろう。

　その学究的手法を一方で批判しつつも、大学というアカデミズムの世界に身を置いて批評活動を行ったリーヴィスの文学公共圏は、この歴史的条件により必然的に限定されたものにならざるを得なかった。この意味での「限界性」と、この条件ゆえに——例えば、トンプソンらを通して——獲得しえた影響力、そのどちらにも注目しながらリーヴィスの公共圏を考える必要があるだろう。

III. 公共圏議論の効用

　単独でも決して不可能ではない文学批評という行為の協働性にリーヴィスはこだわった。共同（協働）性や社会性にこだわることの意義、言い換えれば、文学批評を公共圏での営為というフレームワークでとらえる意味あるいは効果を最後に考えてみたい。

　リーヴィスの『共同探求』(*The Common Pursuit*) という著作に収められた論文に「文学と社会」("Literature and Society") というものがある。マルクス主義の文学観とエリオット的伝統論とを対比させつつ、文学の社会性について論じたものである。社会に関心を寄せるマルクス主義的アプローチとエリオットの伝統概念における芸術の社会的性格の違いに触れつつ、物質的条件という観点から文学テクストを読むことには疑義を呈しつつ、文学研究の重要性は「人間性の複雑さ、可能性、必須の条件についての深い研究」(*CP* 184) にあると述べる。マルクス主義とは違う観点から、社会、あるいは個人と社会というテーゼへのアプローチが重要であるとの立場から、リーヴィスは 18 世紀の「古典主義時代」("the Augustan") に注目する。そして、この時代の定期刊行物『タトラー』や『スペクテイター』に見られる評価基準のポイントについて、

　　　［それは］社会をとても強調した。人間は社会的生き物であるという

　　主張は、実質的には文学が関心を寄せる外的のみならず内的な人間の
　　すべての活動は、明白に社会的文脈に属するのだということを意味し
　　ていた。(*CP* 186)

このように述べ、文学活動の社会性を強調し、「作家が社会との一体感を
持つ時代」(186) に「文化の健全さ」("cultural health") を見出している。
リーヴィスはバニヤン (John Bunyan) を引き合いに論を続ける。バニヤ
ンの『天路歴程』を「人間味ある傑作」("humane masterpiece") と称賛す
るリーヴィスは、この傑作が生まれたのは作家が「彼の時代の文明に属し
ており」、「豊かな伝統的文化に参画していたから」(189) であると説明す
る。そして、バニヤンからの一節を引用し、「ここにおける生命力は単に
元気のよさだけではない。まじめな道徳的評価の習慣と水準を伴って、洗
練された生の技巧がここには暗示されている」(190) と述べ、バニヤンの
描くヴァイタリティを、まじめな道徳性をともなった洗練された生き方に
関連するものと結論している。バニヤンの当該文章を読んで、すべての読
者がこれと同じ結論を導けるかどうかわからないが、少なくともリーヴィ
スはこう解釈する。リーヴィスが理解する古典主義の伝統とは、人間は社
会的存在であるという自覚であり、作家と社会のつながりの認識である。
そして、文学の中に「社会文化」("social culture") や「生きるわざ」("art
of living") が存在することを示していくことが批評家の役割となる。こう
したところには文学活動の社会性を常に意識している批評家リーヴィスを
見出すことができるだろう。
　リーヴィスが独自の観点から大胆な文学キャノンの修正・提案を行った
ことは上でも触れた。キャノン見直しの過程で、いわゆる大物作家をも一
刀両断に判断するやり方に対しては、「傲慢でドグマ的」といった批判的
な見方もあった。プリーストリー (J. B. Priestley) によれば、リーヴィス
にとっては現代作家の中でロレンス以外に見るべき文学はなく、ウルフも
オーデンもスペンダーも切り捨てられ、フィールディング、スターン、ゴ
ールドスミスら 18 世紀作家の多くも「ゴミ箱」に捨てられる (Priestley

579)。なかでも、ミルトン批判とロマン派批判はその後の論争を引き起こすこととなった。ここではロマン派批判を考えてみたい。

　ワトソン (G. Watson) の説明によれば、エリオット、パウンド、ホプキンスらに見いだすことができる詩的要素は、形而上詩人やポープにも見ることができるが、「全体的にロマン派の詩では失われている」とリーヴィスは考えている (Watson 211–12)。ベルの著書の編者であり、その「序文」を寄せているノリス (Christopher Norris) によれば、リーヴィスのキャノン議論の根底にあるのは、エリオットが提唱した 17 世紀における「感受性の分断」(“dissociation of sensibility”) という考えである。これを基礎に、詩の判断における「感覚的実演」(“sensuous ‘enactment’”) の基準が採用され、この概念・基準に合わないものは切り捨てられる。リーヴィスが後期ロマン派の代表格であるシェリー批判を行うのもこのラインにのっとったものだという。ノリスは次のように書いている。

> リーヴィスがシェリーについて書くとき、詩人の文体的欠点や生き生きと描き出されたイメージやメタファーといった、ダンやその仲間の詩に特徴的な感覚的実演を達成できていないことに焦点を当て、政治的連帯の問題を除外するような動きがみられる。
>
> （Norris x　強調は引用者）

政治的な問題を排除して、感覚的・美的な読みを行う。ノリスによれば、リーヴィスの読みはここから批判的思考のプロセスを欠いた道徳的価値判断へと飛躍してしまう。これをノリスはド・マンを援用して「美的イデオロギー」(“aesthetic ideology”) と呼んで批判している。（Norris xi 参照）

> リーヴィスの学者ぶった事業において問われるべきなのは、差異を無視し、感覚的認識からすぐに価値判断へと進んでしまう欲望ともいえる、まさにこの影響力のある「美的イデオロギー」である。これは現代の文学理論において広まっている理論に対する抵抗の特徴となって

いる。(Norris xiv)

　この考え方に沿ってリーヴィスの「伝統」は形成され、その対照物として「スペンサーから、ミルトンを経てロマン派（特にシェリー）に至る」「反伝統」("counter-tradition") の伝統が形成されるとノリスは述べる (Norris xiv)。

　ここにノリスの文章を取り上げたのは、リーヴィスのロマン派批判についてのひとつの解釈を提示するためである。ノリスの解釈の妥当性を問うのが目的ではないので、リーヴィスは美的判断基準によってロマン派批判をしているというノリスの解釈を確認して、次に、より本稿の主題に引き寄せた別の見方を提示してみたい。

　確かにリーヴィスはロマン派を批判している。ロマン派の詩人を「社会の敵」("the enemy of society") (*CP* 104) と呼んでいるのだ。ワーズワース、コールリッジ、シェリー、キーツとロマン派の偉大な詩人の名前を列挙しながらも、詩人それぞれは互いに大きく異なっており、一般化は適用できない。また「何か共通のロマン主義」("any common Romanticism")のようなものを彼らが示しているわけでもないと前置きしたうえで、それでも共通・共有しているものがあるとすれば、それは「時代」であると次のように述べる。

　　彼らが共有しているのは彼らが同じ時代に属しているということである。そして、同時代に属することにおいて彼らは否定的な何かを共有している。つまり、18 世紀後半まで広く存在していた、とても積極的な伝統（それは文学的、また文学以上のものゆえに強みとなった）にとって代わるものの不在ということである。(*CP* 185　強調は引用者)

同時代に属するロマン派が共通して持っている「否定的な何か」("something negative")。それは前時代までのポジティブな伝統の欠如である、と逆説的な言い方をする。18 世紀オーガスタン＝古典主義時代が有して

いたもの、それは本稿でも言及してきたように、すなわち、「社会」であった。社会とのかかわりの中で作家、批評家、読者も含めて営まれる文学活動という側面のロマン派における欠如をリーヴィスは指摘しているのだ。当時のロンドンの人民とともにあり得たブレイクの天才 ("Blake's genius that he […] can […] be genuinely […] of the people." 192) を引き合いに出して、対照的なワーズワースについて述べている。彼の田園生活への関心に言及し、「それは本質的に［……］彼自身が属していた世界の外部として、また遠く離れていると感じられた何物か、に対する関心である」(*CP* 192) と述べている。ワーズワースは彼の「社会」に背を向けたというのだ。

　ワーズワースとの対比においては肯定的にとらえられていたブレイクであるが[10]、ブレイクも文学史上ほぼ同時代に属する作家である。したがってこの詩人も時代の制約から自由ではなかった。リーヴィスによれば、ブレイクに欠けていたのは公衆・読者 (=public) の存在である。

　　こう言えるかもしれない。適切な社会的協働が不在の状態で（反応してくれる知性の共同体の感覚、あるいはそれを信頼できる見通し、というのが最小限彼に必要なものであった）、彼が成し遂げた創作物において、独特の没個人的領域——それは芸術作品が属し、そこにおいて知性が出会うところであり、それは実験室が公的世界であるのと同様に、純粋に詩的経験の小さな世界である——に到達する力は、彼の生まれながらの資質ゆえに、期待通りには展開されなかった。

(CP 188)

リーヴィスらしいややこしい文章だが、要点はこうであろう。知性ある人々の「共同体」("community of minds") からの／における「反応」("responsive") を得て、文学活動は「協働作業」("social collaboration") となる。この条件を欠いているブレイクは、有能な読者公衆との協働作業によって達成すべき、真の芸術の領域に到達しえない、という主旨の主張である。

　このように、リーヴィスのロマン派批判は、公共圏をめぐる議論の観点から読むことも可能である。ノリスの例に見たように、リーヴィスはロマン派を審美的・詩的観点から批判していると言えると同時に、彼の批評活動の原理あるいは実践という観点に照らしてロマン派批判を行っているととらえることもできる。

　付言すれば、この「公共圏」論的なリーヴィスのロマン派批判は、「芸術の自立を標榜するロマン派にとって言説の合法的パートナーとしての公共圏にもはや余地は残されていなかった。文学の公衆に対してロマン主義批評は背を向けて立つのだ」(Hohendahl 59) と述べるホーヘンダールや、ロマン主義の批評家としてのカーライルに言及しながら、「批評家が読者に対して構える姿勢はいまや超越的なものとなる。彼の宣言は独断的で、その正当性を保証するのは自分しかいない。社会生活に対する姿勢は、としつくしまのないほど否定的である」(Eagleton 40) と述べるイーグルトンのロマン派解釈と軌を一にしているのである。リーヴィスは公共圏議論の先駆者であった。

おわりに

　筆者は以前リーヴィスと公共圏のかかわりについて概括的な文章を書いたことがあった。その拙稿の末尾で、リーヴィスの文学公共圏の性格と影響について検討していくことを課題として記していた。この意味で、本稿は前稿の課題を受けたものである。リーヴィスの批評における共同（協働）性という側面に焦点を絞ったために、その他いくつかのリーヴィスに特徴的な部分への言及は本稿では割愛せざるを得ないところがあった。

　ハーバーマス、ホーヘンダール、イーグルトンたちによる公共圏をめぐる議論の視座からリーヴィスの批評活動をとらえ得ることを確認した上で、リーヴィスの文学公共圏の機能や性格について整理を試みた。社会・文化の現状に危機感を抱くリーヴィスの認識に照らして、伝統という形で文学作品についての公論を形成し、理想とする「文化」水準を維持すると

いう機能を確認した。リーヴィス批評の顕著な特徴としてこれまでにも注目されてきた――他方では、あいまいで独善的で分かりにくいと批判もされてきた――「生」の重視という点は、ここでは公共圏での議論の基準を形成するものとしてとらえてみた。一方で、これは生の批評、道徳批評、文化批評など、イギリスの批評史上の系譜・伝統に連なるものであることも指摘した。

　公共圏という視点からリーヴィスの批評活動を眺めることは、創作、読者、批評を包含する文学活動全体の社会性へとわれわれの注意を喚起する。リーヴィス的マイノリティ公共圏についての評価、あるいはイーグルトンらの対抗公共圏の必要性または妥当性などへ一足飛びの議論をすることを狙いとするものではないが、21世紀のこの時点において文学研究に携わるものとして、批評の成立と大いに関連していた社会性や協働性という点は、注目に値するのではなかろうか。リーヴィスが活動した20世紀中葉の時代からではおそらく想像し得ないほど、SNSに代表されるような今日の人々のネットワーク＝公共圏は拡大し、多様化し複雑化している。今日われわれのコミュニケーションのあり方、文学批評にかかわらず公論形成という点からも、公共圏の議論はひとつの視座を提供するに違いない。

　そもそも、筆者はイギリス20世紀作家 D. H. ロレンスの評価がいかに確立されたか、という問題意識からリーヴィスに関心を持ちはじめた。ロレンスの正典化は英文学批評界・公共圏にロレンス評価という公論が形成されたからに他ならない。このメカニズムとリーヴィスの関わりとを今後も課題として据えながら、本稿で深められなかったリーヴィス公共圏の性格や影響について検証を続けていくことは引き続きの課題である。

注

1　この点についてのまとめは、石原「文学批評と公共圏」を参照。
2　Terry Eagleton, *The Function of Criticism*, p. 7。なお、日本語訳を掲載してい

　　る場合は、大橋洋一氏の訳文を使用した。
3　別のところでは次のような言い方もしている。"In the work of an English
　　School this aspect of mutual check—positively, of collaboration 'in the common
　　pursuit of true judgment'—would assert itself as a matter of course." (*EU* 70–
　　71)
4　この点についてのまとめは、石原「F. R. リーヴィスと英文学部の理想」を参照。
5　例えば、*HTR* や *CP* 中の "Johnson and Augustanism" などを参照のこと。
6　この点については、リーヴィスがロレンス論において展開しているところを筆
　　者は別稿で論じているので、そちらを参照願いたい。(石原「文学批評と公共
　　圏」)
7　精査すれば枚挙にいとまがないほどかもしれないが、例えば、Bamborough な
　　どを参照のこと。
8　大学に属していたと言いながらもケンブリッジでのリーヴィスの不遇はよく知
　　られている。ケンブリッジで教授職に就くことはなく、英文学科の教員に対す
　　る批判も辛らつであったことなどから、リーヴィスと対立する人物は多かった。
　　詳しくは、MacKillop を参照。
9　*EU* および *Valuation* 223 などを参照。
10　言うまでもなく、他の著作においてリーヴィスは詩人としてのブレイクをその
　　「衝動」や「自発性 spontaneity」の表現などから多いに評価しているところも
　　ある。例えば、"D. H. Lawrence" *FC* 112–13 などを参照。

参考文献

Bamborough, J. B. "The Influence of F. R. Leavis" *The Spectator*, Oct.25, 1963.

Bell, Michael. *F. R. Leavis*. London & New York: Routledge, 1988.

Bilan, R. P. *The Literary Criticism of F. R. Leavis*. Cambridge: CUP, 1979.

Buckley, Vincent. *Poetry and Morality*. London: Chatto & Windus, 1961.

Cronin, Anthony. "A Massacre of Authors" *Encounter*. Vol. 4, No. 4, April 1956.

Day, Gary. *Literary Criticism: A History*. Edinburgh, Edinburgh UP, 2008.

Doyle, Brian. "Some Uses of English: Denys Thompson and the Development of
　　English in Secondary Schools" *Centre for Contemporary Cultural Studies:
　　Stencilled Occasional Paper* (The University of Birmingham), Jan., 1981.

Dyson, A. E. "The New Puritanism: Dr. Leavis and the Universities" *The Times
　　Educational Supplement*, Aug. 19, 1960.

Eagleton, Terry. *The Function of Criticism*. London: Verso, 1984. (大橋洋一訳『批
　　評の機能』紀伊国屋書店、1988 年)

Eliot, T. S. *Selected Essays*. London: Faber and Faber, 1951.

Filmer, Paul. "Literary Study As Liberal Education and As Sociology in the Work of F. R.Leavis" *Rationality, Education and the Social Organization of Knowledge*. Ed. Chris Jenks. London: Routledge and Kegan Paul, 1977.

Hohendahl, Peter Uwe. *The Institution of Criticism*. Ithaca & London: Cornell UP, 1982.

Leavis, F. R. *The Common Pursuit*. London: Chatto and Windus, 1952.(*CP*)

——. *D. H. Lawrence: Novelist*. 1955; Harmondsworth: Peregrine Books, 1964. (*DHLN*)

——. *Education and the University*. 1943; Cambridge: CUP, 1979. (*EU*)

——. *For Continuity*. 1933; Freeport, New York: Books for Libraries Press, 1968. (*FC*)

——. *The Great Tradition*. 1948; Harmondsworth: Peregrine Books, 1962. (*GT*)

——. *How to Teach Reading*. Cambridge: The Minority Press, 1932. (*HTR*)

——. *Valuation in Criticism and Other Essays*. Ed. G. Singh. Cambridge: CUP, 1986. (*Valuation*)

Leavis, F. R. and Denys Thompson. *Culture and Environment*. London: Chatto & Windus, 1937.

MacKillop, Ian. *F. R. Leavis: A Life in Criticism*. London: Allen Lane, 1995.

McCann, Andrew. *Cultural Politics in the 1790s*. London: Macmillan, 1999.

Mulhern, Francis. *The Moment of 'Scrutiny'*. London: NLB, 1979.

Norris, Christopher. "Editor's Foreword" in Michael Bell's *F. R. Leavis*.

Priestley, J. B. "Thoughts on Dr. Leavis" *The New Statesman and Nation*, Nov. 10, 1956.

Watson, George. *The Literary Critics*. Harmondsworth: Penguin Books, 1962.

Wellek, Rene. "The Literary Criticism of Frank Raymond Leavis" *Literary Views: Critical and Historical Essays*. Chicago & London: U of Chicago Press, 1964.

Williams, Raymond. *Culture and Society*. 1968; London: The Hogarth Press, 1993.

石原浩澄.「F.R. リーヴィスと英文学部の理想」『立命館法学』別冊　竹治進教授退職記念論集『ことばとそのひろがり (5)』立命館大学法学会、2013 年 3 月。

——.「文学批評と公共圏」『ロレンスの短編を読む』松柏社、2016 年。

——.「『リーヴィスと文化』についての覚え書き」『立命館法学』別冊　島津幸子教授追悼論集『ことばとそのひろがり (6)』立命館大学法学会、2018 年 3 月。

木前利秋.『理性の行方　ハーバーマスと批判理論』未来社、2014 年。

ハーバーマス、ユルゲン.『公共性の構造転換』(細谷貞雄・山田正行訳) 未来社、1994 年。

アルスターの湖を読む

——シャン・ブロックからサム・ハンナ・ベルへ——

中村　仁美

序

　アイルランドの文学と歴史の関係は概して繊細なものであるが、一度でもこの島を訪れた者ならば肌で感じるように、北部となればいっそう慎重な議論が望まれるだろう。シェイマス・ディーン (Seamus Deane) はかつて、アイルランドの文学と歴史を併せ読むために二通りの仕方があると述べた。一つは「ロマン主義的 (Romantic)」な読み方、そしてもう一つは、「現在の複数性 (a pluralism of the present) へと逃避しようとする」読み方である。前者をウィリアム・バトラー・イェイツ (William Butler Yeats)、後者をジェイムズ・ジョイス (James Joyce) が体現しているとしたあと、ディーンは、そのいずれも解決できないのが北 (the North) の問題だと記した (5–6)。このことについてマイケル・G・オサリヴァン (Michael G. O'Sullivan) は、ディーンが自覚していたような二つの異質な言説の問題は、アイルランドという状態のリミナリティのようなものを敷衍して論じることで克服され得ると示唆している (20)。

　そこで本稿では、南北分割前後のアルスター／北アイルランドの文学的動向について考えてみたい。アルスター (Ulster) はアイルランド島北部の伝統的な呼称[1]であり、アイルランド神話の「アルスター・サイクル」がよく知られるように、豊穣な文化的風土でも知られてきた。しかし 17 世紀のいわゆるアルスター植民以降、スコットランド等からの入植者が東部を中心に増えたこともあり、プロテスタント[2]が増加した。20 世紀に入り、南のアイルランドは独立へと向かったが、アルスター 9 州のうちプロテスタントが多数であった 6 州は北アイルランドとして連合王国に残留す

ることになる。かつて島の北東部にあった王国ウラド (Ulaid) に由来する
アルスターの呼称は、その後、プロテスタント／ユニオニストを想起させ
るイディオムへと転化していった。[3]

　南北分割とそれに付随する動揺が、アルスター／北アイルランドの文学
的想像力に良くも悪くも影響を及ぼしたとする見解は、これまでにも多く
示されてきた。[4] この移行期の文学研究においては、ベルファストを文化
的起点ないし中枢と見なすのではなく、国境地帯を含めた周縁から読み解
こうとする態度が少なからず見られるのも特徴的である。

　1920 年代から 1950 年頃までに北アイルランドゆかりの作家によって
発表された作品のなかでも、湖や湖畔[5]を舞台にした作品は、それゆえに
着目に値する。本稿ではその背景を述べたあと、ファーマナの作家シャ
ン・ブロック (Shan Bullock) と、主にベルファストで活動した次世代の
作家サム・ハンナ・ベル (Sam Hanna Bell) における湖の表象を読み繋い
でみたい。具体的にはブロックの小説『湖畔の人びと』(*The Loughsiders*)
(1924) を取り上げた後、北アイルランドの黎明期の文化人であったベル
の作品（ラジオ番組含む）へと視点を繋げ、過渡期のアルスター／北アイ
ルランドの文学的特質の一端を顧みることとする。

1. アルスターの湖と文学的伝統

　ジョン・ウィルソン・フォスター (John Wilson Foster) は、詩人シェイ
マス・ヒーニー (Seamus Heaney) の言葉を借り、批評家の役割とは「風
景をひも解くこと」であり、作家の「場所」を理解するためにはバシュラ
ールさながら風景、地理、地形学のレトリックを精査しなければならない
と述べている ("The Geography of Irish Fiction" 33)。フォスターは 20 世
紀半ばまでのアルスター（彼は 9 州を前提としている）を舞台としたフィ
クションを概観する研究書 (*Forces and Themes in Ulster Fiction*) を出版
し、第一章で土地や農地の表象を大きく取り上げた。しかし、12,000 以上
もの湖があるアイルランド島のうち、アルスターにはネイ湖、アーン湖、

ストラングフォード湖などの表面積の大きな湖が集中しており、その周り
に居住地域が広がっていることも看過すべきでないだろう。それぞれの湖
にまつわる神話や民間伝承も多く残されていることは言うまでもない。[6]

　入植者増加後のアルスターにおいて、湖は人びとの出自や宗派を問わず
共有される場所であり、生活の風景であった。事実上の南北分割へと向か
い、「二つのアイルランド」が生まれた 1920 年代よりも前から、人びとの
交流があったことが記録文学からも窺える。ジャーナリストかつ政治家で
もあったスティーヴン・グウィン (Stephen Gwynn) の紀行『アルスター』
(Ulster) (1911) は、ドニゴールのスウィリー湖に関する次のような文章で
締めくくられている。

　　ひと言で言うと、スウィリー湖の西に行くことができないなら、東で
　　満足するのも良いでしょう。無限の美しさや関心を引くようなものは
　　その向こうにたくさんあるのですが、スウィリー湖とその湖畔、そし
　　てさまざまな種族の人びと――スコッツとアイリッシュ、ローランド
　　とハイランド、プロテスタントとカトリック――が、みな隣同士に暮
　　らしているのがわかるでしょう。少なくともその時、諸君はよく知
　　り、愛するようになるのです。わめき、ののしり合うアルスターでは
　　なく、そのままのアルスターを。(64)

グウィンが南北分割反対派のナショナリストだったという背景はあるもの
の、彼がここで描出するのは、さまざまな出自を持つ人びとが湖畔で共生
していた「そのままのアルスター」である。[7]

　ウィリアム・カールトン (William Carleton)、パトリック・カヴァナ
(Patrick Kavanagh)、デニス・デヴリン (Denis Devlin)、そしてシェイマ
ス・ヒーニーが「聖パトリックの煉獄」として知られるダーグ湖（ドニゴ
ール）に取材して作品を書いたり、ヒーニーがネイ湖等のほかの水域から
も着想を得たりしたように、北部の湖と文学の伝統そのものは長い。カト
リック系の文学的伝統については先行研究も多くあるため、本稿ではシャ

ン・ブロックとサム・ハンナ・ベルというアルスター／北アイルランドに
ゆかりある作家の著作の検討に留めることとする。

　ブロックとベルはそれぞれ、西部ファーマナのアーン湖、東部ダウン
のストラングフォード湖から南北分割前後のアルスターを見つめる作品
を残している。「農地におけるプロテスタントの社会や性生活を描いた」
(Cahalan 296) という共通点から、ブロックの後継者としてベルの名前が
挙がることもある。かつて地理学者かつ考古学者のエミーユ・エスティ
ン・エヴァンス (Emyr Estyn Evans) は、地図上の国境ではなく、ドニゴ
ール湾からストラングフォード湖まで広がるドラムリン・ベルトを軸にア
ルスターの文化を再考しようとした (Graham 192)。まさにドラムリン・
ベルトの西に広がるアーン湖と、東にあるストラングフォード湖という周
縁が、二人の作家によっていかに描かれたかを検討したい。

2. シャン・ブロックとアーン湖

　1865 年にファーマナのクロムに生まれたシャン・ブロックは、アルス
ター西部の異なる伝統の混淆を理解し、数多くの作品に昇華させたことで
知られている。ブロック生前のファーマナにはアイルランド国教会のプ
ロテスタントとカトリックが暮らしており、後者は 1871 年の時点で 40%
から 60% であったとされる (Gregory 76)。父親のトマス (Thomas) はク
ロム城の領地に勤めたこともあり、そこでは第三代アーン伯爵 (Earl of
Erne) のもと、地元のプロテスタントとカトリックが共に働いていた。作
家ベネディクト・カイリー (Benedict Kiely) はブロックの小伝のなかで、
この状態を比喩的に「緑の庭に咲くオレンジの百合」と言い表している
("Orange Lily in a Green Garden" 217)。クロムはのちにアイルランド領
となったキャヴァンとの境目に近く、ブロックは当時巻き起こっていた土
地戦争や、イングランド人の使用人たち、そして共に働く労働者たちを身
近に観察しながら育った。ブロックの父親は息子に、各宗派の歴史や関係
性について語り聞かせることもあったという (Maume 141)。ウェストミ

ースで教育を受けた後、ロンドンのキングス・カレッジに進学したブロックは、その後ロンドンで公務員をしながら創作を続けた。

　カールトンの「シャン・ファダの結婚」（"Shan Fadh's Wedding"）から自身の筆名をとった背景からも推察できるように、ブロックの作品にはアルスター西部を基盤としたリアリズムが見られる。職を得て移り住んだロンドンで創作を行っていたとはいえ、彼が好んで題材としたのは、自身が生まれ育ったアーン湖畔のコミュニティであった。それが最も直截に表れているのが小説『湖畔の人びと』である。

　『湖畔の人びと』は後期ヴィクトリア朝のファーマナを舞台にしており、先述したカイリーによってのちに「地方のアイルランドが生んだ最良の小説」と賞賛されている（*Modern Irish Fiction* 31）。米国から故郷ファーマナに帰ってきた主人公リチャード（Richard）が、近所のニクソン家（the Nixons）をあらゆる場面で助け、結果として結婚や広大な土地といった自身の望みを叶えていく、というのが大まかなあらすじだ。当初ニクソン家の娘レイチェル（Rachel）に思いを寄せていたリチャードだが、思いがけぬかたちで彼女の父親ヘンリー（Henry）の遺産を手に入れ、未亡人となったルース（Ruth）と結ばれる。果たしてリチャードの目的と結果はどちらが先であったのか、物事の展開はすべて彼の手中にあったのか、作中で明らかにされることはない。しかしリチャードは、常に相手が欲しているであろう適切な助言をし、近隣に貸しを作り、なおかつ見返りを求めないことで、かえって周囲の信頼を勝ち得ていく。[8]

　本作におけるアーン湖の描写に着目してみよう。以下の第一章第四部冒頭は、湖畔の光景に紙幅を割いた導入的な描写である。

　　湖は低く連なった丘に囲まれていた。平らな湿地や牧草地がある岸辺から、森や山、そしてふたたび丘によって隔てられる地平線のほうまでそれが続いていた。湖は楕円のかたちをし、幅は一マイルほどで、葦やイグサにふちどられていた。その浅い湖水は九月の日差しのなかでさえ、アイルランドの湖川の特徴でもある憂うつをたたえていた。

静寂で空ろとしていて、鳥一羽もなく、どこかで跳ね上がる魚もいない。あくせくと働くユスリカたちの羽音だけが聴こえた。神のみぞ知る不思議な仕事に従事しているのだ。(*Loughsiders* 9)

ここでアーン湖は、アイルランドの湖川に特徴的な憂うつ (melancholy) をたたえているとされる。また、静かで波立たない湖の様相は、「湖畔の人びと」の人柄と呼応するかのように描かれている。先の引用部に続けて、次のような一節がある。

　　……湖畔の人びとの日々の気質は穏やかで、口調がやわらかく、それなりに気楽で、冷静で、人づきあいがよかった。プロテスタントであるゴーチンのいかめしい人びとでさえそうだった。(9)

「大声を出すなど不法行為に近い」(9) とされるこの地で、人びとの気質は静かで温厚なものとして描かれている。つづく「太鼓の音や教皇の名のもとに自らを奮起させる」(9) という文章からはオレンジ結社 (the Orange Order) の存在が伺えるが、「湖畔の人びと」の気質として、けんかっ早くはなく、生まれついての抜け目なさやもの静かさを備えていることや (47)、控えめであること (200) が挙げられている。

　このように、ブロックの作風の特筆すべき点は、湖や湖畔の様相と併せてプロテスタントの気質が説明されていることである。パトリシア・クレイグ (Patricia Craig) は、「プロテスタント」や「カトリック」であることがいかに風景 (landscape) に作用しているかを描いたブロックの作品は、社会学的に見ても重要だと指摘している (11)。ブロックが 1903 年に出版した『小地主』(*The Squireen*) もその好例であろう。『小地主』の冒頭では、ラマス・ヒルからの風景描写が続いたあと、近隣のプロテスタントについて「愛想がいい」けれども「ず太く、押しつけがましい、プライドの高い血統」と書かれている (5)。『湖畔の人びと』でさらに詳述される当地のプロテスタントの気質は、風景と調和するかのごとく寡黙だが、そのぶ

ん筋の展開にとって重要である慎重さや抜け目のなさが強調されている。

　また、本作がアルスター西部のプロテスタントの微妙な帰属意識に触れている点も重要である。リチャードが作中で、アイルランド以外に暮らし、死にたい場所はないと話す場面がある (*Loughsiders* 29)。物語の展開に大きく関わることはないものの、こうした台詞から、「湖畔の人びと」の忠誠心が「英国」ではなく、むしろ自らが生活を営む「アイルランド」にあることが読み取れる。

　『湖畔の人びと』が出版されたのは、1921 年の英愛条約の調印を受け、アイルランド国境委員会が最初の会合を開いた 1924 年のことである。1922 年には南で既にアイルランド自由国が発足し、北アイルランドは連合王国内の自治領としての新たな道を歩みはじめていた。『湖畔の人びと』の冒頭には、「我らが思い出し、愛し、再び見たいと思っているアイルランドの物語」というブロックの献呈文が添えられている。単なる回顧ではなく、当時のアルスターの情勢に対するブロックの懸念が垣間見えよう。ブロックは 1935 年にこの世を去ったが、アルスター／北アイルランドの文化的水脈をよりいっそう意識した作家が登場するのは 20 世紀半ばのことである。

3.　サム・ハンナ・ベルとストラングフォード湖

　20 世紀のアルスター／北アイルランドの文学的動向をたどる際、しばしば目にする言葉に地域主義 (regionalism) がある。時にアルスター地域主義 (Ulster regionalism) や地方的自然主義 (local naturalism) など、さまざまに呼び倣わされ論じられてきた。特定可能な地域や場所の文化に根差し、それを意識的に描き出そうとするこのリアリズム的態度は、歴史や地史に苦労してきたこの地方のジレンマを解決しようとする試みとして生起したものと解釈できる。その動向はしばしば三つの波に分けて整理されることがあるが (McIvor 186)、なかでも第二期にあたる 1940 年代、詩人ジョン・ヒューイット (John Hewitt) を中心とした活動は求心的影響力を持

った。1945 年の時点でヒューイットは、国家がこれほどにまで複雑化し
た時代において、アルスターの作家は地域 (region) に忠誠を誓うべきだ
と考えていた。「アルスターの作家は『根を下ろした』("rooted") 人間で
なければならない。土地の塵を袖につけるように、その土地固有のイディ
オムの風味（持ち味、残り香）をまとわなければならない」(115) と述べ
て注目を浴び、優れた作品を多く残している。

　他方、同じくアルスターの文化的源泉を希求していた作家サム・ハン
ナ・ベルは、「新しい地域というのは、詩人、小説家、劇作家の目を通し
て出会うものだ」と述べた ("A Banderol" 61)。ベルは 1909 年にスコッ
トランドのグラスゴーで生まれたが、祖先はもともとアルスターへの入植
者であった。1918 年、母親の両親が暮らしていたダウンに引っ越した際
には「『帰郷』しているように感じた」という (Carson 91)。1945 年にベ
ルは BBC 北アイルランド支局に入職して放送作家となるが、小説家とし
ては遅咲きであった彼が私淑した作家のひとりがシャン・ブロックであっ
た。ベルは同時代の社会的動揺のなぐさみとしてブロックを読んでいたよ
うで、「我らをかき乱す緊張、忠誠心、つかの間の怒りといったものを書
き留めるべく残されたもの」として、「シャン・ブロックによるいくつか
の物語」を挙げている ("A Banderol" 58)。

　ベルにとって意味を持った地域のひとつは、東部ストラングフォード湖
周辺である。のちに映画化されたことでも有名な代表作『十二月の花嫁』
(*December Bride*) (1951) は、ブロックの『湖畔の人びと』を彷彿とさせる
成り上がりの物語であり、ストラングフォード湖近くの農村を舞台として
いる。ブロックが描いた西部とは異なり、20 世紀初頭のストラングフォ
ード湖周辺には長老派やメソジストが多数暮らしていた。海を渡ればスコ
ットランドであり、内陸部とはまた異なる異宗派共生の地帯が広がってい
た。『十二月の花嫁』については既に拙稿で論じたが、[9] この小説のなかで
はストラングフォードの湖岸からやさしく盛り上がる丘が古の母性の象徴
として描かれている。また、汽水湖であるストラングフォード湖は、人び
との対立や人間関係の秘密をも抱きとめる静的なイメージだけでなく、第

四章でのアンドリューの溺死に典型的なように、時に命を奪う残酷さを宿す水域としても描かれている。

　ベルが制作したラジオ番組「これが北アイルランド：アルスターの旅」("This is Northern Ireland: An Ulster Journey") (1949) は、ストラングフォード湖の存在を印象的に挿入しつつ、進行形のアルスター／北アイルランドを小説よりも直截に提示したひとつの試みであった。[10] これは北アイルランドを鳥瞰するかのように一つひとつのランドマークを紹介していく特別番組であり、詩や音楽が織り交ぜられているところにベル独自の演出が光る。以下は台本冒頭からの引用である。

　　この旅路において、我らの地図上のシンボルは、橋、水路、道路などではありません。職業、話し方、慣習といったものなのです。その等高線は、岩と岩が重なり合うところの高さやくぼみではなく、伝統が満ちあふれ、混交しているさまを表しているのです。(9)

小説ではなくラジオ番組であるという性質上、ブロックとの単純な比較はできないが、ここで示されているのは地図上に描かれ得ないアルスター／北アイルランドを照射しようとするベルの姿勢である。また、引用部の原文では "overflowing" や "mingling" といった語が意識的に使われており、すぐ後に続くストラングフォード湖の描写への布石となっている。

　ストラングフォード湖の歴史的起源や呼称の由来が詳細に説明されることからもわかるように (12)、この番組の背景にはこの汽水湖の存在が常に意識されている。さまざまに視点を移しながら北アイルランドの風景が詩や音楽と共に説明され、番組は次のように幕を下ろす。

　　流れには橋がかかり、留め金がかけられました。我らのうしろにはたくさんの湖、海食崖、街の市場、山小屋があります。今夜みな立ち上がり、外を見るのです。暗がりの湖に、クリーム色をした寄せる波に、街の通りに、我らの共同遺産があります——これが北アイルラン

ドなのです。(37)

　ここでも湖水の存在は印象的に差し挟まれ、「我ら」にうしろ立つ水域が
意識されていることがわかる。それにより、新生北アイルランドを繋ぐ共
通した精神性が喚起されているように思える。

　1951 年、ベルはヒューイットやネスカ・A・ロブ (Nesca A. Robb) と
共に『アルスターの芸術』(*The Arts in Ulster*) を編集出版した。ベルは
その序文 ("A Banderol") のなかで、異種混交のアルスターの底流にある
「水」のイメージを改めて確固たるものにしている。まず「この複雑な地
方を通り抜け、たった一本の道をたどっていく……といったことは期待で
きない」(56) と率直に述べ、「アルスター」の芸術をひとまとめにするこ
との困難を記している。しかし、同胞の詩人 W. R. ロジャース (W. R.
Rodgers) による一節──「プロテスタントとカトリックという二つのキ
ャラクターは、相互補完的なのだ。彼らは生 (life) の両側面を成している
……この多様性と真逆のものの混淆が、アルスターをこれほど豊かで魅力
的な光景にしているのだ」──を引き、ベルは次のように述べている。

　　海流によってもたらされるこの混交、渦巻き、傍流こそ、アルスター
　　の暮らしの表層を外部の者にとって興味深い困惑にしている。そし
　　て、その深みはアルスターの芸術家にとっての重みなのである。
　　　アルスターの作家は、つまり、動く水のなかに浸っているのだ。

(56–57)

固有名詞として言及されていないが、この海流 (submaline currents) とい
う言葉はスコットランドとアイルランドの水、そして海水と湖水が混ざり
合うストラングフォード湖を想起させる。また、引用中最終文の原文 "dip
in" には「浸かる」だけでなく、「分け前にあずかる」といった慣用的意
味が含まれている。入り混じる水は異種混交のアルスター、ないし新生北
アイルランドのイメージそのものであり、ベルはそうした性質こそがこの

地方の芸術的価値を創出し得ると考えていた。

　こうしてベルはストラングフォード湖にアルスター／北アイルランドの文化の源泉を見たが、当時のベルファストには、生粋のプロテスタントというよりはむしろ非宗派的 (non-sectarian) な視点を持ち合わせた文化人が多かった。自身の経験や記憶に多くを頼っていたブロックとは異なり、ベルは民俗学、地理学、歴史学をはじめ広く関心を持つ学究肌であったうえ、放送人としての現場主義的な一面もあった。その活動はフィクションの執筆やプロデュース業に留まらず、文芸誌『ラーガン』(*Lagan*) (1943–6) の創刊、民間伝承を集めた『エリンのオレンジの百合』(*Erin's Orange Lily*) (1956) の出版など多岐にわたる。[11]『エリンのオレンジの百合』では、カトリックとプロテスタントを単純に二分化し、どちらがアルスターの伝統を残してきたのかを断定的に述べることに懐疑的なベルの姿勢も示されている (125–6)。ベルにとってのアルスターは、ストラングフォード湖の汽水のように、複数性の共存を内包する動的かつ現在進行形の水域であったのだ。

むすび

　本稿では 20 世紀前半から半ばにかけてのアルスター／北アイルランド文学の一端を、湖や湖畔の表象を呼び水に垣間見てきた。とりわけアルスターのドラムリン・ベルト上の西部にあるアーン湖と、東部にあるストラングフォード湖を舞台にした作品を読み繋ぐべく、シャン・ブロックとサム・ハンナ・ベルの作品から例を挙げた。パトリック・J・ダフィ (Patrick J. Duffy) が言うように、「地理学だけでなく、文学とその読みを通してアイルランドの場所は定義され、再定義される」("Writing Ireland" 81) のならば、アイルランドのリミナリティたる南北分割期の文学の議論は「場所」を軸に考え続けていかなければならないだろう。

　ファーマナ出身であるブロックの『湖畔の人びと』の舞台は、主にプロテスタントが暮らすアーン湖周辺である。ブロックは湖の様相と「湖畔の

人びと」の気質を重ね合わせるように描き、物語の背景に含みを持たせた。対して、ブロックの後の世代であり、グラスゴーに生まれダウンで育ったベルは、東部のストラングフォード湖の汽水にアルスター／北アイルランドの多様性を見た。BBC 北アイルランド支局に勤める放送人でもあったベルは、この湖に備わる象徴性をいくつかの作品で活かしている。ラジオ番組「これが北アイルランド」や『アルスターの芸術』の序文において、この汽水湖の動的な性質をアルスター／北アイルランドの文化的特質そのものに重ねた。

　アルスターの歴史の分水嶺とも言える南北分割、そして新たに「北アイルランド」を創出しなければならない文化的風土にあって、自らを含む作家たちに何らかの共通した精神性があると明言することには困難が伴ったにちがいない。その捉えどころのなさこそアルスター／北アイルランドの特色であるとし、自分たちはその「流れる水」にむしろ恩恵を受けているのだというベルの認識は、作家に "rooted" であることを要求することなく、混淆するアルスター／北アイルランドの文化を新たな流れへ押し出そうとする試みであったと解釈できるだろう。

　当地の地域主義文学の企図や帰趨について、湖に限定的な意味づけをすることなく、広範な考察を続けることは筆者に残された課題である。ただ、南北分割前後のアルスター／北アイルランドを舞台とした作品の読み方、また文学と歴史の関係に想いを馳せるとき、物理的な国境よりもむしろ、一つひとつの場所の表象を丁寧にひも解くことが、包括的な理解の一助となるのではなかろうか。

注

本稿は、平成 30 年度科学研究費補助金（若手研究、研究課題番号 18K12332）による研究成果の一部である。

　1　伝統的には現在の北アイルランドを構成するアーマー、アントリム、ダウン、

ティローン、デリー、ファーマナ、そしてアイルランド共和国のキャヴァン、ドニゴール、モナハンを併せた9州を指す。

2 本稿では「プロテスタント」とのみ記す箇所があるが、北アイルランド地域研究の前提でもあるように、プロテスタントにもアイルランド国教会、長老派、クエーカー、ユグノーといった諸宗派があり、それぞれが異なる歴史的背景を持っていることを付記しておきたい（尹 219）。

3 南のアイルランド文芸復興運動に触発されたアルスター文芸劇場の設立 (1902) や文芸誌『ウラー』(*Uladh*) (1904–5) の存在はあったものの、新生北アイルランドで多くの公共機関が既に「アルスター」の名を冠していた以上、「9州のアルスター」は瓦解せざるを得なかったと言える。1924年に開局した BBC 北アイルランド支局の番組制作において、「アルスター」の使用が意識されていたという指摘もある (Hajkowski 209–210)

4 たとえば、小説に関してはジョー・クリアリー (Cleary 77–78)、詩に関してはジョン・カーリー (Curley 10–11) の記述を参照。

5 アイルランド島北部にはスウィリー湖 (Lough Swilly) やストラングフォード湖 (Strangford Lough) など、"lough" (loch に由来) とはいえ、「湖」よりも「入江」と記すのが正確なもの、ならびに「汽水湖」も存在することを付記しておく。本稿では読みやすさに配慮し、「湖」で統一した。

6 たとえばワイルド夫人 (Lady Wilde) による民話集を参照 (Wilde 247)。英国およびアイルランドで最大の湖であるネイ湖は、伝説上の英雄フィン・マックール (Finn Mac Cool) が土をすくって投げたことによってできた（そして投げられた土がマン島になった）という逸話はよく知られている。

7 湖はしばしば密輸の現場にもなった。パトリック・J・ダフィによれば、1930年代頃のファーマナのメルヴィン湖では、北と南の「漁師たち」("fisher-men") が、宝石、時計、たばこなどを交換する光景が見られたという記録が残っている ("Continuity and Change" 23)。

8 このリチャードの打算的ともとれる結婚の背景にあるファーマナのプロテスタント農夫の苦境に関しては、パトリック・モーム (Patrick Maume) の論考を参照 (145)。

9 中村、63–70.

10 「これが北アイルランド」は1949年10月26日に初めて放送された。当時、局の意図で「アルスター」を冠したラジオ番組が数多く制作されたが、この番組は「北アイルランド」を前に出したという意味で新しい。また、アルスターの地域主義を政治、文化、放送という側面に分けて考察するダミアン・キーン (Damien Keane) は、「これが北アイルランド」を当時の放送業界の緊張感を表す作品として論じている (38–40)。

11 数ある活動のなかでも、ラジオ放送黄金期のリスナーに多様なアルスター像を

紹介しつづけたことがベルの最大の功績だ、と伝記の著者ショーン・マクマホ
ン (Sean McMahon) は明言している (100)。

引用文献

Bell, Sam Hanna. "A Banderol." *A Salute from Banderol: The Selected Writings of Sam Hanna Bell*, edited by Fergus Hanna Bell, Blackstaff, 2009, pp. 55–61.
——. *Erin's Orange Lily; and Summer Loanen and Other Stories*. Blackstaff, 1996.
——. "This is Northern Ireland: An Ulster Journey." *A Salute from the Banderol: The Selected Writings of Sam Hanna Bell*, edited by Fergus Hanna Bell, Blackstaff, 2009, pp. 9–37.
Bullock, Shan. *The Loughsiders*. 1924. Turnpike Books, 2012.
——. *The Squireen*. Methuen, 1903.
Cahalan, James M. *The Irish Novel: A Critical History*. Twayne, 1988.
Carson, Douglas. "The Antiphon, the Banderol, and the Hollow Ball: Sam Hanna Bell, 1909–1990." *The Irish Review*, no. 9, 1990, pp. 91–99.
Cleary, Joe. *Literature, Partition and the Nation-State: Culture and Conflict in Ireland, Israel and Palestine*. Cambridge UP, 2002.
Craig, Patricia. "Introduction." *The Rattle of the North: An Anthology of Ulster Prose*, edited by Patricia Craig, Blackstaff, pp. 1–12.
Curley, Jon. *Poets and Partitions: Confronting Communal Identities in Northern Ireland*. Sussex Academic P, 2011.
Deane, Seamus. *Heroic Styles: The Tradition of an Idea*. Field Day Theatre Company, 1984. Field Day Pamphlets 4.
Duffy, Patrick J. "Continuity and Change in the Border Landscapes." *The Debatable Land: Ireland's Border Counties*, edited by Brian S. Turner, The Ulster Local History Trust, 2002, pp. 20–30.
——. "Writing Ireland: Literature and Art in the Representation of Irish Place." *In Search of Ireland: A Cultural Biography*, edited by Brian J. Graham, Routledge, 1997, pp. 64–83.
Foster, John Wilson. *Forces and Themes in Ulster Fiction*. Gill and Macmillan, 1974.
——. "The Geography of Irish Fiction." *Colonial Consequences: Essays in Irish Literature and Culture*, Lilliput, 1991, pp. 30–43.
Graham, Brian J. "The Search for the Common Ground: Estyn Evans's Ireland." *Transactions of the Institute of British Geographers*, vol. 19, no. 2, 1994, pp.

183–201.

Gregory, Ian N, et al. *Troubled Geographies: A Spatial History of Religion and Society in Ireland.* Indiana UP, 2013.

Gwynn, Stephen. *Ulster.* Blackie and Son, 1911.

Hajkowski, Thomas. *The BBC and National Identity in Britain, 1922–53.* Manchester UP, 2010.

Hewitt, John. "The Bitter Gourd: Some Problems of the Ulster Writer." *Ancestral Voices: The Selected Prose of John Hewitt,* edited by Tom Clyde, Blackstaff, 1987, pp. 108–121.

Keane, Damien. "Contrary Regionalism and Noisy Correspondences: The BBC in Northern Ireland circa 1949." *Modernist Cultures,* vol. 10, no. 1, 2015, pp. 26–43.

Kiely, Benedict. *Modern Irish Fiction: A Critique.* Golden Eagle, 1950.

——. "Orange Lily in a Green Garden: Shan F. Bullock." *A Raid into Dark Corners and Other Essays,* Cork UP, 1999, pp. 215–231.

Maume, Patrick. "The Margin of Subsistence: The Novels of Shan Bullock." *New Hibernia Review / Iris Éireannach Nua,* vol. 2, no. 4, 1998, pp. 133–146.

McIvor, Peter K. "Regionalism in Ulster: An Historical Perspective." *Irish University Review,* vol. 13, no. 2, 1983, pp. 180–188.

McMahon, Sean. *Sam Hanna Bell: A Biography.* Blackstaff, 1999.

O'Sullivan, Michael G. "Limning the Liminal, Thinking the Threshold: Irish Studies' Approach to Theory." *Liminal Borderlands in Irish Literature and Culture,* edited by Irene Gilsenan Nordin and Elin Holmsten, Peter Lang, 2009, pp. 17–34.

Wilde, Jane Francesca (Lady Wilde). *Ancient Legends, Mystic Charms, and Superstitions of Ireland: With Sketches of the Irish Past.* Ward and Downey, 1888.

中村仁美「サム・ハンナ・ベルと『十二月の花嫁』――アルスターへの眼差し」『英語と文学、教育の視座』渋谷和郎、野村忠央、土居峻編、DTP 出版、2015 年、pp. 63–74。

尹慧瑛『暴力と和解のあいだ　北アイルランド紛争を生きる人びど』法政大学出版局、2007 年。

分身、メスメリズム、視覚
エドガー・アラン・ポーのメスメリズム物語における物質性

福島　祥一郎

1. 序：死、分身、メスメリズム

　『ゴシックの死　1740 年から 1914 年まで──ある文学史』(2016) において、アンドリュー・スミスは、十八世紀後半以降、ゴシック文学（特にイギリスのゴシック文学）には死を「書くこと」から死を「読むこと」への歴史的流れがあることを指摘した。よく知られているように、一八世紀ヨーロッパは世俗化傾向が顕著となる時代であるが、宗教の衰退によって慰めの力が失われるにつれ、死は人びとの想像力に不安な影響を及ぼすようになっていく。それまで宗教が担ってきた死と人間との関係を、今度は人びとが自ら構築しなければならなくなったためである。エドワード・ヤングに代表される墓地派詩人や初期ゴシック作家たちは、想像力／創造力を駆使して死を描き出したが、その一方で、子供の死亡率の劇的な改善や墓地の郊外移転によって死は少しずつ遠き存在となり、主体的に想像／創造するものから解釈の対象物へと変貌していった。それは、言い換えるならば、死というものへの親密さが失われ、死は忌避すべきもの、あるいは何か得体の知れないものとなってしまったことを意味する。[1]

　興味深いのは、スミスがその歴史の分水嶺、転換点をアメリカ文学のエドガー・アラン・ポーに求めている点である。スミスは、その著作の冒頭において、特にポーの「ヴァルドマアル氏の病症の真相」(1845)（以下「ヴァルドマアル氏」と表記）を取り上げ、結末のグロテスクさがそれ以前のゴシックとは異なっており、疑似科学的調査の対象として語られていることを指摘する。その上で、メアリー・シェリーの『フランケンシュタ

[112]

イン』(1818) やジェームス・ボアーデンの『二つの生をもった男』(1828) のような、疑似科学と分身が融合した物語にポーのメスメリズム物語を関係づけ、それらの物語をゴシック文学における死の表象の歴史の中に再定位しようとする。

　分身（ダブル）とメスメリズムは共に、合理主義によって神と自己の倫理的関係が変容した十八世紀末以降、文学、特にロマン主義文学に大きな影響を与えた。故に、両者は非常に深い関係性を有している。しかしながら不思議なことに、ポーのメスメリズム物語を論じる際、分身とメスメリズムを同じ俎上にのせて論じたものはこれまでほとんどなかったように思われる。それはおそらく、ポーのメスメリズムをモチーフとした三作品、すなわち「鋸山奇譚」(1844)、「催眠術の啓示」(1844)、そして「ヴァルドマアル氏」が 1960 年代まで批評的関心を集めず、それ以降も「ほら話 (hoax)」や疑似科学的側面への関心が先行したことにより、そのゴシック性については等閑に付されてきたからであろう。[2] その意味で、スミスの提示するゴシック文学史は極めて刺激的で示唆に富むものと言える。ただし、スミスの論考は、ゴシック文学の死の表象に関する通史を描き出すという目的のため、ポー文学の前期と後期における質的変化を見逃している感は否めない。本稿ではスミスの観点に依拠しつつ、さらにその空白地を埋めるべく、まずポーのメスメリズム三作品について施術者と患者のラポール（rapport ＝感情的交流）に着目し、詳細な分析を行う。ポーのメスメリズム作品は同一のモチーフを扱いながらメスメリズムが担う役割が異なっており、その結末も大きく変化している。その変化はなぜ起こるのか。あるいは、なぜ最後のメスメリズム作品である「ヴァルドマアル氏」は極度にグロテスクな形で物語が閉じられるのか。これらの問いについて、ダブルとメスメリズムの歴史を背景としながら、その理由を探ってみたい。

2. ポーの三つのメスメリズム物語におけるラポール：「鋸山奇譚」

　ポーはメスメリズムをモチーフとした短編を 1843 年から 1845 年という非常に短い期間に集中的に書いているが、序で述べたように、それらは同一モチーフであるにもかかわらず、扱いが大きく異なっている。[3] 以下ポーのメスメリズムの物語について、メスメリズムの扱い方、およびメスメリズム施術者と患者のラポールという二点から、詳しく分析したい。

　最初のメスメリズム物語である「鋸山奇譚」は、メテンプシコウシスや瀉血療法への揶揄など、メスメリズム以外にもさまざまな要素が盛り込まれ、そのことが物語を複雑で捉えがたいものにしている。物語の本筋は、主人公ベドロウが鋸山で体験した不可思議な出来事である。近くの鋸山を歩いていたベドロウは、いつのまにか異国の地にたどり着いてしまい、戦闘に巻き込まれて、右のこめかみを「毒矢」で撃たれ死んでしまう。ただし、この死の体験をベドロウ自身が語るため、それを聞く語り手はにわかに彼の話を信じることができない。また、物語終盤で、ベドロウの鋸山での体験が医師テンプルトンの旧友オルデブのものときわめて似ていることが明かされるため、物語は別の様相も呈するようになる。ベドロウとオルデブの容姿が瓜二つであること、ベドロウが死の体験をしていた際、テンプルトンがオルデブの死をノートに書き留めていたことなどから、メスメリズムによる「思考転移」の可能性さえ示唆される。さらに結末にはもうひとひねりある。ベドロウが自らの体験を語った一週間後、彼は不可解な死を遂げる。彼の訃報を告げる新聞によれば、風邪の治療のため施した瀉血療法の最中、テンプルトンが誤って瀉血用の蛭ではなく「有毒性の蛭」をベドロウのこめかみにあててしまったというのである。しかも、語り手はその記事の印刷上の誤植（Bedloe と記述すべきところを Bedlo となっている）にオルデブのアナグラム（Bedlo は逆から読むと Oldeb となる）を発見する。偶然性の裏に隠された得体のしれない二人のつながり——物語はそれを再度仄めかして閉じられる。

　この要約からもわかるように、「鋸山奇譚」は多様なモチーフの混交体

であり、必ずしもメスメリズムを前景化させた物語ではない。シドニー・E・リンドによれば、1947 年以前の「鋸山奇譚」の伝統的な解釈は、メスメリズムというよりもむしろメテンプシコウシスに比重が置かれたものであったという。[4] 初期の「息の喪失」(1835) を思い起こさせるようなドタバタ的展開、「ある苦境」(1838) に出てくるサイキ・ゼノビア風な「死んだ自分を眺める」というモチーフ、さらには当時次第に人びとの信用を無くしつつあった体液理論に基づいた瀉血療法への揶揄とも相まって、メスメリズムはもっぱら作品の後景にとどまり、「死者が語る」という出来事の可能性をほのめかす媒介としてのみ機能しているようにも見える。

　ただし、ベドロウとテンプルトンの間に存在するメスメリズムを基盤としたラポールの存在は、本文中に「ラポール、あるいは磁気的関係」と言及されることからも明らかである。[5] 語り手は二人のラポールの強さを認め、「眠りは、ただ施術者の意志ひとつで、病人がその存在に気づかない時でさえ、ほとんど即座に眠りがもたらされた」(CWIII, 941) と述べている。また、ラポールの強力さは、テンプルトンの最後の発言においても示される。物語の要約でも示したように、ベドロウが自らの夢のような物語を語り終えると、テンプルトンはベドロウに対して「あなたが山中でそうしたさまざまな出来事を心に思い浮かべていたまさにその時、私はこの家でその出来事を事細かに書き記していたのです」(CWIII, 949) と述べている。これはメスメリズムによる磁気術師と患者のイメージの共有であり、二つの個が同化し溶けあう可能性を示唆する。さらに、ベドロウは施術者テンプルトンに従属し、主従関係が成立している点も、二人のラポールの強力さを物語っている。ベドロウが自身の体験の結末部を語るのをためらう際、テンプルトンが「進めよ！」("Proceed!") と一喝するシーンは、その最たる例であろう。

　ポーのメスメリズムに関する知識の多くは、チョンシー・ヘア・タウンゼントの『メスメリズムの真実』(1842) に負っており、一般にポーが心惹かれたのはタウンゼントが擁護しているメスメル由来の動物磁気説であったと言われる。[6] しかし、ドイツ・ロマン主義者の動物磁気への興味には

メスメル由来の「宇宙に瀰漫する物理的"流体"説」とピュイゼギュール由来の「超透見現象」の二点があるとするアンリ・エレンベルガーの定義に従えば、ここでのポーの関心の持ちようはむしろ後者の「超透見現象」に近く、前者についてはポーのメスメリズム物語の第二作目にあたる「催眠術の啓示」を待たねばならない。[7]　その意味でも、「鋸山奇譚」はラポールの強度による二者の混淆の物語であり、前期のメテンプシコウシスのテーマを引きずった過渡期的作品と言える。

3. ポーの三つのメスメリズム物語におけるラポール：「催眠術の啓示」

「催眠術の啓示」はより形而上性が強く、メスメリズムをモチーフとしつつ、最終的には『ユリイカ』(1848) として結実することになる彼の思想の端緒を語ったものと考えられる。物語は、語り手Pがメスメリズム療法を施している肺結核患者ヴァンカークに呼び出され、メスメリズムの施術によって生まれてくる知覚力の鋭さと深い自己認識により、近頃彼の頭を悩ませている霊魂の不滅という問題を解き明かしたいと依頼されたことから始まる。語り手はその実験依頼に応じ、メスメリズムをヴァンカークに施すが、施術されたヴァンカークは、生と死のあり方にとどまらず、あらゆるものの始原としての神についてまで語り始めてしまう。それは、「究極的な、あるいは分子化されない物質」(*CWIII*, 1033) としての神についてであった。そして物語の結末において、このヴァンカークの言説は彼が死んだ状態からもたらされたかもしれないということが、次のような描写とともに仄めかされる。

　　半睡半醒のヴァンカークが最後のことばを弱々しい調子で語ったとき、私は彼の顔に妙な表情を認め、幾分不安を覚えると、すぐにヴァンカークを覚醒させようとした。覚醒するかしないうちに、ヴァンカークの顔には明るい微笑みが広がり、枕の上でのけぞるようにして事切れた。一分も経たぬのち、私は彼の遺体が石のように固く硬直して

　しまっていること気づいた。(*CWIII*, 1040)

　ヴァンカークと語り手の間には「鋸山奇譚」でのベドロウとテンプルトンのような主従関係が見られるわけではない。ただし、患者ヴァンカークのメスメリズムへの「感受性 (susceptibility)」(*CWIII*, 1030) については言及があり、二人の良好な関係は物語中最後まで変わることはない。そのことから考えても、二人の間にラポールが存在することは推測される。ヴァンカークの死は極めて穏やかなものであり、そのこともこのラポールの存在を傍証しているかもしれない。「催眠術の啓示」では、ポーのメスメリズムの潜在力への強い関心と、ラポールを土台としたメスメリズムのトランス状態にある人間が、「肉体的な器官では捉えきれない問題」(*CWIII*, 1030) を知覚しうる可能性への期待が示されており、メスメリズムへの肯定的姿勢が見て取れる。

4. ポーの三つのメスメリズム物語におけるラポール：
「ヴァルドマアル氏の病症の真相」

　では「ヴァルドマアル氏」はどうだろう。この物語では、「催眠術の啓示」のような神についての思想は語られず、「科学的な」興味と好奇心によって、むしろ倫理の問題へとシフトしている感が強い。語り手は「臨終の」人間にメスメリズムを施術した例がこれまでにないことに思い当たり、「催眠術によって『死』の侵入をどのくらい阻止することが可能なのか」という好奇心に突き動かされて実験を開始する (*CWIII*, 1233)。この非倫理的好奇心からうまれた実験は、ある意味で成功する。というのも、メスメリズムによってヴァルドマアル氏の肉体は、七ヶ月間、亡くなる前と同様の状態を保つことができたからである。とはいえ、物語は最終的に次の引用にあるような、あまりに醜悪で、「ほとんど液体化した腐敗物の塊」を描き出すことになる。

　「死んでいるんだ！　死んでいるんだ！」という叫びが患者の唇から
　ではなく舌からまさにほとばしり出てくるただ中で、私が急いでメス
　メリズムの施術をしていると、ヴァルドマアルの全身はすぐに——1
　分かそれよりももっと短い時間で縮まり、崩れ落ち、私の手の下で全
　く腐り果ててしまった。ベッドの上で、私たちの眼前に横たわってい
　るのは、ひどく忌まわしい、嫌悪を催すような腐敗 (putridity) のほと
　んど液体に近い塊であった。(*CWIII*, 1242–43)

　「催眠術の啓示」と同様、「ヴァルドマアル氏」においても、ラポールに
関する言及はほとんど見られない。しかし、語り手とヴァルドマアルとの
磁気的関係は前二作と比べその強度をかなりの程度失っているように見え
る。語り手が述べるように、ヴァルドマアルの意志はどんな時も、「はっき
りと、完全な形では」語り手の意のままにならず、超透見の能力に関して
も、語り手は信頼できる成果を何ら挙げることができない (*CWIII*, 1234)。
「鋸山奇譚」におけるテンプルトンとは異なり、「ヴァルドマアル氏」の語
り手は患者にほとんど力を行使できないのである。語り手の実験に対し
て、ヴァルドマアルは自らの体を提供することを惜しむことはないけれど
も、その一方で、語り手が行っていることに対して同情・共感を示すこと
もない。この二者の隔たり——親密さの不在によって、ヴァルドマアルは
より実験対象としての性格を色濃くする。
　ラポールがほとんど見られない「ヴァルドマアル氏」において、メスメ
リズムはそれまでとは異なり、不可解で、グロテスクな「何か」を結果と
して開示してしまう。腐敗した遺体は過剰なほどの物質性として現れ、眺
める者、読む者に死のセンチメンタリズムに浸ることを許さない。ジョナ
サン・エルマーが論じているように、それはセンチメンタリズムが隠蔽す
るラカン的な意味での「現実」(＝「大文字のリアル」) であり、どんなに
努めてもそこへの洞察を得られない死の外部性だとも言えるだろう。[8] 急
速に崩壊しひどい悪臭を放つヴァルドマアルの肉体をただ眺めること——
語り手と同様、結末において読み手に残されているのは、悼むことさえ忘

れ、ただその物質的な死を眺めることだけである。ラポールを喪失した二者の関係を描く「ヴァルドマアル氏」には、メスメリズムの可能性よりもむしろその限界が表象されているように思われる。

5.（疑似）ダブルと視覚の欺瞞性

　なぜ最後のメスメリズム物語「ヴァルドマアル氏」は、その他の二つの物語と大きく異なる結末となるのだろう。なぜ「ヴァルドマアル氏」は「催眠術の啓示」を反転させたような結末を迎えるのだろう。あるいは、二者のラポールの減退と、物語のグロテスク性、物質性にはどのような関連があるのだろう。

　もちろん、こうした疑問に確定的に答えることは難しい。ポーは何も語っていないし、どこまでいってもそれは推測の域をでないからである。だが、メスメリズムをダブルの問題と照らし合わせてみた場合、この問いに対し別角度からのアプローチを可能にしてくれるように思われる。

　マリア・M・タタールによれば、フランツ・アントン・メスメルの動物磁気説は、ロマン主義的時代思潮によって新たな解釈を施され、時代が下れば下るほどメスメルの学説とは似ても似つかないものに変容してしまったという。タタールは次のように続ける。

　　メスメル自身は、十九世紀を通じてあらわれた、彼の教えにたいする数多くの新たな解釈を、理解できなかったにちがいない。フランス革命後の数十年間にメスメリズムは創始者の手を離れ、さまざまな神秘主義的・心霊的・形而上学的な学説と混じり合っていった。かつてメスメルの診療所の中に豊富に流れていた磁気流体は、神秘主義者たちによって神的な霊感に、心霊主義者たちによってエーテル状の幽霊に、形而上学者たちによって意志と呼ばれる捉えどころのない力に、変えられた。これら後代のメスメリストたちが誘発したトランスは、霊媒の肉体は大地に縛りつけられたまま、魂が肉体という牢獄から逃

げ出して別世界を漂うという状態を意味していた。メスメリズムは、もはや身体的疾患の緩和剤でも、道徳的頽廃の矯正法でもなく、いまや人間の認識と意識を拡大する第六感を授けることを約束するようになった。[9]

　ロマン主義者の意識に共通する重要な特徴のひとつは、理性と非理性の混じりあいであろう。彼らの合理主義者としての側面は、彼らをして自らの空想や想像力を統御させ、観察を通じてより多くのものを学ぼうとさせる。だが一方で、そうした理性的探究では充足感を覚えることができず、合理的で意識的な領域には収まりきらないもの、精神の内奥に潜む闇により魅せられていったのも、彼らの特徴である。ロマン主義の人びとにとって、メスメルの理論はそうしたものへと至る道筋を照らし出してくれるように思われた。というのも、磁気によってもたらされるトランスにおいて、心の暗い領域から隠された自己が浮かび上がってくるように思われたからである。また磁気的関係は、精神的な架け橋として二つに分断してしまった精神を一つにし、他者との共感を得る可能性をも開示してくれる。
　このメスメリズムの問題は、同様にダブルが抱えている問題でもある。20世紀の心理学の興隆により、その神学的な起源はあまり言及されなくなってしまっているが、分身への関心は近代以前から続く非常に長い歴史を持っている。ジョン・ハードマンによれば、「神学と心理学はダブルというイメージを形成する上で互いに切っても切れない関係であり」、その文学的ルーツはグノーシスやネオプラトニズムにまで遡るという。[10] また、聖パウロが「わたしは自分の望む善いことをせず、望まない悪いことをしているのです」（「ローマ人への手紙」7:19）と述べ、自らのうちにある非道徳的な自己と葛藤するとき、そのキリスト教的内省にはすでにもう一人の自分、別の自己という問題が存在していた。しかし、宗教改革を経て、個の拡大とともに、もはや宗教（キリスト教）という箍が外れかかった18世紀末において、人びとは人間の無限の可能性と根無し草的不安とを同時に抱えながら自己の内面を覗きこむことになる。それはダブルが道徳

的な問題を巡る物語から、次第に自己の無意識の問題へと変容していく端緒となる。

　ハードマンが的確に整理してくれているように、ダブルには大きく分けて二つの種類が存在する。ひとつはよく知られたドッペルゲンガー的ダブル、つまり身体的類似を伴ったもう一人の自分、第二の自己としてのダブルである。もうひとつは、疑似ダブル (quasi-doubles)。この用語は、もともとはジョーゼ・フランクがドストエフスキーの小説の登場人物を論じる際に作った造語であり、身体的類似を伴わず、かつ登場人物が別の登場人物の内的な側面を反映する場合に使用される (Herdman, 14–15)。興味深いことに、現代では、むしろ「疑似」とされる後者の概念の方が小説解釈においては頻繁に用いられており、ある種の自明性を獲得さえしている。だが、「（疑似）ダブル」には、その他の登場人物とどのように見分ければよいのか、という認識論的困難がつきまとう。というのも、ハードマンも指摘しているように、「あらゆる登場人物は対立的 (dialectic) な要素を含んでいるからであり」、「ダブルでなくとも、登場人物が二重性 (duality) を示すことはありうる」からである (Herdman, 15)。

　このことは、18世紀後半以降顕著となる独我論的世界観とのつながりにおいて、すなわち二者の間における自己ともう一人の人物の関係が常に自己の観念の投影として語られてしまう問題と大きく関係していると言えよう。そこでは、自己の内面が中心課題となり、常に自己が出発点となるがゆえ、世界は鏡像的な関係性の中に閉じられてしまい、他者は締め出されてしまう。[11]

　これらのことを踏まえた上で、もう一度ポーの三つのメスメリズム物語を考えてみると、それぞれの物語における二者関係の在り方には決定的な差異があることがわかる。ダブル的関係が最も色濃く表れているのは「鋸山奇譚」であろう。テンプルトンとベドロウとの関係は、相互が一つに交じり合うようでいながら、それぞれが別人格であるという疑似ダブルとして表象されるものと読める。「催眠術の啓示」は、二者の関係よりも宇宙と神の起源の探究可能性により焦点が当てられている。ただしそこでも二

者のラポールの強さが、つまり磁気的、相互浸潤的関係性の強さがその
「ことば」を導く背景として機能している。つまり、ダブルの関係が『ユ
リイカ』につながるネオプラトニズム的一者の思想の土台となっているの
である。一方、二者のラポールがほとんど見られない「ヴァルドマアル
氏」では、「催眠術の啓示」をポジとすればネガのような、同一構造の物
語を反転させた結末がわれわれに提示される。物語は二者の交じり合いを
語ることも、始原としての一者を語ることもなく、観察を通じてメスメリ
ズムによるヴァルドマアルの死の延期を見ることに焦点が置かれている。
リンダ・ウォルシュが指摘するように、謎を一つ一つ合理的に「脱神秘化
(demystify)」していこうとする様はまさにデュパンと同じ手際であるが、
語り手はヴァルドマアルの「不安で内省的な表情」(*CWIII*, 1237) の解読
を試みつつ、最終的に観察対象の肉体の崩壊を招き、その解読に失敗して
しまう。[12]

　「盗まれた手紙」(1845) や「眼鏡」(1844)、「スフィンクス」(1846) など
の物語において、ポーは見ることの問題、つまり視覚の欺瞞性 (あるいは
光学的欺瞞性) への鋭い洞察を示しているが、それらは「ヴァルドマアル
氏」と同様、すべて 1845 年前後に書かれている。このことはポーが当時
いかに視覚が持つ認識論的欺瞞に関心を示していたかを物語るとともに、
「ヴァルドマアル氏」を解釈するうえで、そうした欺瞞への問題意識を考
慮すべきことを示唆する。

　「ヴァルドマアル氏」において、先に引用した最後の身の毛もよだつシー
ンは、ヴァルドマアルの腐敗がずいぶん前から進行していたことを暗に示
す。とするならば、メスメリズムの施術をした七カ月の間、語り手が信じ
るヴァルドマアルとのコミュニケーションは実は錯覚にすぎず、実際には
中身の空っぽな容器と相対していただけなのかもしれない。その空白性は、
視覚による観察に潜む鏡像的な関係性の欺瞞をあぶりだし、前二作品にあ
った「深遠なもの」との出会いを完全に転倒し、無化しているようにも見
える。

6. 結び

　「鋸山奇譚」で、メスメリズムは前景化しない。それはただ、ベドロウの背後にある奇妙で計り知れない現実をほのめかすだけである。ただし、そこで示されるラポールは非常に強力である。医師テンプルトンと患者ベドロウの主従関係は、その内面が相互に浸潤するほど結びついている。このラポールの強度は、「催眠術の啓示」に引き継がれ、磁気的、相互浸潤的関係性の強さがネオプラトニズム的一者の思想を語る土台となる。結末においてヴァンカークが見せる「明るい微笑み」は、深遠な「物語」を、あるいは「思想」を語り終えることができたことの達成感のようにさえ見える。

　にもかかわらず、「ヴァルドマアル氏」では、対照的に、その微笑みがヴァルドマアルのグロテスクな腐敗の描写にとって代わられる。ロマンティックな願いは消え、衝撃的な死がテクストに侵入して来る。メスメリズムはもはや起源としての神という考えを表明する媒介（メディア）として用いられることはない。語り手の非倫理的な着想による疑似科学的実験は、陰惨な現実を明るみに出す。そうした身の毛もよだつ実験と悲劇的な結果によって、ポーはセンチメンタリズムを風刺しているだけではなく、死の持つ他者性を描き出している。

　ポーの生きた十九世紀前半は、世俗化していく社会の中で宗教的死のイメージが衰退し、死の意味を想像力の中で新しく書き直していくロマン主義的試みとともに、死を観察し、死を解釈していく行為が次第に顕在化していく時代であった。そのただ中で、その相対する分野の才能を両方とも持ち合わせていたポーは苦悩し、また引き裂かれていたであろう。巽孝之は「頁の都市工学」の冒頭にて、ロマンティシズムとモダニズムの対照こそがポーの本質であると述べているが、ポーの三つのメスメリズム作品で展開されるアンビバレントで引き裂かれた態度こそ、まさにその対照を私たちに明らかにしてくれる。[13]

　ある意味で、「催眠術の啓示」と「ヴァルドマアル氏」におけるポジと

ネガの関係は、「大鴉」と「詩作の哲学」との関係に似ているのかもしれない。「詩作の哲学」は「大鴉」の舞台裏を明かし、ロマン主義の天才的直観のようなものの幻想を否定して見せるが、それと似たような構造がメスメリズムの物語にもあるように思われる。ただし、そこには単なる種明かし以上のものがあるだろう。ポーはその二種の作品を書かずにはいられない。自意識的な作家であったポーには、ロマンティシズムに潜む「アラ」が見えてしまう。そこに欺瞞を感じ取ってしまう。かといって、ポーはモダニストにも、マテリアリストにもなり切れない。ポーの文学的出発点が詩人であることを思えばそれも必然かもしれない。その両者を調停する試みが、あるいは第二の自然、つまり主体と対象の意味が分かちがたく結びついた十全な空間である人口の風景庭園の構築であり、散文詩『ユリイカ』へのこだわりだと考えるのは行き過ぎた読みだろうか。[14] いずれにせよ、そうした引き裂かれ具合を垣間見せてくれるメスメリズム三作品は、まさにポー文学の本質の一端を私たちに示している。

注

本稿は、2018 年 6 月 21 日から 24 日に京都ガーデンパレスホテルで開催された The International Poe and Hawthorne Conference における発表 "The (Quasi-) Double and (Pseudo-) Science—Uncertainty, Morality, and Materiality in Poe's Mesmeric Stories" に大幅な加筆修正を施したものである。

1　Andrew Smith, *Gothic Death 1740–1914: A Literary History*, Manchester UP, 2016. また、J・ジェラルド・ケネディの *Poe, Death and the Life of Writing* は、当時の死と社会の関係性が簡潔にまとめられている (Kennedy, 1–15)。

2　ドリス・V・フォークによれば、1969 年以前において、三つのメスメリズム作品という分類はシドニー・E・リンドを除いた大半の批評家の関心を惹かなかったという。それらは注意深く読まれることもなく、「ほら話」として、あるいは SF として退けられ、文学的ではないもの、時代遅れの疑似科学をベースとした物語と考えられていたようだ。70 年代以降、ヴィンセント・ブラネリ

の『ウィーンから来た魔術師』(1975) やロラン・バルトの「ヴァルドマアル氏」に関するテクスト研究、マリア・M・タタールのメスメリズムと文学の研究などを経て次第に三作品に関する研究が増えていく。2000 年代になるとメスメリズムを当時のポピュラー・サイエンスとして考える観点から、リンダ・ウォルシュやマーティン・ウィリスによる研究が盛んになる。

3　「鋸山奇譚」の初出は 1844 年 4 月であるが、トーマス・O・マボットによれば、1843 年にはすでに執筆されていたという。また、メスメリズムの物語が創作された時期は、ポーが非常に多くの作品を生み出していた時期と重なる。『奇妙な国』でケネディが指摘しているように、その多産の時期は 1844 年秋に行われた大統領選挙と関係がある。1839 年に「使い切った男」を発表以降、徐々にアメリカに材をとる作品を書き始めたポーは、1844 年の大統領選挙の頃になると、より政治風刺性の強い作品（例えば「ミイラとの論争」など）を執筆していた。その意味で、メスメリズム作品は当時の政治状況から論じられる可能性を秘めている。

4　シドニー・E・リンドは 1947 年以前の「鋸山奇譚」の研究状況を的確にまとめている (Sydney, 1077–94)。

5　Edgar Allan Poe, *Collected Works of Edgar Allan Poe: Volume II and III*, edited by Thomas Olive Mabbott, The Belknap Press of Harvard UP, 1978, p. 941. 以後、*CWII*、あるいは *CWIII* という記号とページ数のみを文末に記載するにとどめる。また訳語については、『ポオ小説全集』（創元推理文庫）を適宜参照し、必要に応じて一部を改訳した。

6　この点について詳しくはブラネリを参照のこと (Buranelli, 219–26)。

7　アンリ・エレンベルガー『無意識の発見 上——力動精神医学発達史』木村敏・中井久夫監訳、弘文堂、1980、p.90。

8　Jonathan Elmer, *Reading at the Social Limit: Affect, Mass Culture, and Edgar Allan Poe*, Stanford UP, 1995, p.122; "Terminate or Liquidate?: Poe, Sensationalism, and the Sentimental Tradition," *The American Face of Edgar Allan Poe*, edited by Shawn Rosenheim and Stephen Rachman, The Johns Hopkins UP, 1995, pp.114–18.

9　マリア・M・タタール『魔の眼に魅されて——メスメリズムと文学の研究』鈴木昌訳、国書刊行会、1994、p. 11。

10　John Herdman, *The Double in Nineteenth-century Fiction*, Macmillan, 1990, pp. x-3.

11　これはスーザン・マニングが指摘しているスコットランドやアメリカに見られるピューリタン的特性でもある。詳しくは *The Puritan-Provincial Vision: Scottish and American Literature in the Nineteenth Century* を見よ。

12　Lynda Walsh, *Sins against Science: The Scientific Media Hoaxes of Poe, Twain, and Others*. State U of New York P, 2006, p.101.

13 巽孝之「頁の都市工学」『文学する若きアメリカ——ポウ、ホーソーン、メルヴィル』巽孝之・鷲津浩子・下河辺美知子、南雲堂、1989 年、pp.61–62。

14 ポーのメスメリズムへの態度は、他の著作においても曖昧な点があり、両義的であることは否めない。『ユリイカ』や「ミイラとの論争」では、メスメリズムは揶揄の対象であり、1846 年 11 月の「マージナリア」においても、ポーはメスメリズムを題材とした W・ニューンハムの論考をその論理の薄弱さを含めて厳しく批判している。その一方で、自らのメスメリズム著作の種本と言われるタウンゼントについては、賞賛を惜しんではいない (*Edgar Allan Poe: Essays and Reviews*, 1410–12)。その点もポーらしさと言えばポーらしさなのかもしれない。

引用文献

Barthes, Roland. "Textual Analysis of a Tale by Edgar Allan Poe." 1973. *The Semiotic Challenge*, translated by Richard Howard, U of California P, 1994.

Buranelli, Vincent. *The Wizard from Vienna*. Peter Owen, 1976.『ウィーンから来た魔術師——精神医学の先駆者メスマーの生涯』井村宏次・中村薫子訳、春秋社、1992 年。

Falk, Doris V. "Poe and the Power of Animal Magnetism." *PMLA*, Vol. 84, No.3, May 1969, pp. 536–46. JSTOR.

エレンベルガー、アンリ『無意識の発見 上——力動精神医学発達史』木村敏・中井久夫監訳、弘文堂、1980 年。

Elmer, Jonathan. *Reading at the Social Limit: Affect, Mass Culture, and Edgar Allan Poe*. Stanford UP, 1995.

——. "Terminate or Liquidate?: Poe, Sensationalism, and the Sentimental Tradition." *The American Face of Edgar Allan Poe*, edited by Shawn Rosenheim and Stephen Rachman, The Johns Hopkins UP, 1995, pp. 91–120.

Herdman, John. *The Double in Nineteenth-century Fiction*. Macmillan, 1990.

Kennedy, J. Gerald. *Strange Nation: Literary Nationalism and Cultural Conflict in the Age of Poe*. Oxford UP, 2016.

——. *Poe, Death and the Life of Writing*. Yale UP, 1987.

Lind, Sydney E. "Poe and Mesmerism." *PMLA*, Vol. 62, No. 4, Dec. 1947, pp. 1077–94. JSTOR.

Manning, Susan. *The Puritan-Provincial Vision: Scottish and American Literature in the Nineteenth Century*. Cambridge UP, 1990.

Mills, Bruce. *Poe, Fuller, and the Mesmeric Arts: Transition States in the American Renaissance*. U of Missouri P, 2006.

Poe, Edgar Allan. *Collected Works of Edgar Allan Poe: Volume II and III*. Edited by Thomas Olive Mabbott, The Belknap Press of Harvard UP, 1978.

――. *Edgar Allan Poe: Essays and Reviews*. Edited by G. R. Thompson, Library of America, 1984.

――. *Edgar Allan Poe: Poetry and Tales*. Edited by Patrick F. Quinn, Library of America, 1984.

ポオ、エドガー・アラン『ポオ小説全集』Ⅲ・Ⅳ、創元推理文庫、1974 年。

Smith, Andrew. *Gothic Death 1740–1914: A Literary History*. Manchester UP, 2016.

巽孝之「頁の都市工学」『文学する若きアメリカ――ポウ、ホーソーン、メルヴィル』巽孝之・鷲津浩子・下河辺美知子、南雲堂、1989 年、pp.61–87。

タタール、マリア・M『魔の眼に魅されて――メスメリズムと文学の研究』鈴木昌訳、国書刊行会、1994 年。

Walsh, Lynda. *Sins against Science: The Scientific Media Hoaxes of Poe, Twain, and Others*. State U of New York P, 2006.

Willis, Martin. *Mesmerists, Monsters, and Machines: Science Fiction and the Cultures of Science in the Nineteenth Century*. The Kent State UP, 2006.

『アリス・ジェイムズの日記』と
ヘンリー・ジェイムズ

中川　優子

　ヘンリー・ジェイムズ (Henry James, 1843~1917) の妹アリス・ジェイムズ (Alice James, 1848~1892) は、両親の死後、1884 年に一人きりの生活から抜け出すべく、親友キャサリン・P・ローリング (Katherine P. Loring) を追いかけるかのように、ボストンからイギリスに渡った。しかし以前からの病を悪化させ、やがて歩行もできなくなっていった。そのような状態の中、彼女は亡くなるまでの最後の約 3 年間の日々に、生死についての考察、家族への想い、イギリス批判などについて日記に綴ったのである。それが『アリス・ジェイムズの日記』(*The Diary of Alice James*) である。ただしその出版には紆余曲折があり、はじめにローリングが日記を 4 部のみ「私家版」として出版し、アリスの兄ウィリアム・ジェイムズ (William James) とヘンリーに 1 部ずつ送った。次に 1934 年にアナ・ロブソン・バー (Anna Robeson Burr) が『アリス・ジェイムズ──その兄たちと日誌』(*Alice James: Her Brothers, Her Journal*) を編集・公刊した[1]。そしてやっと 1964 年になってレオン・エデル (Leon Edel) が編集した『アリス・ジェイムズの日記』[2]が出版され、高い評価を受けたのである[3]。

　その『日記』の中でとくにめだつのは、アリスの家族、それも兄ヘンリーに関する記述である。彼が一番身近にいたこと、イギリスの文壇で活躍していた自慢の兄であったことを考えれば当然であろう。内容はのちに「私家版」を目にしたヘンリーが「頬を赤らめる」[4]ほど彼への賛辞でいっぱいであった。その一方で『日記』にはアリスの兄に対する自己の知性の顕示あるいは対抗心も見え隠れする。そしてヘンリーはその『日記』の公刊を認めなかった。

[128]

　本論ではアリスの『日記』におけるヘンリー・ジェイムズに関する記述に注目し、わずか14歳で「よりよいやり方は中間色に身をつつみ、波静かな水辺を歩き、魂を沈黙させておくことだと骨の髄まで染み込ませること」(D 95)、つまり自己主張をせずに「自己を殺す」(D 95) ことを悟った彼女が、華々しく活躍するヘンリーをどのように描いたのか、そして彼と比較して自らをどうとらえていたのかを検証する。そしてそれに対してヘンリーはどう反応したのか、彼の『日記』の公刊の反対は何を意味するのかを考察する。

I. アリスにとっての『日記』執筆の動機とヘンリーへの執着

　アリスが『日記』を書き始めたのは、1889年5月31日である。その動機として『日記』の出だしに、それが自分に「取り憑いた寂しさ、わびしさ」を軽減し、自分の「老いた肉体の中で、それが犯した罪ゆえに泉のように絶え間なく湧き上がる感情、興奮、反省のはけ口」となって「救い」をもたらす (D 25) という期待をあげている。この背景には彼女が十代以来、ヒステリー症に襲われ、一時的に回復してもまたぶり返して延々と苦しんだことがあげられる[5]。1884年11月に彼女がイギリスに渡った際には人夫に抱えられて上陸せざるをえず、その2年後には足が動かなくなり、たまに下男に抱えられての郊外への散策以外には外出はなく、外界との接点はヘンリー、限られた来客、ナースなどの使用人、書簡、新聞や雑誌、書籍に限定されるようになった。そのような閉ざされた生活の中での『日記』の執筆は必ずしも感情の吐露のみではない。むしろ「珊瑚礁を作り上げていく珊瑚虫を我ながら連想するやり方で、主に観察か自分の内的意識から引き出した微細なものを積み重ねていって、さまざまな意見を作り上げている」(D 109) という、いわば自己の意見の構築の記録であり、また彼女の自己主張であった。

　『日記』の全159エントリーのうち、ヘンリーが登場するのは55箇所にものぼり、ヘンリー訪問の様子あるいはそれに対する期待は『日記』に

複数回述べられている (*D* 64, 74)。彼女のヘンリーに対する精神的な依存
は大きく、渡英したときのそれを「おんぶお化けのように彼の首にしがみ
ついてしまった」(*D* 104) と形容している。また彼女が求めるとすぐに駆
けつけてくれ、「私〔アリス〕の神経は彼の神経、私〔アリス〕の胃は彼の胃
だからと断言して、落ち着きと慰めを与えてくれる」(*D* 104) という記述
は彼の献身ぶりを印象づける。そのうえ彼が、よくある「いついつまでに
良くなってほしいなど」と遠回しにほのめかすような (*D* 104) 押しつけが
ましさを見せないことを彼女は「感受性」(*D* 104) と呼び、絶賛している。
ここで注目したいのは、「完璧な芸術的傾向をもった」(*D* 192) ヘンリーが
「容赦なく道徳に支配された全身を夢中にさせる数々の疑問……について
の吐露に耳を傾けてくれる」(*D* 192) という記述である。アリスが「ヘン
リー忍耐王」(*D* 104) と形容する彼の寛容さを示す記述であると同時に、
未だアメリカ人としての愛国心を強く持ち、道徳主義的に物事を判断しよ
うとする自分とは対照的にコスモポリタンとなりつつあった彼に対するア
リスの尊敬の念をも示している。

　アリスはもともと兄へ依存する女性ではなかった。まず経済的に自立し
ていたことは『日記』での収入についての記述から明らかであり、兄たち
の重荷になるのは「考えただけぞっとする」(*D* 49) と、自立心を示してい
る。ヘンリー自身もそれを認識していて、アリスがヘンリーの重荷になる
のではないかと心配する、ボストンの友人グレース・ノートン (Grace
Norton) への 1884 年 11 月 3 日付けの書簡に「僕といっしょに住むよう
なことはないです。彼女は言葉では言い表せないほど非依存的で、独立心
が強いです」(*HJL* III 52) と書いている。ただし彼女が 6 ヶ月も経てば彼
に何の関心ももたなくなるだろう (*HJL* III 52) という彼の予測ははずれる
展開となった。確かにアリスは、渡英まもない頃はサロンのような社交の
場 (*D* 228) を設け、1886 年 3 月 9 日のウィリアム宛ての書簡にはヘンリ
ーも「社交界の偉大な成功、女王」(*HJL* III 114) だと賛辞を示している
が、前述のように、病が重くなってから、とくにローリングの不在時に
は、アリスは外界との接触の機会を失い、ヘンリーの訪問を心待ちにする

ようになったのである。

　アリスのヘンリーへの依存心、期待感は何を示すのか。一つには、もちろん彼が彼女の寂しさや侘しさを紛らわす存在であったことがあげられる。なかでもヘンリーがアリスにとって共感できる、とくに知的充足感を与えてくれる身近な男性であったことが大きい。『日記』には、1856年夏、アリスが8歳の頃、家庭教師マリー・ボナンギュ (Marie Boningue) のブーローニュにある実家を訪問した時の経験が述べられている。道中、アリスは下の兄ウィルキーたちに靴の踵をすねに食い込まされたり、ボナンギュ先生の父親の顔にある火傷の痕を見たいという欲望と彼に対する同情で葛藤したりした一日の夕暮れ時に、小さいリンゴの木が2、3本ある裏庭でヘンリーと二人っきりになったのである。彼はブランコにすわったまま、立っているアリスに対して「こういうのが、きっと苦難のもとでの喜びって言えるんだろうね」(D 128) と言ったのである。アリスはそのときの興奮を次のように示している。

　　この言葉の意味と、絶妙で独創的な言い回しに呼応して、私の全存在が揺り動かされた。それが今でも、あの時芽生えた妹としてのプライドで、私の心臓をどきつかせそうになるほどだ。あの時一瞬にして悟ったのだ。この知性への働きかけが、いつも私を子供っぽい大笑いに誘う未熟な働きかけより、ずっと高貴な性質であることを。このような繊細な知性に気づいたばかりでなく、しっかり理解できたことへの満足感をも今はっきりと感じることができる。(D 128)

アリスを興奮させたのは、ボナンギュ家の裏庭で騒々しく乱暴なウィルキーたちから解放された時の心境を、ヘンリーが知的に昇華させ表現し、それに彼女が共感できたことである。その経験は「まるで新しい感覚、知的なもの、例えばくすくす笑いとは区別される本当の才気を計ることのできる感覚」(D 128) だったのである。ヴィクトリア・コールソン (Victoria Coulson) は、アリスのこの目覚めを一種の「幸運な堕落」だと呼び、ア

リスを導いたのがヘンリーだと指摘している。[6] だからこそアリスはヘンリーに尊敬の念と親近感を抱いたのである。

　なかでもヘンリーの作家活動はアリスにはとくに魅力であった。『日記』の後半で彼女が一喜一憂するのが、ヘンリーの初めての戯曲『アメリカ人』(*The American*, 1890) についてである。エントリーは、「すごい秘密」(*D* 105) という記載から始まり、全部で 19 箇所にものぼる。これらのエントリーには、演劇でのセリフの秒数の計算、座長とその妻が終局で大団円を迎えないといけないという決まりごとや、演劇批評家ウィリアム・アーチャー (William Archer)[7] による細かい指摘、俳優の能力、興業の成否にも言及している。これらの情報により、外部とのつながりがほとんどないアリスにとって「世俗的話の貯蔵庫がもう一階分大きくなった」(*D* 224) といえるほど、彼女なりに「何かを得る」(*D* 224) 機会となったのである。1891 年 12 月 30 日付けの『アメリカ人』についての記載は、アリスが死去する 3 ヶ月前であったことを考えると、『日記』の集大成ともいえる。なかでもアリスは皇太子の『アメリカ人』のロンドン公演観劇に際し、それを名誉に思う自分（そしてヘンリー）に、彼女がそれまで『日記』の中で批判してきた「平伏する衝動に動かされる最も卑しいトランビー・クロフト族の芽を」(*D* 224)、つまり英国皇太子が裁判に巻き込まれたバカラ事件のときの彼の取り巻きと同様の上流階級に追従する姿勢を、見出した点は特筆すべきである。[8] ヘンリーのおかげで『日記』の冒頭にある、「まだ発見されていなかった慰め」(*D* 46) ならぬ自己についての新たな認識をしたといえる。

II. アリスの自己顕示

　アリスは兄ヘンリーを賞賛しながらも、一方では自らの知性についても言及している。例えばヘンリーの戯曲『ヴィヴァート夫人』(*Mrs. Vibert*、後の *Tenants*, 1894) について、「繊細な心理的状況を伝える精妙さと芸術性」という特徴ゆえにその成功が役者のうまさにかかっていることをヘン

リーがわかっていない (D 198) と述べ、彼の不足分を指摘している。また1889年7月には、ヘンリーがウィルトン・ハウスに滞在したことを知り、自分が1873年にそこで彼とケイト叔母との三人でヴァン・ダイクの絵画をみたことに言及し、「あの頃は同じレベルだったのに、私のその後の運命の転落はハリーの上昇の程度と好対照だと、軽率な人は思うかもしれない」(D 46) と述べている。ヘンリーの作家としての成功を認めながら、「今このソファに座った私はそんなことは言わない。このソファで座った私は多くのすばらしいことを学んできたのだから」(D 46) と、絵画の鑑賞に必要な、自らの「感受性」に対する自負をほのめかしているのだが、それは知識人として世間で高い評価を得ているジェイムズ家の一員としての自己顕示でもある。そしてその自負心ゆえにヘンリーが彼女の言ったことばを作品にとりいれていることにも言及せずにはいられなかったのか、1891年6月17日には、「ハリーは私の口からこぼれ落ちた多くの真珠を彼の本にはめ込んできた。彼は恥かしげもなく私のことばを盗むのである」(D 212) と記述し、ヘンリーに対する抗議と同時に自己の表現力に対する自負を表している。

　そのような自負心をもったアリスが生前、唯一創作し発表できたのが1890年7月17日号の『ネイション』(The Nation) 誌に掲載された、「真の配慮」("True Consideration") というタイトルの投書である。アリスはその投書で、当地イギリスで、「病人」(アリスのこと) がいるので部屋を貸せないと大家に言われたアメリカ人女性が、自分の子供が金切り声をあげるので断られてよかったと言ったというエピソードを紹介し、子供の金切り声を抑えることも思いつかない、そして母国の自由な雰囲気をそのままイギリスに持ち込もうとする母親の自己中心性を批判している。当時『ネイション』誌を編集していたのは、ジェイムズ一家の友人ゴドキン (Edward Godkin) であり、彼女が彼に掲載を依頼する1890年7月4日付けの書簡[9]が残っている。『日記』にはこの投書がイギリスの『デイリー・ニュース』紙に再掲載されたときの記事が紹介されている。けっして深刻な内容とはいえないし、文章も特筆すべきところがない。しかしアリスは

無邪気に「ヨーロッパでの名声の第 1 号」(*D* 138–39) として喜び、ふざけながらヘンリーの『悲劇の詩神』の創作活動を引き合いに出し、「これ以上の作家の過程を体験できなかったであろう」(*D* 139) と書いている。記事そのものが『日記』にそのまま引用されている点から、アリスにとっては特筆すべき機会だったことがうかがえる。ただしこの投書は匿名によるものであり、彼女はあくまで父の教え[10]通り、「自己を殺す」(*D* 95) ことに徹していた。それでも彼女の自己顕示欲は否定できない。

　ここでアリスが亡くなる 2 ヶ月前に『日記』に記載したエミリー・ディキンソン (Emily Dickinson) に関する記述をとりあげる。

　　イギリス人たちがエミリー・ディキンソンを五流だと宣告するのは、さもありなん。彼らは質のよいものをこれほどまでに読み落とすというすばらしい才能があるのだから。たくましい詩は、繊細な詩同様に、イギリス人にはわからないのだ。ディキンソンがT・W・ヒギンソンのせいで青白く貧相に見え、私には見えなかった何か隠れた欠点があるのではないかと震えさせる。しかし、いったいどんな哲学の大書が、次の詩ほど完璧に人生という安っぽい茶番劇を要約してみせるだろうか、天を仰ぎ見る視点を表したりするだろうか。

　　　なんと鬱陶しいのでしょう──誰かであるなんて！
　　　なんと目立つでしょう──蛙のように──
　　　一日中、ほれぼれと聞いてくれる沼に向かって
　　　自分の名前を唱えるなんて！ (*D* 227)

ディキンソンの詩集は、アメリカでは第 1 シリーズが増刷を重ねるほど人気があったが、イギリスではアンドリュー・ラング (Andrew Lang) などによってその独自の作風とヒギンソン (Thomas Wentworth Higginson) の編集やハウェルズ (William Dean Howells) らによる支持が批判された[11]。なかでもエミリー・ディキンソンを「五流詩人」と呼んだ、1891 年 8 月 8

日付けの『セント・ジェイムズ・ガゼット』紙 (*St. James's Gazette*) 掲載の「文学界」(”The Literary World”) では、ディキンソンが文法についても韻律法についても知識がなく、表すような考えもそれを表すための能力も持ち合わせていないなどと批判している[12]。それが 1891 年 10 月の『現在の文学』(*Current Literature*) に再録され、その後、トーマス・ベイリー・オールドリッチ (Thomas Bailey Aldrich) が『アトランティック・マンスリー』(*Atlantic Monthly*) 誌 62 巻（1892 年 1 月号）に寄せた「エミリー・ディキンソンに関して」(”In Re Emily Dickinson”) で、上記の『セント・ジェイムズ・ガゼット』紙が言及している条件をみたせば、「二等級の詩人」になっていただろうと冒頭に書き出す形でディキンソンを批判している[13]。アリスは、いずれかの書評を目にし[14]、前述のような『日記』への書き出しとなったのであろう。

　この記載はアリスが『日記』全般に散りばめているイギリス批判の一つであるが、ここではむしろ彼女がディキンソンに対する自己の評価に躊躇している点に注目したい。ディキンソンの詩集の第 1 シリーズのヒギンソンの序文、その出版の成功、そして詩集の第 2 シリーズ（1891 年秋）出版前の『アトランティック・マンスリー』誌 1891 年 10 月号に掲載されたヒギンソンの「エミリー・ディキンソンの書簡」(“Emily Dickinson's Letters”) により、ディキンソンがヒギンソンによって世に売り出され、師弟関係にあるという印象を与え、それがアリスにはディキンソンの価値を低めるように思えたのである。

　もともとヒギンソンは、ハベガーによると、ジェイムズ家にとって好ましくない人物であった[15]。例えば『リテラリー・ワールド』誌 (*The Literary World*, 1878–79) に連載された「アメリカ人作家たちについての短い研究」の 11 月号、それがのちにまとめられた同題名の単行本 (1888) の第 6 章において、ヒギンソンはヘンリーのバルザックについての書評や『ヨーロッパ人』(*The Europeans*) について酷評している。『ヨーロッパ人』にはリアリズムが欠けていると指摘し、そのうえで「ジェイムズ氏のコスモポリタニズムには、結局限界がある」[16]と結論づけている。ヘンリーを意識す

るからか『日記』の中でイギリスの文壇がマーク・トウェイン (Mark Twain) やハウェルズのことで騒ぎすぎる (D 97, 194) とさえ書くアリスにとって、ヘンリーの作家として能力を過小評価することは許し難いことであった。またヒギンソンは、反奴隷制主義者そして女性参政権運動者として著名な社会改革家であり、ジェイムズ家の人々とは思想上隔たりがあった。ブレンダ・ワイナップル (Brenda Wineapple) によると、ヒギンソンのエッセイにみられるヘンリーに対する「苛立ち」は、ヘンリーが南北戦争に参戦しなかったことが一因であると考えられる[17]。

　ヘンリー自身もヒギンソンを意識していた。ホーン (Philip Horne) が指摘するように、ヘンリーはハウェルズにあてた書簡に「私の柔らかい（あるいはたいへん堅い）肉は、ヒギンソンの牙による攻撃を予測している」[18]と書いている。またアルフレッド・ハベガー (Alfred Habegger) は、ヘンリーがのちに書いたヒギンソンについての書評は、全般的に「顕著な距離を置く」[19]ものだと評している。

　このようなジェイムズ家のヒギンソンへの否定的感情を考慮すれば、アリスが彼を好ましく思うはずがなく、彼に書簡を送っていたディキンソンに対する評価に一瞬疑問をもったのである。しかしアリスは、ディキンソンに対する評価を変えなかった。ある意味で、父シニア、そしてジェイムズ家に縛られない判断を示したといえるが、それを可能ならしめたのが、ディキンソンの詩にそのような躊躇に勝る価値があったからである。それが集約されているのが、アリスの引用した4行である。そこでは「誰か」であること、つまり世間に評価される人間であることを、一日中沼で鳴く蛙に例え、茶化しているのである。またそれは「名無し」である語り手の「誰か」に対する優位性をも表している。そして「名無し」は人前に出ない、自己主張をしないといった点で、アリスの父の説く女性のあるべき姿にかなっているのである。アリスがこの詩に共感し、わざわざ引用したのは、自らは「名無し」であっても優れており、「誰か」である必要はない人生であったことを、亡くなる2ヶ月前に再確認し、評価したからだといえる。ただしそこには彼女の自己顕示欲が見え隠れする。

　ここでこの詩の第 1 連の「私は名無し！　あなたは誰？／あなたも名無し？／それなら二人ともいっしょね、／言ってはだめよ、追放されるから。わかるでしょ」[20] に注目したい。エリザベス・ペトリノ (Elizabeth Petrino) は詩の中で語り手は自分に注意をひきつけ、「それなら二人ともいっしょね」と言って、読み手と連帯することによって、自己の存在感を高めていると解説する[21]。もう一方で「言ってはだめよ、追放されるから。」は、「名無し」でいることに対する語り手の不安、その世界にいられなくなるという懸念を表しているともいえる。アリスの場合、ジェイムズ家にふさわしい活躍がなければ、一家の一員としてみなされなくなるという心配に通じる。彼女が成功している兄ウィリアムとヘンリーを意識していることは、『日記』の中の記述にみられる。ヘンリーの『アメリカ人』の上演やウィリアムの『心理学』に言及し、「一家族としては悪くない成果ではないか！　とくに私が死ぬという一番困難なことをやってのければ。」(D 230) と、ジェイムズ家としての成果を誇らしげに書きながら、自虐的にではあるが、自分を二人に並べて見せている。『日記』の執筆は上の兄二人の活躍を意識したための活動ともいえるのではないか。

　ところがディキンソンについて言及した日のエントリーには、医師によって出版するために何かを書いたことがあるかを尋ねられ、アリスは兄たちの行っている書物の執筆・出版を「一家の蛇の痕跡」(D 227) に例え、「そのような汚名については激しく否定した」(D 227) と書いている。書いたものを出版するとは、「誰か」であろうとすることであるからだ。『日記』を出版すれば、前述の「真の配慮」とは異なり、アリスは「名無し」ではなくなる。彼女はそのようなジレンマを抱えながら、『日記』を執筆していたのである。

III. 『日記』の出版とヘンリー

　アリスの『日記』は、の出版は、彼女の一番の理解者であるローリングの力によるところが大きい。まず家族用の私家版は、4 部のみアリスの死

から 2 年後の 1894 年にローリングによって出版された。ローリングは、のちにウィリアムの娘メアリー・ジェイムズ・ポーター (Margaret James Porter) 宛の 1934 年 6 月 6 日付けの書簡に、アリスは口に出して言わなかったが『日記』の出版を望んでいたと書いている[22]。アリスの遺志は、息をひきとる前日まで、最後のエントリー 3 月 4 日の語句の修正が終わるまで頭を休めることができなかったという、バー版で新たに加筆された、ローリングによる最後の記述 (D 232) からも明らかである。それは彼女の『日記』に対する強いこだわりとともに、誰かに読まれることを想定していたことを示す記述である。『日記』にはまた読者へ呼びかける箇所がある。1891 年 1 月 16 日付には「親愛なる名無しさん【Dear Inconnu】、（これは男性ですよ！）」(D 166) は明らかに口述筆記していたローリングを読み手として想定しているのではなく、むしろウィリアムやヘンリーを念頭においていたと考えられる。さらに死去する半年前の 9 月 3 日には「皆さんには申し訳なく思う。なぜなら私の伝えるべきことさえ伝えていないかのように感じるからである。」(D 240) と書いているが、ナンシー・ウォーカー (Nancy Walker) は「皆さん」が一般読者をも意味すると主張する[23]。はたしてアリスは「中間色」(D 95) に身を包むことに徹したといえるのだろうか。

　マーゴ・カリー (Margo Culley) によると、日記は元来、人に読まれる「半分公開の文書」と想定されていたが、それが 19 世紀末に自己の内面についての秘密の記録となり、アメリカの女性たちは日記を「自己中心」にひたることが許され、促される場としてその執筆に熱心にとりかかったという[24]。アリス自身、『日記』のことを「あの最も関心をそそられる存在—私自身」による独白、そして自己の「泉のように絶え間なく湧き上がる感情、興奮、反省のはけ口」(D 25) として捉えている。このように『日記』は彼女にとっても「自己中心」にひたれる場であり、事実上自己主張を展開する場となったのである。一方で『日記』は読まれることを前提にしていたからこそ、ジャネット・ボトムズ (Janet Bottoms) のいうように、アリスは自己防衛のために自己を茶化したといえる[25]。また家族、とくに

両親に対する賛辞は、家族をはじめとする人々に読まれることを意識していた故であろう。

　ローリングの狙いはアリスの願いをかなえるべく『日記』を公刊することであり、「私家版」の出版はその可能性を探るべく、ウィリアムやヘンリーの反応をみるためであった。ウィリアムは『日記』については肯定的で、「私家版」を友人であるセアラ・ウィーマン・ホイットマン (Sarah Wyman Whitman) に貸している。彼女宛の 1894 年 5 月 28 日付の書簡[26]には、『日記』には「見事に表現された美があり」、「劇的なペイソス」があると評価し、「文学の形に自己を表現した、この小さな記録は彼女の人生で客観的に残る、文字どおり唯一のものである」と、『日記』がアリスの自己表現であることを認めている。

　ヘンリーはウィリアムとは対照的に『日記』の公刊には猛反対した。それを明確にしているのが 1894 年 5 月 28 日付のウィリアム（正しくはウィリアム夫妻）宛の書簡である。そのなかでヘンリーが明らかにした『日記』の公刊に反対する理由は、『日記』には彼が誇張した部分があること、実名があげられていることである。例えば『日記』に書かれている随筆家であり、自由党の国会議員であったオーガスティン・ビレル (Augustine Birrell) に関するヘンリーの描写 (D 126) は「アリスを慰めるために少しばかり『脚色』した」(HJL III 480) ものだという。ヘンリーの社会的信頼性を損ないかねない記述である。

　ヘンリーの「脚色」は『アメリカ人』に関する記述においてもみられ、彼が座長のコンプトン夫妻が脚本について「小さな削除を除いては変更を提案しなかった」と言った (D 197) と『日記』にあるが、実はそうでなかったことがコンプトンの息子で作家のコンプトン・マッケンジー (Compton Mackenzie) によって明らかにされている。劇団に脚本を読んで聞かせた後に、コンプトンに 1 時間分の短縮の必要性を指摘され、その後 2 ヶ月間、ヘンリーはコンプトン夫人と電報のやり取りをして脚本を完成させたという[27]。このように『日記』にヘンリーが公にされたくない箇所が数多く盛り込まれていた。

　ヘンリーはアリスの『日記』の内容を否定しているわけではない。1894 年 5 月 28 日付のウィリアム宛の書簡で彼女のアイルランド擁護にも言及するほど、ヘンリーは詳細にいたるまで『日記』に目を通していることは明らかである。彼女の接する世界が病室に限られていたことにより、情報源が限られ、物事を単純化しすぎる傾向があったことを指摘しながらも、『日記』の独自性そしてアリスが自分の世界に直面する姿勢、豊かなアイロニーとユーモア、美と雄弁さを賞賛し、「一家の新しい名誉」だと認めている (*HJL* III 481)。

　留意すべきなのは、「私家版」が、ヘンリーの親しかった、コンスタンス・フェニモア・ウールソン (Constance Fenimore Woolson) の死（1894 年 3 月）から間もないころ（同年 4 月初旬）に彼に届いたことである。[28] ウールソンの姪たちがその遺品の整理にベネチアにやってきた折りには、ヘンリーがつきそい、彼とウールソンの関わりが世間に注目されるのを嫌ったため、手紙や衣服の処分にかかわったとされる。[29] そして前述のウィリアムのホイットマンへの書簡にあるように、『日記』を読めばジェイムズ一家のことを「もっと知ることができる」のである。[30] 具体的にヘンリーはそうとは書いていないが、ジェイムズ家の内情が世間に知られることを嫌ったことも、『日記』の公刊に反対した理由の一つである。

　ヘンリーの懸念は、ウィリアムの子供たちに引き継がれた。前述した、「私家版」についてのヘンリーの意見が書かれたウィリアムへの 1894 年 5 月 28 日の書簡は、パーシー・ラボック (Percy Lubbock) 編集による『ヘンリー・ジェイムズ書簡集』(*The Letters of Henry James*) に掲載された。ただし手紙の文面の前に、ヘンリーがアリスの日記を受け取ったという説明文が付記され、それが出版された形であるとは書かれていないし、掲載された手紙もかなり短縮され、日記が出版されたという事実も、ビレル、ローリングの名前も削除されている。[31] ウィリアムの長男ハリー (Henry James, III) のローリング宛の書簡によると、彼が父の書簡集の編集の折、『日記』の取り扱いについてヘンリーに相談したところ、「出版物のなかで言及 (print) してもいいが、それ自体を出版 (publish) してはいけない」と

いう回答があり、上記のような掲載をラボックに指示したという[32]。

　バー版が出版された後のジェイムズ家の反応は、ジーン・ストラウス (Jean Strouse) やマイケル・アネスコ (Michael Anesko) らにより明らかにされている通りである。[33] バー版出版に反対する書簡を送ってきた、ウィリアムの長女メアリー・ポーターに対してローリングは、前述したように 1834 年 6 月 6 日の書簡に、アリスは口には出さなかったが、『日記』の出版を願っていたこと、そしてヘンリーが「私家版」を破り捨て、出版に反対したので、バーに出版を依頼したメアリー・ジェイムズ・ヴォー（Mary James Vaux、アリスのすぐ上の兄ロバートソンの娘）が興味を示すまで公刊しなかったことを明らかにしている。ここでとくに注目したいのが、ヘンリーが「私家版」を破り捨てた理由として「誰も読むほどの価値はない」[34] と言ったというローリングの証言である。ヘンリーの兄ウィリアム（夫妻）に宛てた 1894 年 5 月 28 日付の書簡での、「少しばかりの記述を削除し、固有名詞を変えるという編集をして」公刊すればいいという主張と大きく異なる (*HJL* III 481–82)。アリスが一番共感し、おそらく理解を期待したヘンリーが、彼女の『日記』を葬ろうとしたのである。

　舟阪洋子は、ヘンリーが自伝の中でアリスについて沈黙している点に注目し、その理由としてヘンリーが自伝を書くきっかけをつくったのがアリスの『日記』であり、『日記』に書かれたいくつかの子供の頃のエピソードが彼の自伝にも盛り込まれていることをあげている[35]。またアネスコは、ウィリアムが所有していた「私家版」の 44 ページの欄外に、ハリーによる「『ある少年の思い出』の 72 ページの部分はここの部分が導いたようである。AJ と HJ の思い出し方を比較せよ」という鉛筆書きに注目している[36]。ともに父シニアがよく旅行を切り上げて帰って来たことに言及した部分である。アネスコが説明するように、ハリーが父ウィリアムの書簡集の編集の際に『日記』を参考にした[37]のであれば、ハリーは『日記』を詳細に読み、ヘンリーが『日記』を意識していたことに気づいていたといえるであろう。またホートン図書館が保管している、メアリー・ポーターがローリングに送った 1934 年 6 月 11 日付の書簡のコピーでは、『ある少

年の思い出』(*A Small Boy and Others*) と 『ある青年の覚え書』(*The Notes of a Son and Brother*) が、一般に読まれるための一家の歴史すべてであることが主張されている。[38] まるでヘンリーの自伝のみがジェイムズ一家の公式記録であるという扱いであり、ディキンソンの詩を援用するなら、『日記』は「名無し」によるものとして作者同様に「追放される」ところだったのである。

　以上のように、アリスは『日記』のなかでヘンリーへの賞賛・共感を示しかつ、自己の知的活動を『日記』のなかで展開しているが、ヘンリーによりそれが公式に認められることはなかった。『日記』はアリスにとって数少ない自己主張の場であったが、ウィリアムが賛辞を送ったのとは対照的に、ヘンリーはそれを破棄したのである。その『日記』はローリングの介入があったからこそバー版として出版され、世間に評価されるようになったのである。

　またウィリアムやヘンリーの死後に、それぞれの書簡集が出版され、もはや公刊に反対した者たちも『日記』を黙殺できなくなった。やっとアリスも兄二人と同様に一家の名誉に加えられるようになったのである。結局ヘンリーの思惑によって阻まれた、アリスの『日記』の公刊までの経緯は、生前、父の思想によって「中間色」(*D* 95) を身につけさせられたことと同様に、いわばジェイムズ家の一員としてのアリスの人生を象徴しているのである。

注

本稿は、日本アメリカ文学会関西支部 10 月例会 (2015 年 10 月 3 日、関西大学) に於ける口頭発表「*The Diary of Alice James* におけるイギリス批判と Emily Dickinson 評価について」の原稿の一部をもとに展開している。

1　バー版ではアリスの日記が大部分を占めているが、253 ページ中、はじめの 82 ページにはイントロダクションとしてジェイムズ家のこと、とくにアリスと下の兄ガース・ウィルキンソン (Garth Wilkinson James) とロバートソン (Robertson James) について書かれている。エデルによると、彼の版とは対照的にバー版は、ローリングがロバートソンの娘のヴォー夫人に送ったアリスの日記そのものよりも「私家版」を元に編集された模様である。(Edel, xxxiii)。

2　これ以降、アリスの日記への言及は、「私家版」であれ、バー版であれ、エデル版であれ、『日記』と表記し、『日記』のテクストからの引用には、本文中に括弧内に *D* と表記し、エデル版の頁番号を付記することとする。また翻訳については舟阪・中川訳を使用する。

3　例えばマリウス・ビューリー (Marius Bewley) はアリスが最後に到達する、本物で欠点のない勇気と平静さを評価している (4–5)。

4　Henry James, "To Mr. and Mrs. William James, 28 May, 1894," *Henry James Letters*, vol. 3, 481.　以降、本書簡集からの引用については本文中に括弧内に *HJL* III を記し、その後に頁番号を示す。

5　Strouse, 124.

6　Coulson は裏庭を「『不毛な』エデン」とみなし、無垢から経験へというアリスのたどる堕落は、実は無力な状態から（限界はある）行為主体者へという必要な通過へ書き直されているという解釈を提示している。そしてそこへ誘うイヴの役割を担っているのがヘンリーだというのである (Coulson, 34)。

7　『日記』に記載されている、アーチャーが事前にサウスポートに『アメリカ人』の初演に来るという申し出に対してヘンリーが断ったことは、1890 年 12 月 27 日付のアーチャー宛のヘンリーの書簡の内容と一致している (*D* 162 と *HJ* III 309–310)。アーチャーは『日記』では笑いのタネにされている (*D* 162–163) が、当時の著名な演劇批評家で、雑誌 *The Fortnightly Review* にも数多くの批評を書いている。エデルはアーチャーがイプセンをめぐってヘンリーに影響をあたえたと指摘している (*HJ* III, notes 344–345)。

8　中川、「イギリス批判」73。

9　Alice James, *Her Life in Letters* 260.

10　アリスの父ヘンリー・ジェイムズ・シニアは、雑誌等で女性の社会進出に異論を唱えている。"Woman and the 'Woman's Movement'" *Putnam Monthly* vol. 1, 1870, 279–288 を参照。

11　ラングはディキンソンというよりは、むしろハウェルズのディキンソンについての書評の批判をしているといえる。(Buckingham, 80–83)

12　Buckingham, 160.

13　Buckingham, 283.

14　ホーンは、「五流詩人」という表現に注目し、アリスがオールドリッチの書評

を読んだと判断している (Horne, 256)。

15 アリスのヒギンソンに対する感情についての論述はハベガーの助言によるところが大きい。Habegger の序章と第 2 章を参照。

16 Higginson, 57.　ヒギンソンは、『ヨーロッパ人』に描写されている馬車の事情が物語の設定されている時代にはあてはまらない等より、作品にはリアリズムが欠けていることを指摘し、ヘンリーがヨーロッパにいるアメリカ人の描写には長けていても、アメリカを舞台とした際にはニューポート以外の地についての知識不足がみられると主張している。

17 Wineapple, 20.

18 Henry James, "To William Dean Howells, 31 Jan. 1880," *Complete Letters* 109–110. Horne, 250 参照。

19 Habegger, 9.

20 アリスが読んだのは、ヒギンソンたちの編集による *Poems by Emily Dickinson* の第 2 シリーズだと考え、引用されなかった第 1 連は "I'm Nobody! Who are you?/Are you—Nobody—too?/Then there's a pair of us!/Don't tell! they'd banish us—you know!" とした。(*The Poems of Emily Dickinson*, Variorum ed. edited by R. W. Franklin, 279–280 参照)

21 Petrino, 33.

22 Katherine P. Loring, "To Margaret James Porter, 6 June 1934."

23 Walker, 292.

24 Culley, 4 参照。アメリカにおいて日記の内容が私的考えや感情についての、他の人の目に触れない記録となったのは「ここ 100 年ほど」(19 世紀末以降) のことだという (3)。

25 Bottoms, 110.

26 William James, "To Sarah Wyman Whitman, 28 May 1894," *Correspondence* 510.

27 マッケンジーによると、1890 年、彼が七歳の頃、ヘンリーがシェフィールドでコンプトンの劇団に『アメリカ人』の脚本を読んできかせた時に、長すぎると彼の父コンプトンに言われ、その後二ヶ月かけて、ヘンリーはコンプトン夫人と主に電報でのやりとりを通して、脚本から二、三言ずつ削除し、脚本を 1 時間分ほど短くしたという。ただしそれらの電報は残っていないという。(Mackenzie, 215)。

28 ヘンリーのウィリアム宛の 5 月 28 日の書簡に 4 月初旬にローリングに手紙を書いた数日後に「私家版」が届いたと記している。(*HJL* III 479)

29 エデルは、ヘンリーがウールソンの遺族につきそっている間に見つかった自分の書簡を取り戻すことができたと断定している (*The Middle Years* 367)。リンダル・ゴードン (Lyndall Gordon) はウールソンの姪たちが彼女の遺品を整理

している際に、ヘンリーは天候が寒かったことを利用し、暖炉に火をおこさせ
て、多くの彼女宛の手紙をくべたため、ローリング、アリスからの最後のメッ
セージも残らなかったと主張する (286)。

30　William James, "To Sarah Wyman Whitman, 28 May 1894," *Correspondence*
　　510.

31　Henry James, "To William James, 28 May 1894," Lubbock, 217.

32　Henry James, III, "To Katherine Loring, 18 May 1920."

33　Strouse, 324 と Anesko, 23–25 を参照。

34　Loring, "To Margaret James Porter 6 June, 1934."

35　舟阪、61 参照。

36　Anesko, 211 の note 126 参照。

37　Anesko, 38.

38　Porter, "To Katherine Loring, 11 June 1934."

引用文献

James, Alice. *The Diary of Alice James*. Four Copies Printed. John Wilson and
　　Son, 1894.

——. *Alice James: Her Brothers, Her Journal*, edited by Anna Robeson Burr,
　　Dodd, Mead Co., 1934.

——. *The Diary of Alice James*, edited by Leon Edel, Northeastern UP, 1999.

——. *Her Life in Letters*, edited by Linda Anderson, Thoemmes Press, 1996.

Alderich, Thomas Bailey. "*In Re* Emily Dickinson." *Atlantic Monthly*, vol.69, Jan.
　　1892, pp.143–44. Buckingham, pp. 282–84.

Anesko, Michael. *Monopolizing the Master; Henry James and the Politics of
　　Modern Literary Scholarship*, Stanford UP, 2012.

Bewley, Marius. "Death and the James Family." Review of *The Diary of Alice
　　James*, by Alice James. *The New York Review of Books* 5, Nov. 1964, pp. 4–5.

Bottoms, Janet. "Writing Herself: the Diary of Alice James." *The Uses of Autobi-
　　ography*, edited by Julia Swindells, Routledge, 2013, pp. 110–119.

Buckingham, Willis J. ed. *Emily Dickinson's Reception in the 1890s: A Documen-
　　tary History*. University of Pittsburgh Press, 1989.

Coulson, Victoria. *Henry James: Women and Realism*. Cambridge UP, 2007.

Culley, Margo. Introduction. *A Day at a Time: The Diary Literature of American
　　Women from 1764 to the Present*, edited by Culley, Feminist Press at the City
　　U. of New York, 1985. pp. 3–26.

Dickinson, Emily. *The Poems of Emily Dickinson*, Variorum ed., edited by R. W. Franklin, Belknap Pr. of Harvard UP, 1998.

Edel, Leon. *Henry James: The Middle Years (1882–1895).* Lippincott, 1962.

——. Preface to the 1964 Edition. *The Diary of Alice James*, edited by Leon Edel, pp. xxix–xxxiv.

Gordon, Lyndall. *A Private Life of Henry James: Two Women and His Art.* W. W. Norton & Company, 1999.

Habegger, Alfred. *Henry James and the "Woman Business."* Cambridge UP, 1989.

Higginson, Thomas Wentworth. *Short Studies of American Authors.* Lee and Shepard Publishers, 1888.

Horne, Philip. "'Where Are Our Moral Foundations?': Emily Dickinson and Henry James." *Studies in Victorian and Modern Literature: A Tribute to John Sutherland*, edited by William Baker, Fairleigh Dickinson UP, 2015, pp.243–261.

James, Henry. *The Complete Letters of Henry James 1878–1880*, edited by Pierre A. Walker and Greg W. Zacharias, vol. 2, U. of Nebraska P, 2015.

——. *Henry James Letters*, edited by Leon Edel, vol. 3, Belknap Press of Harvard UP, 1980.

——. *The Letters of Henry James*, edited by Percy Lubbock, vol. 1, Charles Scribner's Sons, 1920.

James, Henry, III. "To Katherine Loring, 18 May, 1920." MS. James Family Papers, (MS Am1094.5 (53)). Houghton Library, Harvard University.

James, William. *Correspondence of William James*, edited by Ignas K. Skrupslelis and Elizabeth M. Berkley with Assistance of Bernice Grohskopf and William Bradbeer, vol. 7 1890–1894, UP of Virginia, 1997.

Lang, Andrew. "The Newest Poet." *Daily News* [London], Jan. 2, 1891, p. 5. Buckingham, pp. 80–83.

"The Literary World." *St. James's Gazette*, 8 August, 1891, p. 12. Buckingham, pp. 159–160.

Loring, Katherine. "To Margaret James Porter, 6 June 1934." MS. James Family Papers (MS Am 1094.5 (53)). Houghton Library, Harvard University.

Mackenzie, Compton. *My Life and Times, Octave One: 1883–1891.* Chatto & Windus, 1963.

Petrino, Elizabeth A. *Emily Dickinson and Her Contemporaries: Women's Verse in America, 1820–1885.* U. Press of New England, 1998.

Porter, Margaret James. A Copy of "To Katherine Loring, 11 June, 1934." MS. James Family Papers (MS Am 1094.5 (53)). Houghton Library, Harvard

University.

Strouse, Jean. *Alice James: a Biography*. Houghton, 1980.

Walker, Nancy. "'Wider Than the Sky': Public Presence and Private Self in Dickinson, James, and Woolf." *The Private Self: Theory and Practice of Women's Autobiographical Writings*, edited by Shari Benstock, U of North Carolina P, 1988, pp. 272–303.

Wineapple, Brenda. "Emily Dickinson and Thomas Wentworth Higginson." *Historically Speaking*, vol. 10, no.3, 2009, pp. 20–22. JSTOR.

ジェイムズ、アリス『アリス・ジェイムズの日記』舟阪洋子・中川優子訳　英宝社 2016 年。

中川優子「ジェイムズ家のイギリス批判――『アリス・ジェイムズの日記』をめぐって――」『ヘンリー・ジェイムズ、いま――歿後百年記念論集――』里見繁美・中村善雄・難波絵仁美編著、英宝社、2016 年、pp. 59–77。

舟阪洋子「ヘンリー・ジェイムズの自伝とアリス・ジェイムズの日記」『英語英米文学論輯』(京都女子大学大学院文学研究科研究紀要)、第 7 巻、2008 年、pp. 49–62。

お里とミルドレッドのロサンゼルス
——時代錯誤的に読む宵村とケインの「ノワール小説」

吉田　恭子

はじめに

　ロサンゼルスに拠点を置きアジア系文学を専門に扱うカヤ・プレスから2012年に出版された *Lament in the Night*[1] には、日本人移民作家永原宵村（しょうそん）が1925年ロサンゼルスで出版した日本語中編小説『夜に嘆く』と、1925年から'26年にかけロサンゼルスの邦字新聞『羅府新報』に連載した長編『お里さん』(*The Tale of Osato*) の2作が、アンドリュー・レオングによって英訳され、詳細な解説とともにまとめられている。興味を引くのはその看板である。

> ノワールが存在すらする前の日系アメリカ人によるノワール小説。不屈の翻訳者アンドリュー・レオングの熟達した探偵力を得て、永原宵村の忘れられた作品を21世紀の読者に届けることができるのはカヤ・プレスをおいて他にない。[2]

推理小説「マス・アライもの」の作者で自身『羅府新報』の記者であった日系作家ナオミ・ヒラハラ[3]による言葉には、宵村をロサンゼルスのノワール的伝統の先駆と位置づけようとする意図が見て取れる。出版社の広報でも常にそのノワール性が強調されている。[4]
　ヒラハラが言う通り、1925年の時点においてノワール小説はいまだ存在しなかった。それはふたつの文脈で説明ができる。まずは、この名称で呼ばれることになる一連のジャンル小説の慣習は1920年代半ばにおいて

いまだ確立されておらず萌芽期にあったこと[5]——ヒラハラはもちろんこのことを意図している——そしてもうひとつは、「ノワール小説」という用語そのものがはるか後年1990年代に定着することになること、すなわち「ノワール小説」という語は、1930年代ではなく半世紀以上のちの'90年代の感受性を色濃く反映した用語なのである。

　ここで起こっていることは、都市発展の揺籃期にあった1920年代ロサンゼルスの日本語コミュニティの文学を、アメリカで発表された「日本文学」——すなわちアメリカの読者にとっては「外国文学」——として扱うのではなく、多文化主義的・多言語主義的米文学研究の成果[6]を経た今日の視点において、移民による「アメリカ文学」として国民文学に取り込み新たな複言語的文学史を構築する試みの一環だといえる。したがって、*Lament in the Night* は日本の文学作品が英語圏の読者に翻訳紹介された、というよりも、レオンの英訳によって新たな文学的生命を得たと見なすべきだろう。作者の国籍や作品の使用言語が国民文学の境界を規定するのではなく、創作と発表の場と作品が生まれた歴史・社会的文脈を重視する文学史観に基づいて *Lament in the Night* はアメリカ文学にアプロープリエイトされたのである。だとすれば、たとえ初出時において「予め翻訳され」ていないとしても、本作の英訳版はレベッカ・ウォルコヴィッツが言うところの「生まれながらに翻訳」された作品だともいえるだろう。[7]

　さて、ここで生ずる疑問は、90年を経た英訳出版の過程においてジャンルの書き換えが起こっている可能性である。日本ならば大正末期に当たる時期に発表された日本語新聞の連載小説は、たとえその出版地がロサンゼルスであったとしても、同時代の日本語文学の流行の影響を免れることは難しい。宵村の文学は当時の日本語文学の趨勢、南カリフォルニアの日本人コミュニティの社会事情、作者が取り込もうとしたアメリカを含めた世界の文学の流れが絡み合って生み出されたに違いないのである。

　1920年代半ばに日本語で発表されたふたつの小説ははたして「ノワール小説」と呼べるのだろうか。いやむしろ、宵村の小説をふり返ってノワールと呼ぶ現代の視線はいかに作り出されたのか、と問うべきかもしれな

い。宵村の小説の英訳という出来事を検討することは、当時の文学事情を振り返ると同時に、振り返る今日のまなざしそのもの、現代の文学史編纂の営みを見直すことでもある。

I. アナクロニスティック・ノワール

ヘレン・グロースとポール・シーハンは、ニーチェやJ・ヒリス・ミラーが提唱するアナクロニズム的感覚を取り上げ、「［テクストの］意味は［時間を遡って］遡及的 (retroactive) に創られる」のだから、アナクロニズムを単純に誤謬とみなして時代区分や時系列を過信することに注意を促す。

> 「文学」と「歴史」の交差点において、アナクロニズムは偶発性、不慮のできごと、歴史的断絶がもつ重要性を検討したり、並行する複数の歴史や文化の「不均等な展開」を分析したりする土台を提供してくれる。歴史の歩みのテンポは文化によって違うし、文化間の独自の分岐を促す可能性もある。したがって、アナクロニズムは過去と現在が同じ平面を占めるという一種の時間的な二重露光を引き起こし、直線性やヒエラルキーと密接に関わる硬直性をさける効果がある。[8]

本論におけるアナクロニスティックなもくろみは、「ノワール」をキーワードに、宵村の 1920 年代半ばの小説をジェイムズ・M・ケインの 1941 年の長篇『ミルドレッド・ピアース』を「先行テクスト」として並べて読むことである。

まずは作者宵村の略歴を簡単に振り返っておきたい。永原宵村、本名永原秀暁は 1901 年広島県生まれ。ワイオミング州で鉱夫として働いていた父が呼び寄せて 1918 年シアトルからアメリカに入国、1920 年にはロサンゼルスに移り住む。庭師や活字工として働く傍ら文芸活動を続け、小説や戯曲執筆のほか、日本の演劇雑誌にアメリカの演劇事情を寄稿する一方、1920 年にノーベル文学賞を受賞したノルウェーの小説家クヌート・

ハムスンの『牧神』(1894) を（おそらく英訳からの重訳で）翻訳し東京の
春陽堂から出版する予定だったが、出版社に預けた原稿が関東大震災で焼
けて消失してしまっている。[9]

　1925 年にロサンゼルスの草土社から中編小説『夜に嘆く』を出版し、
その書評が『羅府新報』に掲載されたのをきっかけに、同紙で『お里さ
ん』の連載を 1925 年 11 月 7 日に開始する。連載は翌年 5 月 8 日まで
147 回にわたり、宵村自身も作品の単行本化に言及しているが、現在その
形跡は残っていない。日系人の収容記録に名前がないことと、1927 年末
にアメリカ再入国許可を申請していることから、27 年から 28 年頃に日本
に帰国したと考えられており、その後の消息はわかっていない。[10]

　中編『夜に嘆く』は、ロサンゼルス日本人街と思われる場所を舞台に、
移民社会の底辺に生きる青年石川作三が、八方塞がりの境遇に立ち向かう
ことができず、惨めに挫折するさまを突き放したトーンで描いた自然主義
的作品である。作三は、無一文で食い逃げや拾い食いで生きながらえ、
時々幼馴染の食堂の女将お龍に無心をしつつ、彼女の夫に隠れて逢引をし
たりもする。下村という勉強熱心な画家の友人を疎ましく思いながらも、
他に友人もいないため縁を切ることもできない。ついに安宿から夜逃げし
た作三は皿洗いの仕事を見つける。しばらくはまじめに働くものの、つい
魔が差して賭博で再び無一文となり下村の下宿に転がり込むが、下村のい
ない隙に彼の金時計を盗んで再び街へと飛び出していくところで小説は終
わる。

　以下は皿洗いの仕事に就く前の作三の心象を描く場面からの引用で、英
訳でもしばしば引用されている部分である。

　　作三には再び倦怠と、飢えの日が続き出した。[……] 何をする勇気
　も起こらなかつたので、いつものやうにカアキイ、パンツに両手を突ッ
　込んで、漫然と市の中を歩き廻り、歩き疲れた時にはきまつて薄暗い玉
　突場の塵々した腰掛けの上か、明るい郊外の公園のベンチの上に、彼の
　やつれた姿が見日ひ出された。金を出して食を求むる事の出来ない彼

は、数十軒のレストランで幾度となく食ひ逃げをした。食ひ逃げの機会
が与へられない場合には、夜になると公設市場に出掛けて行つて、地上
に投げ捨てられてある腐敗した林檎や、オレンヂをこつそり拾つて食つ
た。［……］栄養不良の行為か末梢神経がひどく尖つて来て、何を見て
も何をきいても腹が立つ。

　［……］彼は最早立派な刑法上の罪人で、所謂お尋ね者なのだ。お
龍さんの処へもかれは顔を出さなかつた。彼は彼女の夫に完全な恐怖
を感じ初めてゐたからである。作三は彼女に会つて話がして見たかつ
た。彼の少年時代を知つてゐるものはこの広ろいアメリカでお龍さん
だけぢやアないか。たゞさうした意味の上から云つても、彼にはお龍
さんの事が忘れられない。事更二人の関係に考へ及んで見ると尚更で
あつた。船月へ出掛けて行きさへすれば、作三は別に飢へる必要もな
かつたらう。

　［……］見る物、聞く物が悲嘆と苦悶の種となつた。ちよつとした
幸福、否、人間として当然持ち得べき幸福をだに味ふ事の出来ないか
れは必然的に幸福の存在をさへ疑はなければならなかつた。そしてか
れは今零落のどん底に突き落されて、再び浮び上る事の出来ない悲し
みのためにもがき苦しんでゐる。［……］自から進んで斯うした暗黒
な生活を踏み破るには、かれは最早心の底から疲れていた。過去と現
在の空虚な幻影を背景とした、披露と倦怠の環境の中から果して何が
産れて来やう？　苛責と痛苦と敗残の墓地から、若し死せる人の霊魂
が遊歩するものと仮定したなら、作三の未来に横つた光栄の暗示は何
だらう？　真赤な死が……さうだ、真赤な死の陰影がかれを待つてゐ
さうだ。[11]

マーク・T・コンラッドが指摘するノワールの特徴「疎外感、悲観主義、
倫理的怪しさ、方向感覚の喪失」[12]がこの中編にはすべて詰まっている。
狭い区域に移民が密集する日本人街の行き場のない閉塞感、文化の違いと
言語の壁、1924年移民法のアジア人排斥によって塞がれる未来——ロサ

ンゼルスの日系移民社会は大恐慌到来以前からノワール的日常のお膳立て
が整っていた。けれども日本語文学史の文脈で見れば、『夜に嘆く』を
「ノワール」と呼ぶことはないだろう。

　ここで「ノワール」というタームの来歴を確認しておこう。もともと
「ハードボイルド小説」「タフガイ小説」と呼ばれていた戦間期のポピュラ
ー小説は、ヘミングウェイの影響を強く受けた文体で、「客観的な」描写
を特徴とし、社会正義の実現と利己的な自己保存の狭間を生き、時として
暴力的な解決策をもいとわない「タフな男の生きざま」を描いた小説、と
いうことになっていた。とはいえこの定義には今日の「ノワール的」感受
性と少なからぬズレが感じられるし、先程の『夜に嘆く』の引用もこの定
義はそぐわない。主人公石川作三は「立派な刑法上の罪人で、所謂お尋ね
者」になり下がりはするが、彼の犯罪は食い逃げ、夜逃げ、窃盗であり、
「ハードボイルド」的にはなんともお粗末で「タフガイ」からは程遠い男
である。[13] つまり「ハードボイルド」から「ノワール」への変化は、単な
る呼称の変化ではなく価値や枠組みの変化を伴っている。したがって当時
のある小説を「ノワール」であると判断する今日の我々の視線は遡及的な
ものであり、それがゆえにグロースとシーハンがいうアナクロニスティッ
クな可能性を孕むことがわかる。

　さて「ハードボイルド」小説は1940年から'60年にかけて制作された
一連のハリウッド映画の原作ともなった。これらの映画はハードボイルド
小説だけでなく、ドイツ由来の表現主義的映像美学、フランス映画の詩的
なリアリズム、そして'20年代から流行したギャングスター映画に影響を
受けており、そのスタイルの特異性を指摘したフランスのシネアスト、ニ
ーノ・フランクが1946年に「フィルム・ノワール」と命名した。[14] この
呼称がアメリカに逆輸入的に定着するのは約20年後アメリカン・ニュー
シネマの時代に重なり、古典ノワールの諸要素を意識的に援用するネオ・
ノワール作品群へと継承されていく。[15] けれどもこの時点ではまだ「ノワ
ール」であるのはもっぱら映画であり、小説はあくまで「ハードボイル
ド」であり続けた。この両者が収斂するきっかけとなるのは、1987年

『ブラック・ダリア』にはじまるジェイムズ・エルロイ作のロサンゼルス・
カルテット (1987–92) である。1940 年代すなわち古典的ノワール映画期
のロサンゼルスを舞台としながら、ハードボイルド小説の慣習を踏襲する
のみならず、フィルム・ノワールの諸要素をも積極的に取り込む一方で、
映画検閲のヘイズ・コードなどで抑圧されてきた暴力と性を過剰なまでに
センセーショナルに描いたエルロイの小説の登場によって、「ノワール」
はもはやフィルムだけではなく、文芸、さらには都市のありようそのもの
を表すジャンルや時代を越えた感受性を指す言葉として拡散していく。こ
のような「ノワール」という使い方をした最初の例は、1990 年出版のマ
イク・デイヴィスによる古典的都市論『要塞都市 LA』であった。[16]

　以上のような変遷を経てはじめてハードボイルドの登場以前に存在した
ノワール的感受性がレトロアクティヴに浮上することになり、それによっ
て、ノワールのメッカとなるロサンゼルスを舞台にしながらも、英語ハー
ドボイルドとは別の時期に異なった文学史的経緯で書かれた宵村の日本語
小説が、のちのちノワールとして受けとめられるに至ったのだ。

　ハードボイルドに加えて、もうひとつノワール的な感覚を醸し出す要素
として、古典期ハードボイルド小説と同時代に属するプロレタリア文学を
考慮すべきだろう。両者の親和性についてはすでに指摘されており、たと
えばポーラ・ラビノウィッツは、今日両者を相互排他的なジャンルとして
扱うのはマッカーシズム以降の冷戦体制における政治的無意識のなせる技
ではないかと示唆しながら、'30〜40 年代の大衆文化において左派文化と
パルプ文化とは分かちがたく存在していたと主張する。[17] 彼女は複数のパ
ルプ小説と「B フィルム」を並列したり、ときには重ね合わせたりして読
むことで、労働問題と扇情的メロドラマを結ぶノワール的な感受性をジャ
ンル横断的にすくい取っていく。その洞察を考慮に入れると、文学史的に
「ハードボイルド」と接点がない宵村の中編が、今日の感性から見れば
「ノワール」的に映る点も説明がつく。大正末期の日本におけるプロレタ
リア文学の隆盛はアメリカでの局地的流行をはるかに凌ぐものであった
し、宵村本人もワイオミングの日本人鉱山労働者たちと文学同人誌活動を

行っていたからだ。[18]

　したがって宵村作品が喚起するノワール的感受性の源泉は、まず第一に
ノワール都市ロサンゼルスを舞台としていること、第二に当時の大衆文化
に浸透していた労働の問題をテーマにしていることに見いだせる。それで
は宵村はロサンゼルスをどのように描き、登場人物らにどのような命運を
与えているのだろうか。ここで宵村のもうひとつの小説『お里さん』を見
ていきたい。

　『お里さん』は女性主人公に次から次へと不幸が降りかかるという感傷
的小説で、大正後期に拡大する女性読者層を取り込み流行した「通俗小
説」あるいは「家庭小説」に倣ったスタイルとなっており[19]、宵村本人は、
連載後の「書後（あとがき）」において、本作を「純読物小説乃至は運命
小説」と呼んでいる。[20]

　ヒロイン里子は小説冒頭で18歳、アメリカから帰国中の19歳年上の
いとこ野田良作と結婚し、1916年に夫婦でロサンゼルスに渡る。夫の愛
とアメリカの豊かさを信じてついてきたお里だが、夫は上陸するなり中華
街の賭博場に入り浸る。たまりかねたお里は、良作の友人の紹介でハリウ
ッドで住み込みの掃除婦として働き始めるが、まもなく妊娠し失業。長男
太郎を出産後、職業斡旋所の紹介で料理屋大松屋に職を得る。夫が失踪し
たため、お里は幼子太郎を泣く泣くカトリック児童院に預けて働き続け、
ついに新不二亭の女将となって四歳になった太郎を取り戻すも肺炎で亡く
す。その後、料亭磯の家の女将となり侠客肌の深野と再婚、禁酒法も追い
風となって店は栄え、お里は市内のボイルハイツに邸宅を構える。失踪し
た良作がワイオミングで死んだらしいとの知らせを受けて間もなく、磯の
家に禁酒局捜査官の捜索が入る。保釈されたお里は病弱な夫深野の最期を
看取ったのち、帰国の決心をしてアメリカを後にするところで連載は終了
する。

　一読してこの小説をノワール小説とジャンル分けすることは無理があり
そうな印象さえ受ける。ところが、英訳版の序文を執筆しているデイヴィ
ド・L・ユリンが指摘する通り、『お里さん』はいわゆるタフガイ小説の

代表的作家であったジェイムズ・M・ケインの 1941 年出版の長篇『ミル
ドレッド・ピアース』とプロットばかりか設定や細部もよく似ている。[21]
どちらもロサンゼルスを舞台にシングルマザーが飲食業界で奮闘し成功を
収めるものの最終的には威勢を失うという、家事労働と賃金労働と起業と
を行き来する女性の物語であり、たとえば、どちらも子供が突然病死する
点や、どちらも禁酒法の施行あるいは撤廃がヒロインの経営する飲食業の
大きな後押しになるという点も共通している。

　実は小説『ミルドレッド・ピアース』は、ケインの他の代表作『郵便配
達は二度ベルを鳴らす』や「倍額保険」のようにハードボイルドな犯罪も
のでもなければ、タフガイが主人公の小説でもない。にもかかわらず本作
がノワールを連想させずにおれないのは、ジョーン・クロフォード主演、
マイケル・カーティス監督の 1945 年の同名映画がフィルム・ノワールの
古典として今日なお鮮明に記憶されているからであろう。

　ふたつの小説のこのような相似性について、ケインが宵村の日本語小説
を参照あるいはまねたのではないか、という問題意識は、ユリンも述べて
いる通り、的外れだろう。ふたりのヒロインの物語は格別奇抜な話ではな
いからだ。

　だからここではふたりの物語が相似形をなすのはなぜか、ではなく、相
似形であるからこそ読めてくる側面は何だろうかと問うてみたい。宵村の
日本語小説を、「アメリカの小説」として読み直すためにケインの小説と
並べたり重ねたりして読んでみるとどのような二重露光が見えてくるの
か。1941 年の小説を 1926 年の小説の先行テクストとして読むことは、
時代錯誤的であると同時に、そもそも『お里さん』が 2012 年に再発見さ
れ英訳されるに至ったのはケインの小説が今日もノワールの古典として読
まれ続けているからこそと考えれば、まったく時系列にかなった読み方で
もあるはずである。

　するとそこに浮上するのはロサンゼルスを舞台としたふたつの移動、す
なわち階級的な垂直方向の移動と、不動産と交通に関わる水平方向の移動
をめぐる物語である。『ミルドレッド・ピアース』と『お里さん』はプロ

ットのレベルでは同じ物語を語りながら、垂直的にも水平的にも両者は決して交わることはなく、むしろそのために相互補完的に大恐慌前後のロサンゼルスのノワール的な世界を立体化してくれるのだ。

II.　運命の交差路としてのロードサイドレストラン

　ケインの代表作『郵便配達は二度ベルを鳴らす』と『ミルドレッド・ピアース』そして宵村の『夜に嘆く』と『お里さん』では食堂が重要な舞台になっている。主人公たちが運命に引き寄せられるように流れ着き、飢えばかりか他の渇望も満たそうとあがく舞台としての食堂は、ケインの言葉を借りると「もはや運命が破綻した合衆国」に対して「まだ何らかの運命が待ち受けている」と人々が信じているカリフォルニアの縮図であるかのようだ。[22] 食堂は、店主・コック・調理見習い・ウェイトレス・バスボーイ・皿洗いなど階層化された労働力が共に働く場であり、移民にとっては最もてっとり早い独立経営手段でもある。
　『ミルドレッド・ピアース』は、大恐慌の煽りを食らったロサンゼルスの郊外グレンデールを舞台に、不動産開発業社社長のバート・ピアースと結婚したミルドレッドが、仕事を失い愛人宅に入り浸りの夫を家から追い出すところから始まる。小説の序盤は、住宅ローン支払いとふたりの娘の養育のために求職の必要に迫られながらも、体面から決心がつかない主人公の心の揺れを仔細に描く。別居妻 (grass widow) となり得意のパイを焼いてご近所に売ることはできても、ウェイトレスの仕事に就くことは想像さえできない彼女の階級的アイデンティティは、チップに依存するブルーカラーサービス業との差別化によって守られている。[23] 職業斡旋所では、仕事を選り好みするミルドレッドにタフガイよりもハードボイルドなミス・ターナーが求人カードを見せながら、現実を直視するよう説教する。

　　「あのピンクのカードをご覧、あれは『ユダヤ人お断り』。青いのは？
　　『非ユダヤ人お断り』——多くはないが、数件ある。それはあんたに

は関わりないことかもしれないけど、まあ感じはわかるってもんでし
ょ。このデスクの上で人が売られていく、シカゴのストックヤードの
牛みたいに、それもまったく同じ理由で。どちらも買い手が望む利益
があるからこそ。さあほら今度はあんたに関係あるものを見てみまし
ょうか。あの緑のカードをご覧。あれは『既婚女性お断り』」［……・］
「あなたそれをフェアといえる？」
「あたしにいわせれば、それは緑。カードに従うまでのこと」
［……］
「今度はここにある別のファイルをご覧。引き出しは全部求職者カー
ドで埋まってる。この人らは速記者——二束三文だけどまあ少なくと
も何かしら芸はある。こっちは秘書資格保有者——やっぱり二束三文
だけどまあ別のファイルに分類されるだけの値はある。こっちは理系
教育を受けた速記者、看護婦、実験助手、薬剤師で、どれも医院や、
診療所や、病院でしっかり仕事ができる。この人たちを差し置いてな
ぜあんたを推薦するわけ？　中には UCLA やよその大学出の哲学博
士や科学博士の女だっている。［……］こっちはセールス系、男も女
もひとり残らず断トツの推薦状がある。［……］あたしがあんたのお
つむに叩き込もうとしているのはね、あんたにチャンスはゼロってこ
と。［……］」
「どうやったら条件を満たせるの？」
［……］ミス・ターナーはすばやく目を背けてから言った。「提案して
も？」
「ぜひ」
「あんたは絶世の美女ってわけじゃないけど、スタイルは断トツだし、
料理も得意というし、寝技も得意。だったら仕事は忘れて、男を釣っ
てまた結婚すればいいじゃない？」
「それが上手くいかなかったのよ」[24]

すべての求職者はカードに記入され条件によって色分け分類され、スト

ックヤードの家畜のように品定めされ値札をつけられる。専業主婦であっ
たミルドレッドにとっては新たに直面する現実かもしれないが、自らを自
律的人格としてではなく賃金換算可能な労働力として再定義することは、
移民にとってはアメリカ入国の大前提である。さらに南カリフォリニアに
おいては、その開発の由来ゆえに他のどの土地にもまして人間に値段が付
される場所であり、そこへ移住する者はアメリカ人・移民を問わず自らの
金銭的価値を意識せざるをえない。調理の技を持っていながら自らを労働
力として見積もる視点を持ち合わせないミルドレッドには勝ち目はなく、
「そこそこの顔と抜群の体つき」をした女性性を再婚という形で売り出す
しかないように見える。

　結局ミス・ターナーの同情を得てビヴァリーヒルズのメイド職を紹介さ
れ、家を出ていった夫バートに自動車を持って行かれたミルドレッドは、
面接のためにバスと徒歩で現地に向かう。

　　動揺しながらミルドレッドはサンセット大通りのバスに乗ったが、住
　所が見知らぬ場所だったので、車掌にどこで降りるのか尋ねなければ
　ならなかった。[……] 家々は大きく近寄りがたい雰囲気で、正面に
　ドライブウェイがあって周りの芝生はよく刈り込まれており、玄関に
　近づく度胸が湧かなかった。歩行者はほかにひとりもおらず、優に半
　時間もとほとほあるき続け、通りの名の標識に目を凝らし、曲がりく
　ねる道に方向感覚をまるっきり失っていた。車を持っていったバート
　への怒りで気も狂わんばかりだったのは、もし車があれば、歩かずに
　済んだだけではなく、ガソリンスタンドにさっと乗りつけ世間体の立
　つかたちで道を尋ね、従業員に地図を見せてもらえるからだった。だ
　がガソリンスタンドもなく、道を尋ねる人もおらず、木々が陰気な影
　を落とす無人の舗装路が何マイルも続くばかりだった。ようやく洗濯
　屋のトラックが路肩に停まったので、運転手に道を教えてもらった。
　ミルドレッドはその家にたどり着き、低い生け垣に囲まれた大きなお
　屋敷の玄関に行ってベルを鳴らした。白いコートの下男が現れる。フ

ォレスター夫人に会いに来た旨告げたところ、お辞儀をして脇によって道を開けた。そのとき、彼はミルドレッドが車に乗ってこなかったことに気がつき、凍りついた。「家政婦かい？」
「そうです、派遣で──」
「裏に回れ」
男の眼が突如毒を発し、扉を閉じたので、彼女はかんかんに腹を立てて足取りも重く裏口に向かった。そこで男は彼女を中へ通すと、待っていろと告げた。(266)

　自動車を所有しないことが下層労働者の証となり使用人の態度さえも左右する上、直線的碁盤の目ではない郊外の高級住宅地ビヴァリーヒルズの道路計画そのものが自動車利用を前提としており、歩行者にとっては不釣り合いなスケールで、方向感覚を失わせる設計であることが強調されている。ケインはエッセーでもカリフォルニアの舗装道路を称賛しているが[25]、この場面では皮肉にも自動車にとっては快適な道路がミルドレッドを悩ますことになる。

　面接では始終鷹揚なフォレスター夫人を相手に我慢を重ねるが、邸宅車庫の２階に娘たちともども住み込んで構わないという提案にショックを受け、屈辱のあまり面接から逃げ出す。帰り道、疲れ果てて入ったハリウッドのロードサイドレストランで、チップをめぐるウェイトレス同士のけんかを目撃したミルドレッドは、何かがふっきれたかのように、やめさせられたウェイトレスの代わりに自分を雇ってくれと申し出て、ようやく仕事を得ることになる。

　徒歩移動の屈辱に懲りたミルドレッドは、夫を自宅に招待し酒を振る舞って自動車の鍵を掠め取る。そうして久しぶりにハンドルを握り、深夜の道路でアクセルを踏み込みスピードの快感と独立のプライドに酔いしれる。

　ミルドレッドは車を道に出すと家へ向かった。家に着くと灯りはまだ

点いており、なにもかも出てきたときそのままの様子だった。給油灯
に目をやると、タンクに2ガロン残っていたので、まっすぐ進み続
けた。コロラド通りで曲がる。今晩最初の通り抜けの大通りで、信号
は消え、黄色が明滅していた。アクセルを踏み込み、速度計の針が
30、40、50と触れていくのを見て興奮する。時速60マイルに達して
ゆるやかな上り坂になると［……］ふーっと震えるような長いため息
をついた。車がポンプのように自分の血管に送り込んでくる何か、プ
ライドのようなもの、高ぶり、取り戻した自尊心は、どんな会話、酒、
愛情からもとうてい得られないものだった。ふたたびミルドレッドは
自分を回復した気持ちになり、仕事のことを恥ずかしく思う代わり
に、冷静に距離をとって考えることができるようになっていた。(289)

　移動の自由こそがミルドレッドの経済的自立を精神的に後押しする——
ここでは1930年代にはいまだ先進的であった自動車道とひとり一台の車
が、近い将来ロサンゼルス、ひいてはアメリカ全土で、個人主義的自尊心
を支えるために不可欠な条件となることが鮮やかに予言されているかのよ
うだ。今日もロサンゼルス周辺では自家用車による長時間の移動がライフ
スタイルの根底をなすことを鑑みれば、典型的に南カリフォルニア的な場
面をケインは描き出したのである。ミルドレッドはその後ウェイトレスの
職についてからも、車を持たない同僚のアイダを送り迎えすることで自家
製パイを売り出す協力をとりつける。ミルドレッドにとって自動車による
水平移動の自由は独立経営に至るために不可欠であった。
　一方、宵村の登場人物にはミルドレッドのような移動の自由はなく、舞
台はロサンゼルス中心の狭い日本人街に限定され、のちのちノワール的と
評される閉塞感を生み出している。これは移動の手段がないという物理
的・経済的な側面のみによるものではない。サンフランシスコに上陸後土
曜の街をそぞろ歩くお里と夫は通りの名前も読めず、お里は「［白人］か
ら受ける軽い圧迫から幾分か卑屈な恥ずかしさをおぼえずにはゐられ」ず
寂しさを覚えるが、日本人街へ戻ると安堵する。

　　　二人は心持ち小早に足を運んだ。もの、三十分としない裡に二人は
　　旅籠のある通りに出る事が出来た。
　　　日本人街だ。
　　　日本人街に足を踏み入れるとお里にしても良作にしても何んだか斯
　　う幾分か打ちくつろいだ気持で歩く事が出来た。行きずり会ふ人ごと
　　が大程日本人である事も彼等の気をひき立せた。
　　　日本人街といふ程のきは立った特徴は新渡米者のお里にははつきり
　　と見て取ることが出来なかった。けれどもそれでも気の所為で今見て
　　来た白人ばかりの街とは幾分か違つてゐる事にうなづかれ、また東洋
　　人のいかにも住みさうな街らしい空気が漂つてゐることを見逃す事は
　　出来なかった。お里はいきづりに会ふ人毎に眼をやると、沁々となつ
　　かしさをおぼえた。斯うした異郷の地で同胞に会ふ愉快さ、なつかし
　　さ……それはアメリカに渡つて来た人々の味ふ最初のよろこびであら
　　ねばならない。[26]

　お里にとっての世間・行動半径の狭さは、移動手段の欠如、言語の壁、
そして同胞の顔が見えない場所で感じるえもいわれぬ疎外感という複数の
物理的・経済的・言語的・心理的障害が絡み合う形で形成されている。夫
の怠惰にたまりかねてメイドの職に就くときも紹介者金光の車に乗せられ
ハリウッドの屋敷に向かい、そして週に一度の送り迎えで帰宅する以外は
屋敷を出ることができない。
　ハリウッドのスワンソン家は「白壁の赤煉瓦の屋根を見せた門構への大
きな家」として描かれており、先の引用でミルドレッドが徒歩でさまよっ
たビヴァリーヒルズの高級住宅街の芝生も眩しい門構えとも重なる。

　　　白壁の赤煉瓦の屋根を見せた門構への大きな家の前で自働車が止つ
　　た。
　　　門燈はまだつけつ放しで白つぽく瞬いてゐて門内の朝露をおいた芝
　　生はやつと向ふ側の家並みの上に顔をのぞけた陽を受けて、まばらに

　ぴか〜し初めてゐた。（第57回）

　白壁赤煉瓦の住宅は、ケインの小説世界でも「倍額保険」と『ミルドレッド・ピアース』双方の冒頭で登場する。どちらもロサンゼルス郊外の典型的な住宅地を構成する要素として描き出されており、「倍額保険」で語り手の保険セールスマンは「カリフォルニアのどこでも見かけるスペイン風の家で、白壁赤レンガ、一方にパティオがある」と典型的な風景をその凡庸ささえ漂わせながら端的に描き出す一方で、「［最初に］目にしたときは死神の家には見えなかった」(109) と語り、家庭内の軋轢に端を発するメロドラマを匂わせる。また『ミルドレッド・ピアース』の三人称の語り手は、グレンデールのピアース住宅社長宅をより突き放したトーンで描写する。

　　［その芝生は］南カリフォルニアの他の幾千もの芝生に似通っていた。周りが鍬で掘り起こされたアヴォカド、レモン、ミモザの木が植えられた緑の区画。その家もまたこの手の他の家と似通っていた。白壁赤瓦屋根のスペイン風の平屋建て。今はスペイン風の住宅は少々流行遅れだが、あの頃は格調高いと見なされていたし、この家も隣の家に劣らず申し分ないばかりか、わずかながら格上という風情であった。
　　　　　　　　　　　　　　　　　　　　　　　　　　　　(219)

　昨日の高級住宅がまたたく間に流行遅れとなるのは、グレンデールのような新興開発地で避けられない運命である。他の家と似通っていると強調されることで、白人中産階級のライフスタイルの陳腐さばかりか、その中で起こる住人たちのドラマもその例にもれないことを暗示する。
　さて、お里は妊娠し出産前になると住込み掃除の仕事を失う。雇い主はあくまで好意的だが、移動の自由も復職の権利も彼らの善意の配慮の埒外であり、その影響を被るお里にとってはなす術もないこととしてしか描かれない。『お里さん』に悪意のある人物は登場しないが、だからといってヒロインの悲哀が軽減することはない。出産後にお里が訪れる職業斡旋所

「桂庵」の主人は、ハードボイルドなミス・ターナーとは対照的にお里が
拍子抜けするほどに丁寧に同情をもって彼女の話に耳を傾ける。

> 桂庵主がお里の想像してゐたやうな人物とはまるで正反対な極く素直
> な人である事が彼女を無性に喜ばせずにはをかなかつた。［……］桂
> 庵といへばまだ上品に聞えるけれど、日本に居た時きかされてゐた口
> 入れ屋の事なのだ。新聞の三面などで幾度口入れ屋の醜い内幕を読ん
> だりきかされたか解らない。口入れ屋と云へば女中や鉱夫や土方など
> の下等労働者の世話をする極めて俗悪な処とのみ思ひ込んでゐたお里
> が、アメリカに来て頼る処が結局此処であらうとは彼女にして見れば
> 夢露も知らない事だつたし又、斯うした運命を辿なければならないお
> のれの薄幸をつくづく嘆かずにはゐられなかつた。（第86回）

お里は彼のやさしさをありがたく感じながらも、結局ここは「口入れ
屋」なのだと、自己憐憫をもって現実を受けとめようとする。そうして日
本人街の料理屋大松屋に送られるが、恐れていた「酌婦（ウエトレス）」の仕事ではなく
厨房手伝いをあてがわれてほっとする。お里はミルドレッド同様に強固な
勤労倫理は持ち合わせても、自分の命運を決める意志、そのための手段を
手に入れる欲望は完全に欠落しており、それがゆえに周りの状況と偶然に
翻弄され続ける。ミルドレッドがブルーカラーサービス業を当初受け入れ
られなかったのと同様に、お里もまた日本人主婦として水商売への抵抗を
覚えるのだが、アメリカに渡り移民としての一連のイニシエーションを経
たお里は[27]、自らを人格ある主体としてではなく賃金換算可能な労働力と
して再定義することを意識下で受け入れている。『お里さん』では、ヒロ
インが自らの不運を慰めるために、自分よりも不幸な境遇のアメリカの
女、日系移民の女が何千人もいるのだ、と自らに言い聞かせる場面がくり
かえし描かれる。お里は唯一無二の個人としてよりもむしろ群衆の中のひ
とりであり、交換可能な人材、無数の求職者カードの一枚としてカリフォ
ルニアに流れ着いたと自覚しているかのようでさえある。それは環境とい

う運命によって作り変えられる人間という作者永原宵村の自然主義的文学
観の反映であるだろうし、同時に、似た経験・境遇を共有してきた『羅府
新報』の読者層に向け、類型的なひとりの女の物語に仮託して日系移民共
同体のナラティヴを語りかける姿勢の表れでもあるだろう。

　一方ミルドレッドは、ウェイトレスの仕事も板についた折に次女のレイ
を突然の病気で亡くすことになる。葬儀にはレストランの同僚からからお
悔やみのカードが届く。

　　他にも花が届けられたので、バートは家の前に並べ、芝の上には花々
　　が森をなし、細かな水滴でどれもきらめいていた。[……]いちばん
　　涙をのんだのは、白いガーデニアの敷飾りで、そこには青いツグミの
　　カードが付されており、こう書かれていた――

　　　アイダ　　　　　　アナ　　　　　　クリス・マカドゥリス
　　　アーネスティン　　メイベル　　　　アーチー
　　　エセル　　　　　　ローラ　　　　　サム
　　　フローレンス　　　シャーリー　　　×（フジ）　　　　　　　　(343)

　のちにミルドレッド自身のレストラン経営を支える先輩女給アイダを筆
頭に、仲間のウェイトレスの名前が並ぶ。端の列にはオーナーのギリシャ
系移民クリス・マカドゥリス、料理長のアーチー、そして末尾には無筆の
日本人移民フジのバッテンのサインが加わっている。フジについてはこの
箇所以外小説中ではまったく言及がないためおそらく厨房で皿洗いのよう
な下働きをやっていると推測するしかない。ミルドレッドにとってウェイ
トレスとして働くことは階級的転落を意味したが、同じ職場でさらに下位
の労働を担う移民が存在することを示唆する瞬間である。文字も言葉も持
ち合わせないフジはこの小説ではいないも同然なのだが、わが子の死とい
う言葉や文化を超えた悲劇の場には同席を許されているかのようだ。

　『ミルドレッド・ピアース』で不可視化されているフジの存在に呼応す
るかのように、『夜に嘆く』にはミルドレッドに重なる女性の影が垣間見
える。

　　市の郊外W、N街の西の突端にあるロウ土・レストランの料理場の
　片隅で、馬鈴薯の皮を剥いてゐる作三が、其翌日の未明に見出され
　た。かなり広い場所を占た其料理場は鈍い三個の電燈にてらされ、四
　方の壁にしみ込んだ油気が異臭を放つてゐて、床の上に一面撒かれた
　赤褐色の鋸屑からはすが〳〵しい木の香が立つてゐた。皿を洗ふタツ
　ブの中からは紫灰色の湯気が舞ひ上り、左手の大きなストーヴの前に
　は料理人が陣取つてゐて、ハムや、エツグ卵を焼く音がじゆう〳〵立
　ち籠つてゐた。

　　［……］料理場は夜が明けきると一層忙しくなつた。白人の女給が
　三人料理場に走つて来ては間断なくコツク料理人に声をかける。四十
　恰好の寡婦らしいひと女が器用な手つきで、料理人に冗談口を叩きな
　がら、パイを一つゞ、拵へてはオーブンの中に綺麗に並べてゐるし表
　のキヤツシ・レヂスターを押す音が威勢よく鳴った。作三は息詰る様
　な蒸し暑い湯気の中に頭を突き込んで、数多い皿や、カツプを洗ひ出
　した。斯うして一日の労働が元気よく始らうして［ママ］ゐるのだ。

　　　　　　　　　　　　　　　　　　　　　　　　　　　　　　（81-83）

　　ルンペン生活を送る作三が「ロウ土・レストラン」（英訳では roadway
restaurant）でなんとか皿洗いの職を得、しばし労働の充実感を味わうと
いう慰めのような場面で、熱気に満ちた厨房の情景が描かれる。そこには
今まさにパイを手際よくオーヴンに入れようとする別居妻 (grass widow)
ならぬ寡婦 (widow) らしき女性の姿も含まれているのだ。

　　ギリシャ系の移民経営者、日系移民の下働き、ホーボーにルンペン、未
亡人に別居妻。階層化された労働の場である食堂に多様な周辺的人間たち
が賃金を求めて集う。ケインと宵村の小説世界は、ほぼ同時代のロサンゼ
ルスとその近郊を舞台としながらも、今まで見てきた通り、言語や地理的
移動や労働条件が場を規定しているがために、完全に重なり合わないとい
う現象が見られたが、実は職場としてのロードサイドレストランを介して
繋がっており、お互いに言葉は交わさずとも目配せしながら働いているこ

とが見えてくる。ふたつの小説を重ね合わせて読むことで、一方のテクストのみでは背景に埋もれてしまっていた働く他者の姿が浮かび上がってくるのである。

III. 分譲都市 L.A.

　ケインと宵村の小説を並べて読むと立体的に見えてくるのは賃金労働と階級のテーマだけにとどまらない。厳しいゾーニングによって分割され住み分けられたロサンゼルスの都市計画の輪郭がさらに明確になってくる。

　『ミルドレッド・ピアース』で主人公ミルドレッド以上に階級上昇の執念に燃え、そのためなら手段を選ばないのが小説最大の悪女、長女のヴィーダである。彼女にとって階級は垂直ではなく水平的に、住む場所によって符号化されており、出世すごろくの上がりはパサデナに住むことだ。山を隔てて自分たちが暮らすグレンデールは彼女が「下賤」(varlet) と蔑む労働中産階級が暮らす忌むべき土地である。ミルドレッドには労働と蓄財に基づく垂直的階級意識は理解できても、あそこにあるものはここでは決して得られないという娘の場所的なこだわりに共感することはできない。一方ミルドレッドの愛人モンティ・ベラゴンはパサデナの旧家出身で、たとえばミルドレッドに面と向かって「君はグレンデールにさえ住んでいなければ、いい奥さんになれるんだけどな」(477) と軽口を言うことからも察せられる通り、ヴィーダ同様住所スノビズムが彼の社会的価値体系の根底をなしており、この価値観の齟齬が小説結末の破局の伏線となっている。

　「交通の要所、州都、港、製造業の中心地として自らの利点を最大限に活かしてきた他の都市と違ってロサンゼルスはなによりもまず不動産資本主義の申し子であり ［……］ 西部全域を分譲し販売してきた何世代にも渡る開発業者と不動産業者の最高潮に達した投機の成果なのだ」と前出のデイヴィスが述べるように[28]、ロサンゼルスの歴史とは次から次へと作り出される分譲開発ブームとバブル崩壊の連鎖からなる無軌道な不動産開発投機の歴史に他ならないことはくりかえし指摘されてきた。[29] ドーナツ状に

開発が広がる従来型の大都市とは違って、無秩序に切り取られた土地が区
画整備され命名され分譲され売り出される……そのような郊外都市がハイ
ウェイで数珠つなぎに連なる——すべての人間に労働力としての値札が付
されているのと同様、すべての住所には不動産としての、分譲開発地とし
ての価格が付されてきたのがロサンゼルス発展の背景にある。

　ロサンゼルスは 1880 年の国勢調査では全米第 187 番目の都市であっ
た。[30] 本格的分譲開発ブームがはじまる 1920 年には約 57 万人だった市の
人口が 10 年後 '30 年には倍増し 120 万を超える。'23 年だけでも 1 万 1
千エーカーの土地が 2 万 5 千軒に分譲され、'24 年の時点でロサンゼルス
には 4 万 3 千人を超える不動産業者がいたといわれている。[32]

　住所が示す価値には鈍感だったミルドレッドにとっても不動産の所有は
ロマンスや家族関係の構築と分かちがたく結びついていた。ぶどう畑所有
者から一夜にして分譲開発不動産業社長になった最初の夫バート・ピアー
スとの出会いは、グレンデールでのピアース住宅物件の内覧がきっかけだ
った。そして長らく続いた愛人関係が冷めきったにもかかわらずモンティ
と 2 度目の結婚を画策するのも、落ち目になった彼からパサデナの邸宅
を購入することで自分とグレンデールとを捨てた娘のヴィーダを取り戻す
ためだったのである。しかし結局身の丈を越えた不動産購入によって経済
的破綻を招き、最初の愛人ウォリーと元同僚アイダに事業を乗取られ、娘
には再婚相手を寝取られてしまう。

　『ミルドレッド・ピアース』の登場人物たちがロサンゼルス郊外で不動
産をめぐる人生ゲームに興ずる一方で、宵村の登場人物は日本人街ゲット
ーに閉じ込められていることはすでに述べた通りで、ミルドレッドが徒歩
で一瞬経験する方向感覚の喪失は彼らの日常だったといえる。加えて
1913 年のカリフォルニア外国人土地法によって市民権を取得できない外
国人は土地の所有と 3 年を超える賃貸契約が禁止されていた。ケインと
宵村のふたつの小説はどちらも女主人公が無能な夫から経済的に自立する
ためにロサンゼルス郡の飲食業で働く物語である。ふたりは経済的な成功
を得ることで新たな夫を手に入れるが、実質的な社会階級の移動や満足な

家庭生活を実現することはできない。したがって、どちらの小説も家庭の主婦であるヒロインがその立場から逸脱するように見えて結局それを達成することができない物語であるともいえる。けれども不動産と移動に着目するとき、ふたりの世界は決して重ならないことが明らかになると同時に、それこそがロサンゼルスの現実であることも明白となるのだ。

　宵村の小説は文学史上、地理上、読者層の点でも、きわめてマージナルな位置にあることはいうまでもない。けれども境界的 (liminal) な存在であるがゆえに、宵村の作品は今日文学史上の時代区分を改めて検討する際に鍵となるさまざまな問題を浮き彫りにする。それはある言語で書かれたテクストの帰属の問題であり、その読者層の位置づけであり、書き手・読者・テクストの地理的移動や翻訳を通じた移動が果たす役回りであり、新聞小説やハードボイルド小説といったいわゆる「通俗小説」と「純文学」との絡みであり、自然主義文学とモダニズムという時代区分の問題であり、映像メディアが文学の執筆と批評とに与えた影響、プロレタリア文学を含む労働を描く文学のモダニズムにおける位置づけ、そしてハイ・モダニズム的コスモポリタニズムとはまた別種の都市の文学ノワールの可能性である。

　東海岸やヨーロッパからハリウッドに流れてきたインテリゲンチャたちがロサンゼルスに新たな運命の予感を感じながらも結局はすべてが資本の力に跪く文化不毛の街に対して軽蔑を露わにする——デイヴィスは移住文化人のアンビヴァレンスにノワール的感受性の萌芽を認めている。[32] ノワール都市とは、歴史・文化のある東部の都市の陰画であるとすれば、宵村の小説世界はケインの描くロサンゼルスの二重の陰画、ダブル・ネガティヴと言えるかもしれない。

注

本研究は JSPS 科研費 JP16H03393 の助成を受け、日本英文学会第 90 回全国大会シンポジアム「モダニズムの現代性──空間、情動、メディア・テクノロジー」(2018年 5 月 20 日）での発表「アナクロニスティック・モダニズムとしてのノワール小説」を改稿したものである。

1　英訳版は *Lament in the Night* と表記して、日本語原典『夜に嘆く』と区別する。
2　Kaya Press. "Lament in the Night."
3　Naomi Hirahara. "About Naomi."
4　ブックトレイラー等はカヤ・プレスのウェブサイトを参照。(Kaya Press, "Lament in the Night")
5　諏訪部浩一『ノワール文学講義』巻末年譜参照。
6　Marc Shell and Werner Sollors, eds. *The Multilingual Anthology of American Literature: A Reader of Original Texts with English Translations*; Yogita Goyal, ed. *The Cambridge Companion to Transnational American Literature*. 参照。
7　「生まれながらに翻訳」の定義については、ウォルコヴィッツの序章を参考のこと (Walkowitz, 1–48)。
8　Helen Groth and Paul Sheehan. "Introduction: Timeliness and Untimeliness." 579.
9　Andrew Leong. "Notes; Translator's Afterword; Appendices." 396–404. および永原宵村「巻末に」『夜に嘆く』111.
10　Andrew Leong. "Notes; Translator's Afterword; Appendices." 396–404. および永原宵村「書後」『お里さん』(第 147 回)
11　永原宵村『夜に嘆く』73–76. 以下小説『夜に嘆く』もしくは *Lament in the Night* から引用の際は、引用後かっこ内にページ数を示す。
12　Mark T. Conard. "Introduction." 1.
13　タフガイの掟についてはハーシュの定義を参照 (Hirsche, 31–32)。マッデンのケイン論に見られるように、1970 年ごろまでは「ハードボイルド小説」と「タフガイ小説」はほぼ同義に用いられていた (Madden, 20–22)。だが今日タフガイ的ヒーロー像は修正され、「典型的ノワール的男性主人公は弱く、戸惑いがちで不安定かつ能力に欠けた傷ついた男たちで、一連の心理的症状に苦しみ直面する問題を解決することができない」(47) とスパイサーが指摘するような、アメリカ的英雄の美徳を欠く弱いアンチヒーローとしてみなされる傾向がある (Spicer, 47)。
14　Robert G. Porfirio. "No Way Out; Existential Motifs in the *Film Noir*." 77–85.

15　フィルム・ノワールとネオ・ノワールの関係については、ギルモアを参照 (Gilmore, 119–36)。

16　Mike Davis. *City of Quartz: Excavating the Future in Los Angeles.* 45–46.

17　David Madden. *James M. Cain.* 18; Paula Rabinowitz. *Black & White & Noir: America's Pulp Modernism.* 11, 15–18.

18　Andrew Leong. "Notes; Translator's Afterword; Appendices." 389–400.

19　「通俗小説」「家庭小説」については、前田を参照（前田、152–54, 168–77）。

20　永原宵村「書後」『お里さん』（第 147 回）

21　David L. Ulin. Introduction. 12–13.

22　James M. Cain. "Paradise."

23　Donna M. Campbell. "Taking Tips and Losing Class: Challenging the Service Economy in James M. Cain's *Mildred Pierce.*" 2–7.

24　James M. Cain. *The Postman Always Rings Twice; Double Indemnity; Mildred Pierce; and Selected Stories.* 263. 訳は引用者による。以後ケインの小説から引用の際は、引用後かっこ内にページ数を示す。

25　James M. Cain. "Paradise."

26　永原宵村『お里さん』第 20 回。以後小説『お里さん』から引用の際は、引用後かっこ内に連載回を示す。

27　『お里さん』は主人公の渡航・入港・上陸に小説の約 3 分の 1 を費やしている。

28　Mike Davis. *City of Quartz: Excavating the Future in Los Angeles.* 25.

29　ロサンゼルスの歴史と不動産投機の密接な関係については以下を参照のこと。Mike Davis. *City of Quartz: Excavating the Future in Los Angeles*; David Fine. *Imagining Los Angeles: A City in Fiction*; Robert Mayer, comp. and ed. *Los Angeles: A Chronological & Documentary History, 1542–1976*; Kevin R. McNamara, ed. *The Cambridge Companion to the Literature of Los Angeles.*

30　Mike Davis. *City of Quartz: Excavating the Future in Los Angeles.* 25.

31　David Wyatt. "LA Fiction through Mid-Century." 37.

32　Mike Davis. *City of Quartz: Excavating the Future in Los Angeles.* 17–24.

引用文献

Cain, James M. "Paradise." 1933. "James M. Cain's 'Paradise,'" *Los Angeles Times*, 1 January 2012, articles.latimes.com/2012/jan/01/entertainment/la-ca-cain-essay-20120101.

——. *The Postman Always Rings Twice; Double Indemnity; Mildred Pierce; and Selected Stories.* Everyman's Library, 2003.

Campbell, Donna M. "Taking Tips and Losing Class: Challenging the Service Economy in James M. Cain's *Mildred Pierce*." *The Novel and the American Left: Critical Essays on Depression-Era Fiction*, edited by Janet Galligani Casey, U of Iowa P, 2004, pp. 1–15.

Conard, Mark T, ed. *The Philosophy of Neo-Noir*. UP of Kentucky, 2007.

——. "Introduction." Conrad, *The Philosophy of Neo-Noir*, pp. 1–4.

Davis, Mike. *City of Quartz: Excavating the Future in Los Angeles*. 1990. Vintage, 1992.

Fine, David. *Imagining Los Angeles: A City in Fiction*. U of Nevada P, 2000.

Gilmore, Richard. "The Dark Sublimity of Chinatown." Conrad, *The Philosophy of Neo-Noir*, pp. 119–136.

Goyal, Yogita, ed. *The Cambridge Companion to Transnational American Literature*. Cambridge UP, 2017.

Groth, Helen and Paul Sheehan. "Introduction: Timeliness and Untimeliness." *Textual Practice*, vol. 26, 2012, pp. 571–585.

Hirahara, Naomi. "About Naomi." *Naomi Hirahara: Edgar Award-Winning Author*, www.naomihirahara.com/bio.html.

Hirsche, Foster. *The Dark Side of the Screen: Film Noir*. 1981. Da Capo P, 2001.

Kaya Press. "*Lament in the Night*." *Kaya Publishes Books of the Asian Pacific Diaspora*, kaya.com/books/lament-in-the-night/.

Leong, Andrew. "Notes; Translator's Afterword; Appendices." Nagahara, *Lament in the Night*, pp. 371–449.

Madden, David. *James M. Cain*. Twayne Publishers, 1970.

前田愛「近代読者の成立」『近代読者の成立』前田愛著作集第二巻. 筑摩書房，1989. 3–259.

Mayer, Robert, comp. and ed. *Los Angeles: A Chronological & Documentary History, 1542–1976*. Oceana Publications, 1978.

McNamara, Kevin R, ed. *The Cambridge Companion to the Literature of Los Angeles*. Cambridge UP, 2010.

Nagahara, Shôson. *Lament in the Night*. Translated by Andrew Leong. Kaya P, 2011.

永原宵村『お里さん』(1)~(147)『羅府新報』7 Nov. 1925~8 May 1926.

——. 『夜に嘆く』草土社，1925.

Porfirio, Robert G. "No Way Out: Existential Motifs in the *Film Noir*." Silver, pp. 77–93.

Rabinowitz, Paula. *Black & White & Noir: America's Pulp Modernism*. Columbia UP, 2002.

Shell, Marc and Werner Sollors, eds. *The Multilingual Anthology of American*

Literature: A Reader of Original Texts with English Translations. New York UP, 2000.

Silver, Alain and James Ursini, eds. *Film Noir Reader*. 1996. Limelight Editions. 2003.

Spicer, Andrew. "Problems of Memory and Identity in Neo-Noir's Existentialist Antihero." Conrad, *The Philosophy of Neo-Noir*, pp. 47–64.

諏訪部浩一『ノワール文学講義』研究社, 2014.

Ulin, David L. Introduction. Nagahara, *Lament in the Night*, pp. 9–13.

Walkowitz, Rebecca L. *Born Translated: The Contemporary Novel in an Age of World Literature*. Columbia UP, 2015.

Wyatt, David. "LA Fiction through Mid-Century." McNamara, pp. 35–47.

From Magical Essence to Schrödinger's Monkey:
Islands in the Literature of the Indian Diaspora

Nathaniel Preston

I. The Island as a Trope of an Ambiguous India

What is India? This simple, seemingly innocuous question is slippery to the point of being unanswerable. This has nothing to do with the supposed inscrutability of Asian civilizations and everything to do with India's size, diversity, and complex history. Right now, more than 1.3 billion people call India their home, and if we include the populations of Pakistan and Bangladesh, we get approximately 1.7 billion people living in the heart of the South Asia region. Combine this with hundreds of spoken languages, several major religious traditions (Hinduism itself is a kaleidoscope of religious traditions), not to mention three millennia of textual history on top of the even older Harappan civilization and tribal cultures, and it is easy to see why making definitive statements about India is a perilous venture.[1]

At the same time, "What is India?" is an unavoidable question in the age of globalization. Before the British Raj and Indian independence movement forced the question of national identity into prominence, Indian intellectuals have historically been uninterested in representing or labelling their civilization for outsiders. The name "India" itself was devised by Persian and Greek people and refers only to the lands beyond the Indus River. We can certainly find names like "Bharat" (a metonymic name for India drawn from that of a semi-mythological emperor) and "Arya-varta" ("land of the Aryans") that have been created by Indian people to describe their country,[2] yet the small number of such terms and their rarity bespeak a lack of national self-consciousness in premodern India.

One reason for this tendency is the fluid shape and composition of "India" itself over the course of a myriad of empires and dynasties. During the arguments about Partition leading up to 1947, Muhammad Ali Jinnah, the leader of the All-India Muslim League, had history on his side when he pointed out that no time in the past twelve hundred years had the Subcontinent been unified under a single political banner encompassing Hindus and Muslims.[3] As Jinnah emphasized, "One India" had never existed, yet the political denial of this myth through the hasty enactment of Partition in turn thrust a horrible fate on millions of human beings. The problem of defining India thus takes on greater urgency when considered in regard to questions of borders, as it has led to political upheavals, an ongoing conflict, and human tragedy.

The instability of definitions of India and its borders also complicates issues of identity that Indian people face as members of a transnational Indian diaspora. The scholar Rajagopalan Radhakrishnan, for instance, expresses his concern at seeing an elderly Indian man lecture the younger generation about the religious significance of the Deepavali holiday which they were celebrating:

> The Indian gentleman's address to his audience of first-generation Indian-Americans raises several insidious and potentially harmful conflicts. First it uses religious (Hindu) identity to empower Indian ethnicity in the United States, which then masquerades as Indian nationalism. What does the appeal to "roots and origins" mean in this context, and what is it intended to achieve? Is ethnicity a mere flavor, an ancient smell to be relived as nostalgia? Is it a kind of superficial blanket to be worn over the substantive US identity? Or

is Indianness being advocated as a basic immutable form of being
that triumphs over changes, travels, and dislocations?[4]

Radhakrishnan's essay raises many such questions, preferring to do so
than to "seek ready-made and ideologically overdetermined answers."[5]
Perhaps as a result of the difficulty of the issues he addresses, Radhak-
rishnan writes as a father as well as an academic, employing narratives
related to his and his son's experiences to bring a sense of lived urgency
to his examination of theoretical concerns. This approach suggests how
the difficult questions surrounding the ethnicity of those belonging to the
Indian diaspora invite exploration through evocative and multifaceted
modes of imaginative writing.

It is therefore hardly surprising that Indian-origin writers often seek
to locate the meaning India or Indianness through symbols that suggest
rather than define. In "When Mr. Pirzada Came to Dine," Jhumpa Lahiri,
for instance, uses a carved wooden box, ornate yet empty, to evoke her
protagonist Lilia's unfulfilled need for a tie to her parents' home country.
Bharati Mukherjee likewise conjures up the apparition of an astrologer
who affectionately hectors the eponymous heroine of the novel *Jasmine*
as she reincarnates herself into multiple diasporic selves. Salman Rushdie,
focusing on India itself rather than the margins of diaspora, uses the
telepathic, crumbling, elephant-nosed Saleem Sinai to explore the fragile
unity among the members of the newborn Republic of India. Each of
these literary treatments affirms the complexity of identity issues by
opening the door to a multitude of symbolic meanings.

Interestingly, two lesser-known novels of the Indian diaspora use
islands to represent India and explore issues of diasporic identity. Indira
Ganesan's 1990 novel *The Journey* situates its teenage protagonist's
identity crisis on the fictional island of Pi, a tiny, autonomous country
located off the coast of Tamil Nadu. Likewise, in the 1997 novel *The*

Mistress of Spices, Chitra Banerjee Divakaruni sends her Indian protagonist to an unnamed island off the coast of India. There, she refines her inborn psychic abilities by studying a form of magic based on spices, and she is thereafter dispatched to Los Angeles to succor the immigrant community while disguised as the aged proprietress of an Indian-foods store. Though the novels thus vary greatly in style, they are significant for their creation of explicitly non-Indian islands in the coastal waters of the subcontinent. Unlike Amitav Ghosh, for instance, whose *The Hungry Tide* explores life on the very real Sundarban Islands in the Bay of Bengal, Divakaruni and Ganesan need, or at least prefer, imaginary islands to serve their literary purposes.

One motivation behind their strategy might be a desire to posit the islands as intermediary points between Indian and Western societies. Indeed, constructing the islands as culturally close to India but outside its geographic and political borders gives them a double nature as Indian and non-Indian at once. They thus function as Foucauldian heterotopias, mirroring and distorting the large bulk of the subcontinent looming over the horizon. While he does not mention islands specifically, Foucault posits the ship as "the heterotopia par excellence,"[6] and an island's smaller size and self-contained nature places it into much the same relationship with life on shore. An island is at once a world unto itself and a fragment that has been plucked from a larger landmass and cast adrift in the ocean.

II. Ganesan's Undefinable Pi

Ganesan draws on this doubleness of the island to depict the island of Pi as a liminal space between India and the US that allows her protagonist, Renu Krishnan, to come to self-understanding at the locus of the two worlds that have shaped her. Renu has lived on Pi with her extended family, including her cousin Rajesh, until age 10. Then Renu moves with her family to New York, undergoing the untimely death of her father and helping her mother hold the family together. Renu thus seems to be drifting away from Pi, but at age 19, she is forced to return to the island by Rajesh's sudden death in a railroad accident.

Ganesan explores Renu's plight of being Indian and not-Indian all at once by having her return to Pi just as she reaches the cusp of adulthood, This identity crisis, a familiar theme in Asian-American literature, affects Renu alone within the Krishnan family. Her younger sister Meenakshi has crafted a sturdily American persona by buzzing her hair and truncating her culturally laden name to the androgynous nickname "Manx," thereby creating a verbal tie to both gender ambiguity and another, decidedly non-Indian island. Renu, in contrast, has been caught between American realities and her mother's intransigent adherence to island values. Renu has never been able to reconcile that gap; and as a child she idolized her friends' families to the point of "want[ing] to be the daughter of her friends' parents."[7] Unable to express these feelings, she fills her life with studies and domestic chores to the exclusion of dating and friendships. When a boy asks her to the school prom, she is unable even to explain to him why she feels compelled to refuse (132). Having no means of establishing deep relationships outside of her family, Renu cannot visualize her future life in America, and she avoids thinking about her studies and potential careers (104). Renu is thus paralyzed by being within US society but never truly of it.

Ganesan uses Renu's obsession with Rajesh to explore the danger of preferring a tidy binary opposition over the messy mingling that constitutes real life. Though the two are not twins, the whole family views them as such, as they were born on the same day to a pair of sisters who held hands as they delivered their babies. The book emphasizes the importance of this connection by opening with the premise that their fates are linked: "The women of [Renu's] mother's village say that if one twin dies by water, the other will die by fire" (3). Rajesh dies when his train plunges into a flooded river, and Renu's mother, ostensibly motivated by this folk belief, keeps Renu away from the stove on the day when they learn of Rajesh's death. Rajesh's mother likewise seems willing, almost eager, to view Renu's death as inevitable. The "twins," who originated on the island of Pi only to be shunted into different destinies, thus function as entangled particles, each of which can never be free of the other's influence.

For her part, Renu willingly takes on this role by staying obsessed with Rajesh. She considers him to have been both her only realistic romantic possibility and the twin better suited to living in the US (132; 155). She is literally haunted by her cousin, seeing his shade repeatedly and dreaming of his watery demise (22). Convinced of her own impending death, she cannot muster the energy to resist her mother's efforts to arrange a marriage partner for her (48). The only thing she cares about is losing herself in memories of Rajesh. This obsession is not healthy, as she partially realizes: "With half her mind, she knew she was crazy to indulge, but the sweetness of the memory, the way she could float so easily into the past and pass time there was so pleasurable, she couldn't bear to stop. Like an addict with a secret cache of chemicals, she whet her desire frequently" (33). Her addiction to memories of Rajesh is so intense that she refuses to entertain the objective views of others. When she seeks advice from Marya the Seer on a visit to the pleasure town of Trippi, Renu does not receive the sympathy that she expects. Instead, Marya tells Renu a long story about her own husband's serial infidelities and how he expected her to forgive him, because, to him, all women were but echoes of Marya's beauty, just as Krishna saw Radha in all of the women with whom he dallied (124). By telling Renu how she refused this justification, Marya warns Renu that a woman must face life as an individual, not an archetype, and she terms Renu's obsession with Rajesh as "necrophilia" because "he doesn't exist as he was, only as you [Renu] have created him" (126). Renu initially rejects this lesson, insisting that "[h]aving a twin is special. . . . Rajesh could live for me and I for him, only we didn't have to be together, but we were connected by an invisible string" (126). Renu is thus unable or unwilling to face the future as an individual. She can see herself only as part of a tandem in which Rajesh affirms her existence by providing a reference point that defines her.

This is the central conflict of this novel, one that comes to a head when Renu encounters "an oil drum lit with fire" that someone, perhaps a chestnut vendor, has abandoned on the beach (156). Only when the giantesses who have frequented her dreams appear before her, does she realize that she needs to let Rajesh go and abandon the folly of making herself his sati bride. She then cuts off her mother's marriage schemes and announces her intention to return to New York.

This journey that Renu makes through the depths of grief to an eventual realization of independent subjectivity is illuminated by the novel's setting. Pi, culturally Indian without being part of India, provides a multi-layered expression of the very mixed-up, hazy selfhood that Renu finally allows herself to accept. The narrator's summation of Pi underlines both its traumatic aloneness and uncertain nature: "Imagine a chunk of India that is not quite India torn free to float in the Bay of Bengal—this is Pi" (17). Pi is thus a figure of Renu's own trauma of isolation and identity issues. Renu feels like "an errant satellite in need of a motherly body; something large to use as a fixed point" (30). Both she and the island need an other to define and understand themselves. Like the pi we learn about in geometry class, Pi is a ratio in the sense that its value is determined from a relationship. Further, while it is a constant, its identity can never be fully known.

But even if we cannot pin Pi down exactly, let us explore the tantalizing phrase "a chunk of India that is not quite India." What exactly is the difference between Pi and India? Ganesan's Pi certainly has ethnic and religious diversity, a variety of social conflicts, a long, violent, and multi-layered history of being colonized. In short, there is no clear trait that marks Pi as being non-Indian. Its lush climate does differentiate it from the more arid regions of the Subcontinent, but by the same token any Indian locality would fail to represent the whole of the country. Perhaps the closest we can get to defining the island is by noting its mixed nature, particularly the way it collects various cultures in a way that unsettles our assumptions about cultural power. Pi is at once the object of curiosity for Western hippies and truth-seekers and an inquiring subject that interrogates the West through activities such as a university colloquium on the art of Mario Merz (120). Likewise, the predominantly Hindu island brings together multiple ethnicities in relative harmony despite the island's violent history. One striking image of this sort of easy coexistence is that of a Muslim woman working amid elderly British people and African exchange students in the capital's French quarter (55–6). Ganesan further ties her Pi characters to the West by introducing the characters of Freddy Flat, an itinerant American college dropout who eventually becomes involved with Renu's sister Manx, and Alphonsa, a Spanish woman who married Renu's uncle Adda and then secretly fell in love with Adda's best friend Amir after she and Adda came to live on Pi. The island of Pi thus appears to be exceptionally open to Western culture, attitudes, and individuals.

Further, the novel calls attention to moral ambiguities arising from the process of colonization. When the group of Freddy, Manx, Renu, and Amir's adopted son Kish visit the tourist city of Trippi, they visit the Antonin Monument. Louis Antonin was a French military commander "whose cruelty on the battlefield was unyielding until he underwent a remarkable conversion" (99). During a pre-Independence uprising, 512 islanders were killed, as were 512 French soldiers. This twinning of losses touched Antonin's heart and sent him to a Jain monastery, where he resided until being bathetically struck and killed by a milk truck. The meaning of the monument is thereby unsettled. Does it represent the merciless killer, the holy penitent, or the klutz who stumbled into the street? The islanders settle on the penitent and preserve the monument after Independence—Renu's Aunt Bala encouraging the young people to visit it and bring back prasad—yet the bloody history remains (99).

Antonin's death by milk truck recalls the untimely demise of the famed narratologist Roland Barthes, who, in at least one version of the story, died after being struck by a milk truck as he walked through the streets of Paris.[8] This darkly humorous allusion to the death of the man who himself proclaimed "the death of the author" punctuates Ganesan's examination of colonialism with a meta-level skylight left open to a space devoid of intentionality, even as it pokes fun at Ganesan's own role in directing our gaze thither. In the context of Antonin's significance in conflicts related to colonization, the reference to Barthes helps to emphasize the lack of a centralizing intention that might allow any single interpretation to be regarded as the dominant or correct one.

Just as Antonin is at once butcher and saint, the entire Hindu society of Pi holds an ambiguous status. Long before they became the victims of European empire-building, they displaced the indigenous Banac tribe, co-opting the Banac guardian deity Aburanger, a "semilateral descendent of the sphinx," into a god bringing financial and technological success (137). Renu reflects on the plight of the Banac when the traveling party leave Trippi and return with Kish to see Amir in the tiny village of Cosu:

If she were in Delhi, she could see their prayer bowls, their body ornaments, even a reconstructed cooking site in a museum. But the island had lost them, the purposely homeless had been denied wandering ground. The island had been occupied so many times, no one held any real claims. Even she had no birthright, and by leaving had become as foreign as any invader. (138)

Here Ganesan's emphasis is not on excusing Western colonialism through the logic of relativism so much as it is on using the tangled history of Pi to illuminate Renu's psychological predicament. Lacking a fixed reference point in terms of cultural power, Renu's status as oppressor or oppressed once again becomes uncertain. As a figure of Renu's identity crisis, the island of Pi seems to signify the pervasive ambiguity that arises from the collision of cultures.

At the heart of Renu's need for a defining other lies a moral crisis that she can never resolve. When she and Rajesh were children on Pi, they enjoyed playing with bows and arrows that Grandfather Das taught them to make. From their perch on the roof they fired arrows at the same time. Though their only purpose was innocent play, their volley was greeted by the sound of an impact and a glimpse of something falling. Rushing to see the result of their shot, they discovered a young monkey dead at the base of the sacred jasmine tree, "much like their baby cousin in sleep" (8). The adults, not knowing of the children's possible culpability for the monkey's death, conclude that the monkey god Hanuman has sacrificed himself for them, and they proceed to build a small shrine to commemorate the "miracle." The children, however, feel themselves to be responsible, and Rajesh impulsively denies their involvement to Chandran the gardener. Hiding the fact does nothing to assuage their sense of guilt: "Renu wondered if they were destined for reductive reincarnation, if they'd be turned into moths or spiders. Maybe it would be only Rajesh who would get into trouble, since he had lied first, but since they were twins, Renu thought in a rush of loyalty and melodrama, she shared in his fate" (13). In the face of uncertain responsibility, Renu chooses to align herself with Rajesh's clearer moral status, again making him the body around which she orbits. Rajesh soon forgets the incident, but Renu cannot let go. Significantly, her guilt seems tied to her status as a Hindu islander: "Whenever she slipped into the American way of life, when she stopped wearing the red *tikká* on her forehead, when she stopped going to temple, she could not free herself of the idea that the gods were still hunting her, that they were waiting to seek retribution" (14).

Her sense of continuing guilt shared with Rajesh leads her to conclude that she must die by fire, as her "twin" has tied by water, and brings her to her final confrontation with death in the shape of a burning oil drum on the beach. She longs to climb into it as a culmination of what she imagines to be her destiny as Rajesh's twin. Flinging herself into the burning oil drum in an act of sati would cement her status as the virtuous bride of her cousin, but it would also constitute the end of her existence as a living, growing, and changing human being. The dead-end status of sati goddess becomes an emblem of the self-abnegation that Renu has practiced in observing island values during her teenage years in New York.

To pull back from this dead end and return to the world of the living, Renu must absorb the lesson of Pi's ambiguity: she has to stop seeking clear resolutions and binary relationships, and to accept herself as a morally and culturally ambiguous being. When she returns from her flirtation with death at the beach, she refuses her mother's marriage scheme and announces her intent to return to New York, after which she writes the following list:

    1. They killed the monkey with the arrow.

2. The monkey was divine and chose to be shot.
3. The arrow's flight and the monkey's fall had nothing to do with one another.

Staring at this list of possibilities, Renu reflects that "[n]o matter how long she thought about it, she would never know for sure. It wasn't a matter of cause and effect. She stared at the paper as if she'd written her own destiny" (168). The monkey will always remain in a state of indeterminacy. Unlike Schrödinger's cat, it is undeniably dead, but its moral status remains in a state of quantum indeterminacy, very much as Renu's own cultural status will remain jumbled and unclear. In accepting a world where she has no absolute by which to define herself, be it a cousin or a primal sin, she becomes free to move forward into a new and unbounded future.

Ganesan lures readers into sharing Renu's shift in perspective by evoking tropes of narrative closure that are ultimately defied by the novel's logic of quantum uncertainty. Most notably, the subplot involving Kish involves the reader in Renu's dilemma of identity by playing off of the tradition of the sentimental novel in ways that invite the reader to expect them to marry. As the son of Adda and Alphonsa, raised by Amir at Alphonsa's request, Kish is the cousin Renu never knew she had. Combining European and island bloodlines, raised by a revolutionary, determined to live in the United States one day, Kish is positioned as the perfect replacement for Rajesh. It is Kish who finds Renu asleep on the beach after her face-down with death, and Renu's mother mentions him as a viable marriage partner for her daughter (159; 165). Both of these developments happen at the end of chapters, leading us to expect that they will lead to a deeper relationship between the characters. Yet Renu leaves Kish behind with hardly a thought: when she learns he is uncle Adda's child, she cares enough to inform him about his parentage, but once this duty is fulfilled, she departs to pursue her own, separate journey forward. Ganesan thus invokes and then disrupts the sort of marriage-centered narrative unity that readers of sentimental fiction have come to expect.

Similarly, Ganesan allows the island of Pi to remain intact despite some foreshadowing that it will sink as a result of unbalanced human activity. When Manx loses her watch, Grandfather Das proclaims, "There's only one time worth knowing, and that's the day this land sinks" (35), and the bedridden grandfather later shocks his family by suddenly arising to visit the temple in Trivandur, climbing its five hundred stone steps by himself (37). When he returns he simply announces, "The island is sinking. . . . The god told me that there is nothing to be done" (42). He later warns the young people against undertaking their journey to Trippi: "The entire island is going to sink—what do you want to go shifting balances for?" (97). He likewise resolves not to attend the festival celebrating the completion of a Nigerian artist's bridge that symbolically ties Pi to the mainland. His reasoning is that his presence at home will "balance the land and keep it from tipping into the ocean" (170). This thread of the plot might seem to be a satire of a fatalistic and narrow-minded conservatism, were it not for the fact that the bridge that Grandfather Das criticizes will actually tie Pi closer to India and the Sanskrit-based religious tradition that he forces onto Renu and Rajesh. He thus lacks an ideological or emotional motivation to connect his fears for the island's stability to the bridge celebration. Indeed, Ganesan originally intended for his warnings to prove prophetic and planned for the island to sink, yet she changed her mind in the process of writing the novel.[9]

In making this decision, as in her choice to leave Renu a free particle without romantic entanglements, Ganesan invites her readers to anticipate an event that will not happen. She thus reveals a desire to avoid giving her narrative absolute closure. A union between Renu and Kish would suggest a final harmony for bicultural Renu, as Kish has equivalent ties to tribal, Muslim, Hindu, and European civilizations. Conversely, sinking the island would forever bereave Renu of a home base that represents her mixed, uncertain identity. Renu is leaving for New York, but as the novel's final sentence proclaims, the changes she experiences on Pi only make her "ready for her journey" (174). Pi must retain its existence as a place symbolizing how the difficult negotiation between self and family, chosen identity and real history, can be worked out.

Ganesan's decision to preserve Pi also shows the limits of the central literary allusion driving this novel. The name Pi originates with Dutch sailors who claimed the island for Holland in 1726 and dubbed it Prospero's Island, a name which became abbreviated to its initials of PI. Of course, Shakespeare's play *The Tempest* provides an oft-cited model of colonization, with the magic Prospero uses to control Caliban and Ariel symbolizing the power of the colonizer,[10] although Ganesan interestingly states that she had not yet encountered the term "postcolonialism" when she was writing this novel. Even so, her instincts led her to give Caliban an "anagrammatic tribute" in the name of the Banac tribe.[11] Whereas Prospero can leave his island behind and return to the solid reality of his home in Venice, Renu can only venture forward into the unknown, and she will need all the magic she can muster to survive. This may be the reason why Ganesan peppers her novel with literary allusions ranging from *The Fantastic Four* to *Wuthering Heights* to the *Ramayana* to works by Franz Kafka and Elizabeth Bishop. Renu's world is populated by imagined stories, and her key lesson is that she must create a new story of herself to replace the myth of Rajesh which has obsessed her throughout her teenage years. The magic of illusion which Prospero casts aside must continue to sustain her through her journey to come.

As part of its refusal of narrative closure and celebration of imagined realities, the novel's narrative style reflects a postmodern ethos that decenters the text from Renu's identity crisis. The text, while divided into three sections and a total of 24 chapters, is further broken into fragments ranging from a few lines to a few pages in length. This structure allows frequent jumps from one scene to another, which are then intensified by shifts in the central consciousness through which the third-person dialogue is filtered. The effect is impressionistic or even cubistic; we view the plot in a way at once rough-edged or pixelated while at the same time three dimensional through its compilation of multiple viewpoints on the same events. No single consciousness or perspective controls the narrative, a fact that shocks us once when Renu's consciousness first gives way to Manx's at the start of chapter four and again when Kish's story begins at the start of Part Two. Ganesan thus lulls us into expecting a deep and sustained exploration of Renu's inner demons only to repeatedly shift to other perspectives that challenge Renu's unrelenting grief about the loss of Rajesh, as we see Manx fret over getting proper radio reception to enjoy her favorite music or Kish's smiling acceptance of his complicated parentage (49; 166). We are led to sympathize with Renu so much that we become as reluctant as she is to admit that her obsession with Rajesh is a kind of necrophilia occupying the part of her psyche that her self-image normally would fill. Ganesan invites this reluctance only to disrupt it by forcefully shifting the perspective away from the microcosm of Renu's vision.

This is the point that seems to have hindered critical acceptance of *The Journey*, with many reviewers objecting to the emptiness at Renu's core, as well as to the shifts in narrative perspective. *Publishers Weekly* complained that "Despite her turmoil, Renu remains obscure, difficult to picture and understand."[12] Likewise, Sangeeta Mediratta observes that "characters are not quite filled in,"[13] while Marilou Wright remarks that "Renu is a young woman, coping with clinical depression, but the cause, her relationship with Rajesh, is not adequately developed."[14] The reviewer for *India Today* praised some aspects of the novel but expressed skepticism about Ganesan's vision for the characters, calling the second half of the novel "interesting but not wholly convincing."[15] What these criticisms fail to recognize is that Ganesan chooses not to develop a traditionally realistic portrait of Renu's crisis of diasporic identity. Renu's cultural displacement and ensuing identity conflict have left her essentially empty, and Ganesan uses an allusive, fragmented style to depict how Renu's move to the US has bereaved her of the stable identity enjoyed by the other characters. We see through characters like Manx, Freddy, Adda, and Amir that Ganesan has ample power to develop realistic and complicated characters. Her choice, then, to leave Renu as a hollow shell is a postmodern statement about the effects of cultural displacement. Renu herself does not know who she is, and the end of the novel is only on the cusp of that journey of discovery.

III. Divakaruni's Fantasy Island

A very different imaginary island is created by the Indian-American novelist Chitra Banerjee Divakaruni in her first novel, *The Mistress of Spices* (1997). Where Ganesan conjures quantum logic and self-referential narrative tricks, making her novel more postmodern than magical, Divakaruni jumps into the fantasy genre with both feet. We must therefore acknowledge from the outset that any comparison between these works has to allow for the differences in tone that these disparate genres employ. Ganesan's mosaic of narrative fragments will inevitably contrast with the glossy flow of Divakaruni's magical story.

Divakaruni's protagonist is born in a vaguely Indian village as Nayan

Tara, an unwanted girl child, but her powers of precognition and clairvoyance soon bring her wealth and power. Transformed from the lowest to highest in the family and village hierarchies, she becomes proud, spoiled, and willful, until her subconscious disaffection with her situation leads her to inadvertently summon a band of pirates, who destroy her village and abduct her. She becomes their queen but eventually abandons them, being guided by sea snakes to a place known only as "the island." There, she is trained as a Mistress of Spices by the Old One, who renames her Tilo (sesame) and eventually sends her to San Francisco to help people through the magic of spices in the guise of an elderly keeper of an Indian food store. She is forbidden from leaving the store or pursuing personal relationships. She fills that self-abnegating role for a while, but her desires get the better of her, and she betrays the spices and the Old One by forming a romantic tie with a Native American man named Raven and using the spices' magic to make herself appear youthful for her tryst with him. When she returns to the store, she prepares to accept the spices' punishment in the form of a conflagration known as Shampati's fire. But the spices fail to ignite. While Tilo sleeps, an earthquake hits San Francisco, and when Raven discovers Tilo amid the wreckage of her store, she has transformed back to her normal body, neither the wizened crone as whom she served her customers nor the flawless beauty who dallied with Raven. Raven nonetheless recognizes Tilo and tries to take her away from the city. Tilo, however, insists on returning to help the earthquake victims, and he eventually agrees to join her after giving her a new name, Maya.

　　This extravagant plotline certainly contrasts with the simple human story of *The Journey*, and Divakaruni's island is quite ethereal and hazy compared to Ganesan's detailed portrait of "a chunk of India that is not quite India." Yet these texts share an important similarity: Tilo resembles Renu in that moving to the US triggers a crisis about her place in the world. And both of those crises center on a denial of self: Renu's "Indianness" is an asexual and self-effacing morality required of unmarried women, and Tilo's is a renunciatory path in which her devotion to the spices' power restricts her to serving others. The two protagonists, however, approach their heritages quite differently: Renu becomes unable to voice, or even admit within herself, any desires that violate Indian cultural norms, whereas Tilo, moved by her attraction toward Raven, clearly senses and seeks to actualize her own impulses toward selfhood.

This difference in the protagonists' level of agency aside, the novels follow some of the same strategies to explore the immigrant's identity crisis. First, both characters lack a clearly defined self. As discussed above, Renu's necrophilic attachment to Rajesh obscures her fundamental lack of a realized self. Likewise, Tilo's multiple names generate uncertainty about her real identity. She is born as Nayan Tara, a name which she asserts to mean not only "Star of the Eye" or "Star Seer" but also "Flower that Grows by the Dust Road."[16] When she is captured by the pirates, they rename her Bhagyavati, a Hindu name which means "Bringer of Luck" (19) but which Tilo redefines as "bringer of death" in reference to a pair of disasters, befalling her home village and the pirates themselves, that are triggered by her repressed desires (23). She then is given the name Tilo, a shortened version of Tilomatta, by the Old One "after the sun-burnished sesame seed, spice of nourishment" (5). This wholesome name might seem to reconcile and balance the disparate meanings of her first two names, but her volcanic desires prevent her from becoming an uninvolved nourisher of others. Nor does her final name, Maya, indicate a resolved, final identity, as it suggests the unending play of illusion in the Hindu cosmology.[17] She, like Renu, will need to continually reinvent herself to live an ordinary life as an American resident. While Renu seems likely to sustain herself by drawing on the Prospero-like power of creative imagination, Tilo in her new avatar of Maya gives up her magic to express the powers of nature behind the world of manifold appearances.

Accordingly, where Renu faces a singular vision of herself as Rajesh's sati bride while she gazes into the burning oil drum, Tilo faces her multiple identities when she looks in the mirror that, as a Mistress of Spices, she is forbidden to use. The spices' magic has made her face perfect, with only her eyes revealing the cluster of selves lurking beneath the surface: "It is a face that gives away nothing, a goddess-face free of mortal blemish, as distant as an Ajanta painting. Only the eyes are human, frail. In them I see Nayan Tara, I see Baghyavati, I see the Tilo who was" (297–8). Far from integrating her various identities into a perfect whole, the beauty magic only masks over them in a way that Tilo finds frightening. Divakaruni suggests that Tilo's truest nature cannot be crystallized into a monolithic form, however beautiful that form may be. Instead, as her final name of Maya suggests, Tilo is herself a flowing succession of changes and transformation.

Tilo's multiple names also provide an opportunity for Divakaruni to introduce allusions to other Indian works and writers. And this inter-textuality is another point of similarity with Ganesan, although this element is far less salient than it is in *The Journey*. Most notably, the name Nayan Tara evokes the Indian writer Nayantara Sahgal, who as the niece of Jawaharlal Nehru had an insider's view of the emergence of an independent India, and who, as "one of the best-known writers of the post-Independence era," must seem like an important trailblazer to the younger Divakaruni.[18] Sahgal's novels, such as *This Time of Morning* (1965), *Storm in Chandigarh* (1969), and *Rich Like Us* (1985), depict female characters who "long for escape from patriarchal expectations for their behavior" and who proceed to challenge those expectations.[19] Sahgal's writing may have influenced Divakaruni, as suggested not only by this thematic similarity but also by their common use of religious and cultural elements: Sahgal also incorporates sati as a literary element, using it "to give a personal dimension to women's self-sacrifice while simultaneously serving national ends."[20] Divakaruni complements this link to an immediate predecessor with another reference to an older literary antecedent. Tilo's second name, Bhagyavati, given to her by the pirates, happens to be the title of one of the first Hindi-language novels in its variant spelling of *Bhagyawati*. This novel was written in the early 1880s by the religious teacher Shraddha Ram of Phillaur and published posthumously in 1888. While it serves as a vehicle for conveying Shraddha Ram's religious viewpoints, *Bhagyawati* also asserts women's rights, particularly widow remarriage and the abolishment of child marriage.[21] Tilo's story, which otherwise has little in the way of connection to details of Indian history, becomes situated within an unfolding feminist literary heritage through these textual references. Tilo's final name of Maya thus extends beyond her individual story to suggest the dynamic multiplicity of Indian women over many generations.

In addition to evoking this sort of literary context to comment on the protagonists' mixed identities, both novels use the island heterotopia as a way to explore Indianness. However, where Ganesan uses Pi to embody the messy mélange of American and Indian elements in Renu's persona, Divakaruni depicts her unnamed island as a realm of essentially Indian spiritual purity. The sea snakes that tell Tilo of the island say that "it has been there forever," as have the spices that grow on it (24). Compared to the Old One's magic, Tilo's own "power was nothing," and as a result she nearly drowns when she tries to swim from her pirate ship to the island (34). The island is a sort of paradise, and the Old One its goddess. She rejects a thousand girls each year who come to study under her (35), and Tilo, whose hands are not fit for one who will become a Mistress, is accepted only because she is "the only one in whose hands the spices sang back" (36).

The spices, and the island where their properties can be studied, represent an ahistorical, eternal Indianness, which is shared by the Old One and Tilo. Tilo is accepted by the Old One because of their unique bond of affinity with the spices. And while spices are a universal of human culinary culture, those on the island are presented as Indian in their magical powers: For each spice, Tilo learns "the true-name it was given at first, when earth split like skin and offered it up to the sky" (3). The "true-name" of each spice is explicitly Indian; Tilo boasts that "from *amchur* to *zafran*, they bow to my command. At a whisper they yield up to me their hidden properties, their magic powers" (3). This passage reveals the ways in which the spices are Indianized. First, the italicization of the spices' names visually marks them as exotic and Indian. Further, Divakaruni uses Indian names to impress the authenticity of the spices and their powers upon the reader. Some, like amchur, a powder made from dried green mangos, are unique to Indian cooking, while others like zafran (saffron) are common in the cuisine of many countries but are Indianized through the use of Indian languages. In this case, saffron is "zafran" in several Indian languages, including Bengali, Hindi, and Urdu[22]. But Divakaruni's attempt to encompass all of India into a single, essential term cannot succeed. Indeed, the very diversity of India, which extends to major regional and linguistic differences, collapses into a single "true" word that fails to include the Dravidian languages that prevail in South India. Tamil speakers, for instance, might object to being left out of Divakaruni's India, as their "true-name" for saffron is "kumkumapoo."[23] In this way, Divakaruni posits the spices as ahistorical essences that elide the real diversity of the Subcontinent.

At first glance, this reduction of India to a handful of magical es-sences might dismay readers looking for a sophisticated treatment of the bicultural experience. As Radhakrishnan put it, Divakaruni seems to depict Indianness as "a basic immutable form of being that triumphs over changes, travels, and dislocations" in a way that may ruffle multicultural sensibilities and, as Radhakrishnan fears, could feed the rhetoric of Hindu nationalism.[24] Certainly the bold colors with which she paints contrast with Ganesan's nuanced exploration of the many uncertainties and ambiguities within both India itself and its relationship with Western colonial powers.

Yet both writers eventually reject essentialism. This is abundantly clear in the case of Renu, who accepts multiple uncertainties about her future, identity, and moral status. But Tilo, too, willingly sacrifices her mastery over the spices and their essential powers in order to live as an active participant in American society. To be a Mistress of Spices, she has to avoid personal entanglements with the people on whose behalf she uses her power. To assert her own subjectivity is an act of disobedience that will bring the ultimate punishment. The Old One warns the apprentices sternly about this danger:

> Once in a great while, a Mistress, grown rebellious and self-indulgent, fails her duty and must be recalled. Warning is sent to her, and she has three days only to settle her affairs. Then Shampati's fire blazes for her once more. But this time entering she feels it fully, scorch and sear, the razors of flame cutting her flesh to strips. Screaming, she smells her bones shatter, skin bubble and burst. (59)

When Tilo and the others were first sent on their assignments as Mistresses, they passed through Shampati's fire without physical suffering. They thus function as sati goddesses, protected from the agony of fire by the purity of their self-surrender. By rejecting her mission to wield essential powers without personal involvement, and by accepting the physical suffering that the fire will bring, Tilo becomes a normal, mortal human being who is incomplete, fragile, and able to love as she chooses. The name "Maya," which Raven gives her after this transformation, suggests her affinity with the world of transient appearances, and not with eternal spiritual realities. The fact that Tilo prefers this outcome to serving as a pure channel of the spices' energy suggests that Divakaruni, like Ganesan, is wary of any attempt to perfectly capture and transmit the essence of Indian culture.

The two authors thus advocate that Indian immigrants to the US should have substantial and positive identities as Indian-Americans who need not fit perfectly into either culture. Indeed, Tilo's discovery of her new middle-aged body suggests a positive acceptance of in-between states: "But what is this. Against my fingers the flesh is not prune-dry, nor the hair thinned to balding. The breasts sag a little, the waist is not slim, but this is not a body quenched of all its fragrance" (324). Neither young nor old, Tilo's body has a mixed condition in the wake of her crisis. Divakaruni's celebration of Tilo's in-between status forms a counterpoint to Renu's eerie combination of age and youth after she stares into the burning oil drum: when Kish discovers her, her white-singed hair and "sour breath" render her into the disconcerting figure of a teenaged crone (159).

This discrepancy in the protagonists' experience of crisis points to the biggest difference in the two authors' outlooks. Where Divakaruni emphasizes the liberating aspect of achieving one's diasporic identity, Ganesan calls our attention to the pain such a process entails. Indeed, some readers might find that Divakaruni's evocation of the theme of self-acceptance is undermined by the fact that Tilo gains both the forgiveness of the spices and the cooperation of Raven in pursuing her new and non-magical life. Tilo risks her very being to shed her restrictive identity as a Mistress of Spices, so when she painlessly receives both her freedom and the support of her lover, the magnitude of that choice is diminished. In contrast, Renu's weary steps away from the burning oil drum, made at the monumental cost of her Rajesh-centered identity, present a tough-minded assessment of the costs of finding agency within the Indian diaspora.

Still, Divakaruni's novel creates an intriguing parallel with Ganesan's, with both protagonists spending time on islands near the Indian coast and encountering the possibility of committing sati. The islands function as heterotopias of India in opposite but parallel ways: Ganesan's Pi fragments our assumptions about India and colonial power into a web of uncertainties, where Divakaruni uses her island to distill the real diversity of India into a mythologized essence. Likewise, the functions of the sati sacrifice are diametrically opposed. Renu is drawn to the sacrifice as a way to finalize her connection with Rajesh, using her own fire-death to assert a correspondence with his water-death. Tilo, in contrast, faces the prospect of anguish in Shampati's fire as a way to assert her desire to be an active, desiring subject. The two authors thus load their islands with different metaphorical functions and place them in different narrative locations, but in doing so they both create heterotopias that mirror and comment upon India as a way of crafting their literary visions of the diasporic experience.

Notes

1 Hopkins, 1–2 and Keay, Introduction.
2 Wolpert, 27 and 38, and Keay, ch. 2.
3 Jinnah.
4 Radhakrishnan, 121. The Deepavali holiday he discusses is also commonly spelled as Divali or Diwali.
5 Radhakrishnan, 129.

6 Foucault, 9.
7 Ganesan, 91. Subsequent references to the text will be cited parenthetically.
8 Currie, 49.
9 Ganesan and Misra.
10 Mannoni, 105.
11 Ganesan and Misra.
12 "The Journey"
13 Mediratta, 70.
14 Wright, 120.
15 Davidar.
16 Divakaruni 8–9. Subsequent references to the text will be cited parenthetically.
17 Hopkins, 71.
18 Gopal, 63.
19 Didur, 237.
20 Salgado, 61. For a portrait of Sahgal's life and literary activities, see Menon.
21 Pall, 841–2.
22 For a variety of translations, see "Saffron" and "'Saffron' Translation."
23 "Saffron."
24 Radhakrishnan, 129.

Works Cited

Currie, Mark. *Postmodern Narrative Theory*. Palgrave Macmillan, 1998.
Davidar, David. "Book Review: Indira Ganesan's 'The Journey.'" *India Today*, 30 Nov. 1990, https://www.indiatoday.in/magazine/society-the-arts/books/story/19901130–book-review-indira-ganesan-journey-813314-1990-11-30.
Didur, Jill. "Nayantara Sahgal (1927–)." *South Asian Novelists in English: An A-to-Z Guide*, Greenwood, 2003, pp. 235–242.
Divakaruni, Chitra Banerjee. *The Mistress of Spices*. Anchor, 1997.
Foucault, Michel. "Of Other Spaces: Utopias and Heterotopias." *Architecture/Mouvement/Continuité*, 1984, translated by Jay Miskowiec, http://web.mit.edu/allanmc/www/ foucault1.pdf.
Ganesan, Indira. *The Journey*. Beacon Press, 1990.
Ganesan, Indira, and Sima Mishra. "An Interview with Indira Ganesan." Feb. 2016, https://indiraganesan.com/interview/. Accessed 21 August 2018.
Ghosh, Amitav. *The Hungry Tide*. Mariner, 2006.
Gopal, Priyamvada. *The Indian English Novel: Nation, History, and Narration*.

Oxford UP, 2009.

Hopkins, Thomas J. *The Hindu Religious Tradition*. Wadsworth, 1970.

Jinnah, Muhammad Ali. "Presidential address by Muhammad Ali Jinnah to the Muslim League Lahore, 1940." *Islam in South Asia: Some Useful Study Materials*. http:// www.columbia.edu/itc/mealac/pritchett/00islamlinks/txt_jinnah_lahore_1940.html.

"The Journey." *Publishers Weekly*, 1 May 2001, https://www.publishersweekly.com/978-0-8070-8353-6.

Keay, John. *India: A History: From the Earliest Civilisations to the Boom of the Twenty-First Century*, Harper, 2010. Ebook.

Lahiri, Jhumpa. "When Mr. Pirzada Came to Dine." *Interpreter of Maladies*, Mariner-Houghton Mifflin, 1999, pp. 23–42.

Mannoni, Octave. *Prospero and Caliban: The Psychology of Colonization*. U of Michigan P, 2001.

Mediratta, Sangeeta. "Indira Ganesan (1960–)," *South Asian Novelists in English: An A-to-Z Guide*, Greenwood, 2003, pp. 69–71.

Menon, Ritu. *Out of Line: A Literary and Political Biography of Nayantara Sahgal*. Fourth Estate, 2014.

Mukherjee, Bharati. *Jasmine*. Grove, 1989.

Pall, Sheena. "Historical Significance of the First Hindi Novel from the Punjab." *Proceedings of the Indian History Congress*, vol. 65, 2004, pp. 841–851.

Radhakrishnan, Rajagopalan. "Ethnicity in an Age of Diaspora." *Theorizing Diaspora: A Reader*, Blackwell, 2003, pp. 119–131.

Rushdie, Salman. *Midnight's Children*. Random House, 2006.

"Saffron." *Pachakam*, https://pachakam.com/GlossaryDetail/Saffron=252.

"'Saffron' translation into Hindi." *Bab.la*, Oxford UP, https://en.bab.la/dictionary/english-hindi/ saffron.

Salgado, Minoli. "Myths of the Nation and Female (Self)Sacrifice in Nayantara Sahgal's Narratives." *Journal of Commonwealth Literature*, vol. 31, no. 2, 1996, pp. 61–73.

Wolpert, Stanley. *A New History of India*. 5th edition. Oxford UP, 1997.

Wright, Marilou Briggs. "Indira Ganesan (1960–)," *Writers of the Indian Diaspora: A Bio-Bibliographical Critical Sourcebook*, Greenwood, 1993, pp. 115–121.

Conjunctions and a Q-Implicature: A Study with Reference to *soshite* in Japanese and Sentence-Initial *and* in English[*]

Yasuomi Kaiho

1 Introduction

The purpose of the present paper is to reveal that the interpretation of *soshite* 'and' in Japanese and sentence-initial *and* in English pertains to a Q-implicature proposed by Levinson (2000) in the theory of generalized conversational implicature. Q-implicatures are derived on the basis of Q-principle, "[which requires speakers not to] provide a statement that is informally weaker than your knowledge of the world allows [and requires recipients to] take it that the speaker made the strongest statement consistent with what he knows" (Levinson 2000: 76).

In §2, we will look at cases where more than two items are conjoined with *soshite* and sentence-initial *and*, and reveal the function of the conjunctions in those cases. In §3, we will show the reason why recipients pay more attention to the second conjunct than to the first one when two items are conjoined. In §4, we will demonstrate when *soshite* and sentence-initial *and* can be used felicitously. Finally, in §5, we will present the conclusion of the paper.

2 Cases Where More Than Two Items Are Conjoined

2.1 Observations

Ishiguro (2000) has a viewpoint that we see or hear a final event after *soshite*. He defines a "final" event as an end point of a series of events organized in terms of resemblance, cause and effect or time. In

[200]

Ishiguro (2008: 90), he argues that *soshite* plays a role in adding an important piece of information at the end.

It is certain that *soshite* frequently indicates the last item on a list as in (1):

(1) Kanso chuiho, Osaka-fu   zen'iki,   Hyogoken-no
     dry air advisory, Osaka Prefecture whole area Hyogo Prefecture-GEN
     nanbu,   Kyoto-fu   nanbu,   soshite
     southern part Kyoto Prefecture southern part and
     Wakayamaken-no   zen'iki-ni   dete imasu.
     Wakayama Prefecture-GEN whole part-in has been issued
     'A dry air advisory has been issued in the whole area of Osaka
     Prefecture, the southern area of Hyogo Prefecture, the southern area
     of Kyoto Prefecture, and the whole area of Wakayama Prefecture.'

                                              (*Ohayo Nippon* January 17th, 2016)

However, an item immediately following *soshite* does not necessarily have to be the last one on a list. This is born out by the fact that the sentence *Sarani Tokushimaken hokubu ni mo dete imasu.* (The advisory has also been issued in the northern area of Tokushima Prefecture.) can occur immediately after (1). Example (2), where sentences are listed, also supports the viewpoint.

(2) Soko-wa   saisho hikkoshita-toki, hotondo niwa-rashii-niwa-ga
     The-place-TOP first   moved-when   almost garden-like-garden-NOM
     nai ie   datta. Doro-no   mon-kara genkan-made futsu-no
     NEG house was   road-GEN gate-from front door-to common-GEN
     ie-no   nikai-ni   agaru gurai-no   takasa-ga   atta.
     house-GEN 2nd floor-to go up degree-GEN height-NOM existed
     Soshite sono-yoko-ni-wa ichi-dai-bun-ni-wa   hiro-sugi,
     and   the-side-at-TOP one-CL-space-for-TOP large-too
     ni-dai-bun-ni-wa   sukoshi muri-ga   aru yona
     two-CL-space-for-TOP slightly impossibility-NOM exist seem

chushajo-ga.　　　　Sono-ue-ga, konkuriito-no hiroi terasu-ni natte-ita.…
parking-lot-NOM the-top-NOM concrete-GEN large terrace-in was

'When I moved to the house, we had some difficulty in finding what we call a garden. The front door is at the top of a flight of wide stairs stretching from the gate facing a road. The height of the stairs is about that of a two-story house. And beside the stairs was a place for parking which seems to be too large to park one car, but seems to be slightly small to park two cars. Above the parking space was a terrace made of concrete.…'　　(Kaho Nashiki *Fushigi na Rashinban* p.16)

In (2), the author describes what the external appearance of her house looked like when she moved there. She lists sentences explaining the characteristics of the appearance. The last item on the list is not the sentence starting with *soshite*, but the next sentence. The example demonstrates that an item immediately after *soshite* is not always the last item on a list, although hearers (readers) predict that the last item will appear immediately after *soshite*. In the next section, we will account for why we make such a prediction and why an item immediately after *soshite* does not have to be the last one on a list in terms of generalized conversational implicature.

2.2 The Function of *soshite* and Sentence-Initial *and*

We argue that the inference at work in (1) and (2) above is a Q-implicature. In the examples, it is assumed that when recipients recognize *soshite*, they infer that the following entity or sentence will be the last item on the relevant list. Putting differently, they make an inference that the number of items on the list is no more than the total number of items listed before *soshite* occurs and an item following it. Since hearers interpret what speakers say based on Q-principle, when they hear the sentence "Sue has two children," they infer that Sue has no more than two children. They assume that if Sue has more than two children, the speaker must have said so. By the same token, in cases where we hear or see entities or sentences listed using *soshite*, we infer that the number of items in the list is no more than the total number of items listed in the preceding context in which *soshite* appears and an item that occurs just after *soshite*. Just when we hear *soshite* in (1), we infer that the advisory has been issued only in Osaka Prefecture, the southern area of Hyogo Prefecture, the southern area of Kyoto Prefecture, and the whole area of Wakayama Prefecture. We assume that the number of areas where the advisory has been issued is no more than four. As soon as we see *soshite* in (2), we infer that the number of items describing the external appearance of the house is no more than three.

An implicature is characterized by cancellability. Here is an example demonstrating that it can be cancelled:

(3) Sue has two children. She has a third by her former husband.

(Levinson 2000: 61)

The Q-implicature that the number of children Sue has is no more than two arises from the first sentence in (3). The implicature is cancelled by the second sentence.[1]

We provide a viewpoint that the inference at work in (1) and (2) is an implicature on the basis of the fact that the inference can be cancelled. When we hear or see *soshite*, we infer that the ensuing entity or sentence will be the last item on the relevant list.[2] In (1), the inference can be cancelled by the sentence *Sarani Tokushimaken hokubu ni mo dete imasu*. ('The advisory has also been issued in the northern area of Tokushima Prefecture.'). In (2), the inference is cancelled by the last sentence. *Soshite* lets hearers and readers infer that the last item on the list will appear immediately after it. We can cancel the inference, which shows that the inference is an implicature.

As is the case with *soshite*, sentence-initial *and* enables recipients to infer that the last item on a list will occur immediately after the conjunction.[3]

> (4) My family are living all over the world. My father is working as an engineer in Dusseldorf. My mother is a doctor in Beijing. <u>And</u> my brother is working for a bank in London. Our family's dog is living in Tokyo for his work as an actor.[4]

In (4), three sentences are listed in the immediately preceding context in which the underlined sentence-initial *and* occurs. The conjunction allows the readers to infer that they will see the last item on the list immediately after it, although the inference is cancelled by the last sentence.

3. Cases Where Two Items Are Conjoined

3.1 Cases Where Two Items Are Adjacently Conjoined

When more than two items are conjoined by *soshite*, we infer that the last item on a list will occur immediately after the conjunction. In contrast, it is less likely that we make such an inference when two items are conjoined. In such cases, recipients expect more important information to be given in the second conjunct. Paradoxical as it may seem, the recipients' expectation can be attributed to an effect of an implicature arising from the use of *soshite*. The connection of two items with *soshite* implicates that the number of conjuncts conjoined by the word is no more than two. We maintain that recipients interpret the second conjunct as a goal when two items are conjoined with *soshite*. This enables them to expect that the more important information will be provided in the second conjunct. As Kodama (2006) points out, we think that a goal is more important than a source; therefore it is no wonder that we pay more attention to the second conjunct.

> (5) The source and goal in [(6)] are relevant to Cognitive Mapping Principle, and constitute a pair of logically equivalent status.[5] A goal is

emphasized in terms of both of linguistic structure and of cognition in many languages including English and Japanese.

(Kodama 2006: 55)

(6)   John went {to Tokyo / *from Kyoto}.　　(Kodama 2006: 54)

The difference in acceptability in (6) reflects a tendency to emphasize a goal rather than a source. Ishiguro (2008: 91) argues that *soshite* originates from *soushite*, which means a goal and that *soshite* plays a role in adding important information at the end.[6]

In (7), where two conjuncts are conjoined, the readers' attention is directed to the second conjunct.

(7)   Watashi-wa, Ogiue-san-kara messeeji-o   mora-tte   massakini

I-TOP   Ogiue-Mr.-from message-ACC recieve-and foremost

kare-no   koto-o   kangae-te-shima-tta.

boyfriend-GEN thing-ACC think-ASP-PAST

Kodama-san-to   atta toki, "kare"-wa   monosugoku

Kodama-Mr.-with met when boyfriend-TOP very

fukigen-de,   toiuka, okotte ita.

displeased-and rather angry was

<u>Soshite</u> watashi-wa, shojiki, naze okorareru no-ka   rikai

And   I-TOP   honestly why scolded   LINK-Q understand

deki-naka-tta.

can-NEG-PAST

Tonikaku, kondo wa   jizen-ni   sodan shitemiru koto-ni

anyway   next-time-TOP beforehand consult do-TE-try thing-NI

shita.

decided

"Shuzai-o   uke   yo to   omo-tte irunda."

Interview-ACC recieve will COMP think-PROG-PRESENT

"Ore-mo sono ba   ni doseki-suru nara, ii   yo.

I-also   that place at sit together if   okay FP

> Sono meeru-o　　 mita shunkan, kokoro-no　naka-de,
>
> the　email-ACC　saw　moment　heart-GEN　inside-in
>
> nanika-ga　　　　barin-to wareta....
>
> something-NOM broke　　　(Sarasa Ono *Syaba wa Tsurai yo* p.113)

'When I received a message from Ogiue-san, I thought first and foremost about my boyfriend.

When I saw Kodama-san, my boyfriend was very displeased—in fact he was angry.

To be honest, I couldn't understand why he was angry.

I decided to tell him that I would see Ogiue-san beforehand this time.

"I'm going to get interviewed."

"You can get interviewed if I can be where you're gonna get interviewed."

As soon as I read the email, something broke into pieces in my heart....'

Those who see *soshite* in (7) should not infer that the last item in a list will occur immediately after it because they do not think that items are listed. *Soshite* in (7) performs the function to direct readers' attention to the second conjunct rather than the function to show readers that the last item in a list will occur. When only two items are listed, the information that the last item in a list is about to be given is not worth paying attention to. In the example, what is described in the sentence occurring in the immediately preceding context where *soshite* appears serves as a background information on the basis of which the sentence starting with *soshite* is interpreted.

The argument in the present section about *soshite* applies to cases where two conjuncts are conjoined by sentence-initial *and*.

(8) Financial professionals often recommend that you wait until full retirement or even later before applying for social security benefits.

An individual who'd receive $1,000 per month at full retirement age would get a mere $750 by claiming early at age 62. <u>And</u> that same person could get as much as $1,320 per month by waiting until age 70. For many Americans, it appears to make a lot of sense to wait.

(http://time.com/money/3709266/social-security-62/)

The first sentence in (8) suggests that if we apply for social security benefits before we retire, we receive less money. The second sentence, which is the first conjunct, shows how much we receive if we apply for it at full retirement age and early at the age of 62. When we have read the second sentence, we should be interested in how much we would receive if we applied later. The information is provided in the sentence starting with *and*. The sentence-initial *and* in the example carries out the function to direct readers' attention to the second conjunct, which probably intrigues the readers.

3.2 Cases Where Two Items Are Not Adjacently Conjoined

In §3.1, we have presented the view that in cases where two items are adjacently conjoined by *soshite* and sentence-initial *and*, the conjunctions perform the function to direct recipients' attention to the second conjunct since the first and the second conjunct is regarded as a source and a goal respectively. In this section, we demonstrate that this is also true of cases where two items are not adjacently conjoined and that the conjunctions introduce a new topic related to what was mentioned earlier into a new segment of discourse in the cases.

(9) weather forecaster: Tokuni nishi nihon-o chushin-ni, konkai
especially west Japan-ACC center-at this time
fuyu-no arashi-to nariso desu.
winter-GEN storm likely is
Muri-no-nai hanni-de taisaku-o
impossibility-GEN-NEG range-DE preparation-ACC

shite-kudasai. Suidokan-no toketsu
do-IMP water pipe-GEN freezing
ni-taisuru taisaku-desu toka, mangaichi
in case of preparation things like just in case
teiden shita toki no tame-ni, te-no todoku
there is a power cut time LK purpose hand-GEN reach
tokoro-ni kaichu-dento-desu toka shokuryo-o
place-at torch things like food-ACC
yoi shi-te-oku yoni-shi-te-kudasai. Soshite
preparation do-IMP And
fuyo, fukyuna gaishutsu-wa,
unnecessary not-urgent going out-TOP
narubeku sakeru-yo-ni-shite-kudasai.
as possible as you can try-to-avoid-IMP

[The visual switched from the TV studio to Haneda Airport.]

anchor: Soshite sora-no-bin ni mo eikyo-ga
And air travel also impact-NOM
de-hajime-te-imasu. Gogo 6 ji genzai, Haneda to
begin-PERF pm six o'clock present Haneda and
nishi nihon-o musubu bin o chushin ni, awasete
west Japan-ACC connect flight center in total
57 bin-ga kekko shi tari kekko-ga
fifty-seven flight-NOM cancel do and cancel-NOM
kimattari shi-te-imasu
decide do-PERF

'weather forecaster: The rough weather is bringing winter storm particularly in western Japan. So please be prepared in every way possible. Have torches and food and water ready at hand in case water mains freeze or power supplies cut off. And refrain from going out unless necessary or urgent.

[The visual switched from the TV studio to Haneda Airport.]
anchor: Weather is also having an impact on air travel. Fifty seven flights have been cancelled tonight mainly between Haneda Airport and points in western Japan.'

(*NHK News 7* January 23, 2016)

When the turn changed from the weather forecaster to the anchor, she produced the utterance starting with *soshite*, in which the part immediately after the conjunction does not seem to be conjoined with the immediately preceding statement. However, we might as well think that the utterance is conjoined with the first utterance given by the weather forecaster. A winter storm might affect takeoff and landing of airplanes. This common knowledge makes the two utterances coherent. While the first utterance produced by the weather forecaster in (9) can be thought of as a source, the utterance immediately following *soshite*, which is underlined, can be conceived of as a goal. We assume that since the recipients interpret the utterance immediately after the conjunction as a goal, their attention is directed to it.

Soshite cannot be used at the beginning of discourse, which is illustrated in (10).

(10) Konnichiwa.   (*Soshite) Jiken-kara   ni   nen, satsujin-e-no
good afternoon and   incident-from two year murder-to-LINK
kanyo-o   mitome-mashita.
involvement-ACC admit-PAST
'Good afternoon. After two years, the suspect admitted her involve-
ment in the case.'   (*ANN News* July 7, 2018)

The part immediately after *soshite* in (10) cannot be construed as a goal because it is impossible to find a source in the example. The first utterance in (9) by the anchor serves to introduce a new topic relevant to the first utterance by the weather forecaster, which we can view as a source. We consider that the anchor used *soshite* to direct the recipients' attention to the new topic, which we can look upon as a goal.

　We argue that two conjuncts are implicitly conjoined in (11). The first conjunct does not appear before *soshite* occurs in the example.

(11)　[A blog where the writer gives an explanation about a photo in which
　　　some people are having a barbecue]
　　　[The photo in the post is in this place.]
　　　Oniku-ni yasai-ni　　　oniku-ni oniku-ni osakana-ni
　　　meat-and vegetable-and meat-and meat-and fish-and
　　　to tsugi tsugi　　　yaite-iki-masu!
　　　one after another grill-go-POLITE

　　　Konkai-wa　　　natsu-yasai-o　　　　　　ome　　　　　ni tonyu
　　　this time-TOP summer-vegetable-ACC larger amount in throw in
　　　Ichio　　　shoki　　　barai　　　desu-kara
　　　at any rate summer heat　removal is-because

　　　Soshite goran-kudasai. Maruta-no isu-o.
　　　and　　　look-at-IMP　log-GEN　chair-ACC
　　　Nanto　　　ninzu-bun　　　　　　　　Omori-san-ga
　　　surprisingly the number of people-for Omori-san-NOM
　　　tsuku-tte kure-ta　　no　　desu
　　　make-and give-PAST LINK POLITE
　　　Okage de konkai-wa　　omotai benchi-o　　hakobazuni
　　　thanks to this time-TOP heavy　bench-ACC carry-NEG

　　　sumi-mashita
　　　end-PAST
　　　Arigato gozaimasu!　Omori-san
　　　thank you very much Omori-san
　　　'Meat, vegetables, meat, meat, fish.
　　　We grill them very quickly!

We put more vegetables than usual on the grill this time to beat the summer heat.

And take a look at the log chairs.
Omori-san was kind enough to make the chairs for each of us.
Thanks to Omori-san, we didn't have to carry heavy benches.
Omori-san, thank you very much!'   (http://rakurinza.com/2015/07/)
Unlike (9), in the instance, the first conjunct is not in the preceding context. Is the part *goran-kudasai. Maruta-no isu-o* 'Take a look at the log chairs' not conjoined with any element? The answer is "no." Looking at the preceding part lets us know that the writer of the blog requires the readers to give their attention to the photo without verbalizing it. We maintain that the part immediately following *soshite* is conjoined with the implicit message. Verbalizing the message could allow coherent sentences to be produced. The writer could have written as follows: *Shashin ni me o mukete kudasai. Soshite goran- kudasai. Maruta-no isu-o.* 'Give your attention to the photo. And look at the log chairs.'

Two conjuncts are implicitly conjoined also in (12), which is an example of a narration in a cartoon show.
(12) <u>Soshite</u> yoku-jitsu-no   yoru.
         and   next day-GEN evening
         'On the next evening.'   (*Chibi Maruko-chan* February 7, 2016)
In (12), the part immediately following *soshite* is conjoined with the preceding scene, which is not verbalized. In the example, a new scene is introduced in chronological order. *Soshite* in the instance performs the function to direct the viewers' attention to the new scene.

Sentence-initial *and* also performs the function to direct recipients' attention to the second conjunct, which can be viewed as a new topic introduced into a new segment of discourse, in cases where two items are not adjacently conjoined.

(13) The study also showed babies have a slightly different take when it comes to foods that might harm them. When the babies saw a person act disgusted from eating a food, they expected that a second person would also be disgusted by that food—even if the second person was from a different social group. This suggests "infants are particularly vigilant to social information that might signal danger," the study said.

And the researchers discovered an insight into what babies identify as meaningful cultural differences. While monolingual babies expected people who speak different languages to like different foods, bilingual babies expected that people who speak different languages would eat the same foods. They might have had experience with this in their own home, where people speaking different languages are gathered around the table. "Language wasn't marking groups in the same way for these kids," Kinzler said.

(https://www.sciencedaily.com/releases/2016/09/160902125300.htm)

In (13), the sentence immediately following sentence-initial *and* is conjoined with the first sentence in the first paragraph, rather than with the last sentence in the first paragraph. The two conjoined sentences have two properties in common. Firstly they are both about what was discovered about babies. Secondly they are both a topic sentence of the relevant paragraph. In the example, we can regard the two topic sentences as being conjoined with the underlined *and*. Biber et al (1999: 84) point out that "sentence-initial coordinators [such as *and*] often occur at paragraph boundaries, where they create a marked effect." Writers who start a paragraph with *and* might intend to direct readers' attention to the first sentence in the paragraph so that they can process the following sentences with ease. While the topic of the first paragraph in (13) is how babies interpret foods potentially harmful to them, the topic of the second paragraph, which is introduced in the sentence that starts with *and*, is what babies look upon as significant cultural differences.

4. The Acceptability Condition of *soshite* and Sentence-Initial *and*

So far, we have seen that *soshite* and sentence-initial *and* perform the function to let recipients infer that the last item on a list will appear immediately after the conjunctions when more than two items are conjoined and that the conjunctions carry out the function to direct recipients' attention to the second conjunct when two items are conjoined. In the present section, it will be demonstrated that the use of *soshite* and sentence-initial *and* is viewed as infelicitous unless the conjunctions perform either of the functions.

When the second conjunct does not deserve attention from recipients, the use of *soshite* is unacceptable. Moriya (2000) argues that *soshite* often appears when two events are sequential in time and can be construed as one event. The example in (14a) and the one in (14b) are similar in that the two events described in the first and the second conjunct can be interpreted as one event and are not sequential in time.

(14) a. *kohii-o   kudasai. <u>Soshite</u> keeki mo kudasai.
         coffee-ACC I'll have and   cake also I'll have
         'I'll have coffee. I'll have cake, too.'   (Moriya 2000)

     b. kare-wa zuno meiseki-da. <u>Soshite</u> jocho   yutakana ko jinbutsu
        he-TOP mind sharp   and   emotion rich   good person
        dearu.
        is
        'He is a good guy who is highly emotional.'   (Moriya 2000)

What makes the difference in acceptability between (14a) and (14b)?

The difference depends on whether or not the second conjunct deserves attention from the recipient. In (14a), it is hard to find a valid reason for directing the recipient's attention to the second conjunct. Without any special context, it would be difficult to figure out why the speaker wants to direct the server's attention to cake. In (14b), it is easy to find the reason. When we talk about someone's strengths, it is not unusual that we want to direct more attention from the recipient to a strength the person has than to the others.

　　The instance in (15a) shows that the use of sentence-initial *and* is infelicitous in cases where two items are conjoined by the conjunction unless the second conjunct deserves attention from a recipient.

(15)　a. He sure beat me up. *And I really took a thrashing from him.

(adapted from Mann and Thompson (1986))

　　　b. He sure beat me up. I really took a thrashing from him.

(Mann and Thompson 1986)

The second conjunct is simply a restatement of the first one; therefore it is not certain why the speaker wants to direct the recipient's attention to the second conjunct.

5　Conclusion

　　This paper showed that *soshite* and sentence-initial *and* induce a Q-implicature. We argued that the conjunctions allow recipients to infer that the last item on a list will occur after the conjunctions when more than two items are conjoined. We also maintained that the conjunctions encourage recipients to direct their attention to the second conjunct when two items are conjoined regardless of whether the items are adjacently conjoined or not and that the conjunctions introduce a new topic relevant to what was stated earlier when two items are not adjacently conjoined. Furthermore, we presented the viewpoint that the use of the conjunctions is infelicitous in cases where only two items are conjoined with them unless we can find a valid reason for directing a recipient's attention to the second conjunct.

Notes

This paper is an extensively revised version of Kaiho (2017). I have permission to reprint it from the English Linguistic Society of Japan. Portions of the present paper were presented also in the workshop held at Ritsumeikan University on November 5, 2016 and at the 34th Meeting of the English Linguistic Society of Japan held at Kanazawa University on November 13, 2016. I would like to thank the participants in the workshop and the meeting for their insightful and constructive comments. I am especially indebted to Masaki Sano, who always supports me academically and to Atsuko Nishiyama, who gave me many helpful comments to the original manuscript. My special thanks also go to Takeo Kurafuji and Masashi Okamoto for their invaluable comments at the workshop. Needless to say, all remaining inadequacies are my own responsibility.

1 See Levinson (2000: 61).
2 Masuoka and Takubo (1992: 161) seem to suggest that when nouns are listed with *soshite*, recipients infer that no more elements will be added to the relevant list in the following context.
3 Bell (2007) also points out that "sentence-initial *And* is used to indicate the last item on a list." However, he does not focus on cases where another item on a relevant list occurs immediately after the sentence starting with *and* as in (4).
4 The acceptability of (4) and (15a) is judged by a Canadian native speaker of English.
5 Cognitive Mapping Principle is a principle which requires that the presentation of the events described match their temporal order. See Kodama (1991: 118ff.) for details of the principle.
6 Ishiguro (2008) considers that this viewpoint is valid also in cases where more than two items are conjoined. However, as we have seen above, an additional item is sometimes provided immediately after an item following *soshite* or a sentence starting with the conjunction.

REFERENCES

Bell, David. (2007) "Sentence-initial *And* and *But* in Academic Writing," *Pragmatics* 17(2) 183–201.

Biber, Douglas et al. (1999) *Longman Grammar of Spoken and Written English*, Longman.

Grice, H. Paul. (1975) "Logic and Conversation," *Syntax and Semantics 3: Speech Acts*, ed. by Peter Cole and Jerry L. Morgan, 41–58. Academic Press.

Ishiguro, Kei. (2000) "'Soshite' o Shokyu de Donyu Subeki ka (Should *Soshite* Be Introduced at the Elementary Level?)," *Gengo Bunka* (*Cultura philologica*) 37, 27–38. Hitotsubashi University.

Ishiguro, Kei. (2008) *Bunshyo wa Setsuzokushi de Kimaru* (*The Quality of Writing Depends on Conjunctions*), Kobunsha.

Kaiho, Yasuomi. (2017) "GCI ni Motozuku 'Soshite' no Danwa-nai de no Kino no Kosatsu to Bunto no *And* to no Taisho (A GCI-based Account of the Functions of *Soshite* in Discourse in Comparison with Sentence-initial *And*)," *JELS* 34, 63–69. The English Linguistics Society of Japan.

Kodama, Tokumi. (1991) *Gengo no Shikumi: Imi to Katachi no Togo* (*The Mechanism of Language: Integration of Meaning and Form*), Taishukan.

Kodama, Tokumi. (2006) *Hito・Kotoba・Shakai* (*Humans, Language and Society*), Kaitakusha.

Levinson, Stephen. C. (2000) *Presumptive Meanings: The Theory of Generalized Conversational Implicature*, MIT Press.

Mann, William C., and Sandra, A. Thompson. (1986) "Relational Propositions in Discourse," *Discourse Processes* 9, 57–90.

Masuoka Takashi and Takubo Yukinori. (1992) *Kiso Nihongo Bunpo: Kaitei Ban* (*The Foundation of Japanese Grammar: Revised Edition*), Kurosio.

Moriya Michiyo. (2000) "Tenka Gata no Setsuzokushi ni tsuite (On Additive Type Conjunctions)," *Nihongo Nihon Bungaku* (*Japanese and Japanese Literature*) 10, 45–58. Soka University.

執筆者紹介（掲載順）

竹村　はるみ（たけむら　はるみ）
　　立命館大学教授
　　主要業績：『グロリアーナの祝祭――エリザベス一世の文学的表象』（単著、研究社、2017 年）、『ゴルディオスの絆――結婚のディスコースとイギリス・ルネサンス演劇』（共著、松柏社、2002 年）、『食卓談義のイギリス文学――書物が語る社交の歴史』（共著、彩流社、2006 年）

竹村　理世（たけむら　りよ）
　　同志社大学嘱託講師、龍谷大学非常勤講師
　　主要業績：「*Twelfth Night*――Viola の変装が引き起こす複雑な人間関係について」『立命館文学』第 568 号（2001 年）: 178–199 頁、「Shakespeare's *Sonnets*――語り手と若者の関係に関する一考察」『立命館英米文学』18 号（2009 年）: 21–32 頁、「*The Winter's Tale* における Leontes の嫉妬をめぐって」『立命館文学』634 号（2014 年）: 178–188 頁

金山　亮太（かなやま　りょうた）
　　立命館大学教授
　　主要業績：『サヴォイ・オペラへの招待』（単著、新潟日報事業社、2010 年）、『ディケンズとギッシング――底流をなすものと似て非なるもの』（共著、大阪教育図書、2018 年）、「『ペイシャンス』から『ユートピア有限会社』へ――ワイルド、アメリカ、アイルランド」『オスカー・ワイルド研究』16 号（2017 年）: 77–93 頁

川口　能久（かわぐち　よしひさ）
　　立命館大学名誉教授
　　主要業績：『E. M. フォースターの小説』（単著、英宝社、1993 年）、『個人と社会の相克――ジェイン・オースティンの小説』（単著、南雲堂、2011 年）、『ジェイン・オースティンを学ぶ人のために』（共著、世界思想社、2007 年）

石原　浩澄（いしはら　ひろずみ）
　　立命館大学教授
　　主要業績：『ロレンスへの旅』（共著、松柏社、2012 年）、『ロレンスの短編を読む』（共著、松柏社、2016 年）、「F. R. リーヴィスと英文学部の理想」『ことばとそのひろがり (5)』（『立命館法学』別冊、2013 年）: 29–55 頁

中村　仁美（なかむら　ひとみ）
　　立命館大学准教授
　　主要業績：『英語と文学、教育の視座』（共著、DTP 出版、2015 年）、「Benedict Kiely と南北分割――*Land Without Stars* を読む」『立命館英米文学』26 号（2017 年）: 21–33 頁、「パトリック・カヴァナと『アルスター』」『エール』36 号（2017 年）: 65–80 頁

福島　祥一郎（ふくしま　しょういちろう）
　同志社女子大学助教
　主要業績：「都市の深淵：『群集の人』から『バートルビー』へ」『立命館文学』634
　　号（2014 年）: 223–32 頁、"Viewing and Poe's Detective Fiction: Intrusion of
　　the 'Real' in 'The Mystery of Marie Rogêt'"『ポー研究』9 号（2017 年）:
　　39–48 頁、（翻訳）キャサリン・ギャラガー「他の世界から見た第二次世界大戦」
　　『思想』984 号（2006 年）: 95–110 頁

中川　優子（なかがわ　ゆうこ）
　立命館大学教授
　主要業績：『アリス・ジェイムズの日記』（共訳、英宝社、2016 年）、『語り明かすア
　　メリカ古典文学 12』（共編著、南雲堂、2007 年）、"From City of Culture to
　　City of Consumption: Boston in Henry James's *The Bostonians*," *The Japa-
　　nese Journal of American Studies*, No. 19 (2008): 63–81

吉田　恭子（よしだ　きょうこ）
　立命館大学教授
　主要業績：『ベースボールを読む』（単著、慶應義塾大学出版会、2014 年）、『精読
　　という迷宮——アメリカ文学のメタリーディング』（編著、松籟社、2019 年）、「ワー
　　クショップ Inc.——デイヴィド・フォスター・ウォレス『帝国は進路を西へ』に見る
　　創作科のジレンマ」『Albion』58 号（2012 年）: 34–54 頁

Nathaniel Preston（ナサニエル・プレストン）
　立命館大学教授
　主要業績："Pir Learning: Boundaries and the Unbounded in Jhumpa Lahiri's
　　Fiction," *AALA Journal*, vol. 20 (2014): 66–74, "Both Rooms are Waiting:
　　Heroic Openness in James Merrill's *The Changing Light at Sandover*"『立
　　命館文学』第 634 号（2014 年）: 1–20 頁

海寶　康臣（かいほう　やすおみ）
　九州歯科大学講師
　主要業績：「因果関係と言語表現——主語名詞句からの外置の場合」『語用論研究』
　　7 号（日本語用論学会、2005 年）: 63–74 頁、「時を表す表現＋知覚動詞＋知覚の
　　対象という形式を有する構文について——機能論的な観点からの考察」『JELS』
　　25 号（日本英語学会、2008 年）: 101–110 頁、「英語の右方転位構文・日本語の
　　後置文と話し手の論理・聞き手の論理」『JELS』27 号（日本英語学会、2010
　　年）: 71–80 頁

英語文学の諸相
立命館大学英米文学会論集

2020 年 3 月 31 日　初版発行

編　　集	立命館大学英米文学会
発 行 者	福岡　正人
発 行 所	株式会社 **金 星 堂**

（〒101–0051）東京都千代田区神田神保町 3–21
Tel. (03)3263–3828（営業部）
　　(03)3263–3997（編集部）
Fax (03)3263–0716
http://www.kinsei-do.co.jp

組版／ほんのしろ　　　　　　　　　Printed in Japan
装丁デザイン／岡田知正
印刷所／モリモト印刷　製本所／牧製本
落丁・乱丁本はお取り替えいたします
本書の内容を無断で複写・複製することを禁じます

ISBN978–4–7647–1197–6 C1098